이세계
치트 마술사
매지션
7
우치다 타케루 지음
Nardack 일러스트
박경용 옮김
"실피.
왜 그래?"

"잡았다."
타이치가 목덜미를
붙잡은 것은
어둠보다도 검은
아기 고양이였다.

"염월륜!"
린의 주위에
초승달 모양의 불꽃 칼날이
무수히 나타났다.

한쪽 낫과 한쪽 눈을 잃은
강철 사마귀가 날아가 버렸다.
드라이브 스택
"돌진 말뚝!"
돌창이 강철 사마귀의 몸통을
땅에 꿰어버렸다.

"그러면 간다."
미리야가 메긴 활을 당기고,
두 강철 사마귀를 향해서 쏘았다.
쉴 틈 없이 하비가 달려나가고,
에이린과 마두가 영창했다.
"수쇄탄!"

"응!"
실피가 응답했다.
타이치는 검을 들어올려,
그리고 힘차게 내리쳤다.
모든 색을 덧칠하며,
하얀 기둥이 성을 뒤덮는 것처럼
하늘에서 떨어진다.

"구한다!"
이 방법으로 구할 수 있는지,
타이치는 알 수 없었다.

이세계 치트 마술사(매지션) 7

Introduction

지진의 원인

여로의 마지막 휴식지로 들른 팜템에서,
타이치 일행은 엘프 네 명을 만난다.
엘프들은 이 땅에서 자주 일어나는 지진을 막기 위해 찾아와,
타이치 일행에게 도와달라고 의뢰했다.
지진의 원인은, 무려…….
타이치 일행은, 그 의뢰를 받아야 한다고 생각해 의뢰를 수리한다.
고성은 200년 전 대량의 피에 물들면서 멸망한 것이 원인으로
언데드가 만연하는 던전이 되어 있었다.
지진을 일으키는 원인뿐 아니라,
이 땅을 감싼 원한과 악의하고도 마주하게 된다.
이계화한 던전은 타이치 일행의 상식을 차례차례 뒤집어
조용히 송곳니를 드러낸다. 방대한 언데드.
과거에서부터 이어지는 인연의 잔재. 꿈틀거리는 악의.
현세에서 격리된 던전에서 펼쳐지는 이야기의 행방은—.

이세계 치트 마술사
매지션

7

우치다 타케루 지음
Nardack 일러스트
박경용 옮김

CONTENTS

이세계 치트 마술사(매지션) 7

illustration Nardack

프롤로그

날이 맑은 어느 날.

소파에 앉아서 눈을 감고 있던 갈색 피부의 남자는 흔들흔들 발치가 흔들리는 감각을 느끼고 눈을 떴다.

테이블. 그 위의 컵. 의자. 모두 덜컹덜컹 흔들린다.

"……."

신발의 바닥을 통해서 전해지는 진동에 자수정 같은 눈동자가 험악하게 물들었다.

조사를 한 결과, 이 지역에서 이렇게 땅이 흔들리는 일은 결코 없었다고 한다.

벽 너머, 바깥에서는 적지 않은 동요의 목소리가 들렸다.

대지가 흔들리는 현상. 지진.

자신이 서 있는 장소가 말 그대로, 물리적으로 흔들리는 것이다. 그런 현상이 있다는 것조차 모르고 살아왔다면 동요하는 것도 당연한 일이다.

"또 왔네."

창가에 서서 바깥을 바라보고 있던 남자와 같은 갈색 피부의 여자는 누구에게 말하는 것이 아닌 것처럼 중얼거렸다.

"이 땅이, 땅 흔들림이 없는 장소라는 건 틀림없었을 거예요."

갈색 피부의 남녀와 대조적인, 티 하나 없는 하얀 피부에 금발벽안을 가진 소녀의 목소리는 약간 딱딱한 울림을 품고 있었다.

도시가 건설된 뒤로 이미 수백 년이 지났다.

선조 대대로 이 도시에 살고 있던 노인에게 이야기를 들었다. 도시의 역사를 기록한 서류 따위도 살펴봤다. 이 도시의 행정을 관리하는 시설에 물어보러 다니기도 했다.

돌아온 대답은 하나. 역시 지면이 흔들린 일은 한 번도 없다는 것이었다.

노인은, 부모님, 조부모, 증조부모 시절부터 그런 이야기를 들어본 적이 없다고 했으며, 도시의 역사서에도 대지가 흔들렸다는 사실은 없다. 보기 드문 자연 현상이라면 기록을 남겼을 행정기관도 지진에 관한 기록은 없다고 했다.

"조사를 계속하고 싶지만…… 지금은 기다릴 때로군."

또 한 명, 하얀 피부에 금발벽안의 여자가 안타까운 기색으로 투덜거렸다.

이 도시에 온 것은 요즘 자주 일어나는 지진이 관련되어 있다.

조사 자체는 길어질 것을 미리 알고 있었기 때문에, 집을 하나 빌려서 거점으로 삼고 지금까지 조사를 계속해온 것이다. 아쉽게도 아직 성과다운 성과는 나오지 않았다. 물론, 아무런 성과도 없다는 것은 아니지만.

그리고 지금은 가만히 앉아서 기다리고 있다. 최소한의 조사는 계속하고 있지만, 얼마 전까지는 매일 모두 나서서 움직이고 있었는데 지금은 조사의 빈도가 며칠에 한 번이 되었다. 더욱이 조사를 하는 날도 두 사람이 거점인 집에서 대기하고 두 사람이 밖으로 나서는 체재였다.

이 땅에서 조사를 하는 이유는 그들을 파견한 수장이 신탁을 받아서 정한 것이었다.

"신탁에서는 우리들 일족이 계속 기다려온 분이 이제 곧 이 땅을 방문하여 우리들과 해후한다, 라고 했는데……."

갈색 피부의 남자는 팔짱을 끼고 말을 흘렸다.

계속 기다려온 분. 그들의 수장은 신탁을 받은 무녀의 말을 그대로, 글자 하나 단어 하나 바꾸지 않고 전달한다. 그것에 자신의 해석이나 자신의 말을 넣어선 안 된다. 그것을 넣자마자 수장의 자리에서 강제로 쫓겨난다. 따라서 계속 기다려온 분이라는 표현은 신탁으로 받은 말 그대로란 것이다.

"대체, 누구를 말하는 걸까요……?"

그 의문도 당연하다.

그렇지만 기다리는 사람의 내력에 대해서는 신탁에 일절 없었다. 그 점에 대해서 수장이 한 마디도 언급하지 않은 것을 생각해 봐도 명백하다.

소녀가 옷 안에 감추고 있던 심플한 은색 로켓을 꺼냈다. 뚜껑을 열자 그 한가운데에는 작고 투명한 보석이 끼워져 있었다. 무녀가 수장을 통해서 건넨, 기다리는 사람에게 반응하여 빛을 내는 보석이었다.

며칠 전까지는 보석이 전혀 빛나지 않았었지만, 지금은 불빛으로 쓰지도 못할 정도이긴 해도 분명하게 빛을 뿜고 있었다.

"글쎄…… 그것은, 만나보지 않으면 알 수가 없어."

"움직일 수 없다는 건 정말 아쉬운 일이네……."

그렇다. 지금은 기다리는 수밖에 없다.

언제 만나게 될지도 알 수 없는 사람.

그렇지만, 그들 일족에게 신탁은 절대적이다.

그것에 따르면, 지금은 그저 앉아서 기다리는 것이 그들에게는 필연이었다.

그들은 그 이상 말을 거듭하지 않고, 각각 해야 할 일을 이루기 위해 각자 행동했다.

도자기처럼 투명한 하얀 피부, 아름다운 금발에 벽안.

강한 힘이 느껴지는 갈색 피부, 매끄러운 은발에 자수정 같은 색의 눈동자.

쌍방에 공통된 것은 두 가지.

예술품 같은 미모.

길게 뻗고 끝이 뾰족한 귀.

네 명 다 어른스러운 분위기라서 그 신비성이 더욱 부각된다.

그들은, 그녀들은, 엘프, 다크 엘프라고 불리는 존재였다.

제13장 버려진 고성

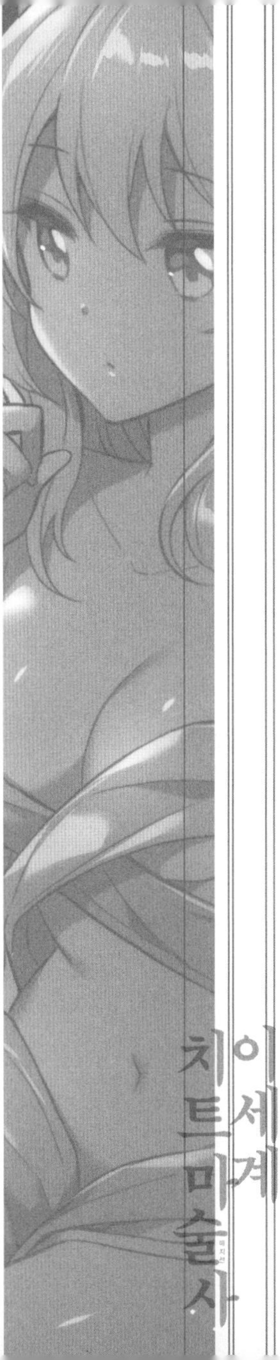

제43화 엘프 네 명

이 여행을 나서기 전에, 니시무라 타이치는 목적지인 가르겐 제국에 대해서 다소 조사를 했다.

가르겐 제국은 세계에서 가장 넓은 국토를 가진 나라다. 서쪽 끝에서 동쪽 끝까지 최대 1천킬로미터. 북쪽 끝에서 남쪽 끝까지는 3천 킬로미터. 국토의 넓이에 비례해서 인구도 에리스테인과 비교가 안 될 정도로 많다.

북부는 에리스테인과 거의 같은 사계절이 있다. 한편으로 남하하면 할수록 따스해지며, 이번 목적지인 제도 가르게니아의 기후는 연중 온난하다.

가르겐 제국, 시카트리스 황국, 그리고 에리스테인 마법왕국.

세계 3대 국가가 있는 대륙은 말로 설명해도 실감이 안 날 정도의 규모이며, 가르겐 제국은 국토에 대륙 중앙점을 품고 있었다.

그렇게 광대하면 여로도 상당히 길어진다. 기후가 바뀔 정도의 거리는 그렇게 쉽사리 답파할 수 있는 것이 아니다. 쿠로라는 반칙이 마차를 끌고 있다지만, 제도에 도착할 때까지는 최단 거리로 달려서 3주일 정도 걸릴 예정이었다.

타이치 일행의 마차로 그 정도이니, 일반 마차는 더욱 시간이 걸린다. 그것을 지원하는 것처럼, 가도 근처에는 다수의 도시가 있었다. 가장 규모가 작은 도시도 아즈파이어 이상이며, 중간에 두 군데 시야크에 필적하는 도시가 있는 것만 봐도 가르겐 제국의 광대함을 살펴볼 수 있다.

그 도시들끼리 분담해서 가도의 치안 유지를 하고 있었다. 때로는 중앙에서 파병도 주저 없이 한다. 제국의 이름을 걸고 하는 치안 유지 활동의 결과, 여행길은 3대 대국에서도 가장 안전하다고 말할 정도였다.

제도가 목적지일 때도 그 집단의 사정에 맞추어 적절하게 들를 도시를 고르기 때문에, 장시간이 되는 것만 감수하면 여행을 하기 쉽다는 점에서는 3대 대국 중에서 제일이라고 확신하는 상인이나 모험가도 적지 않다.

가르겐 제국에 들어와서 4주일.

타이치 일행의 여행은 순조로움 그 자체였다. 중간에 적당히 마물을 사냥하고, 도시에 도착하면 모험가 길드에 판매한다. 그렇게 노잣돈을 보태가면서 여기까지 왔다. 물론 들르는 도시의 모험가 길드에서 의뢰를 받기도 하기 때문에, 각각의 도시에서 며칠을 지내고 있었다.

"오, 강철 사마귀 발견."

마차의 지붕에서 양반다리로 앉아 있던 타이치는 시야 구석에서 마물을 발견했다.

수백 미터 떨어져 있지만, 강화된 시력은 명확하게 강철 사마귀의 전체상을 망막에 비추고 있었다.

"잠깐 사냥하고 올게."

"다녀와."

마부를 맡고 있는 아즈마 린의 대답을 듣고서, 타이치는 뛰쳐나갔다.

주위에 사람이 없는 것을 확인한 다음에, 속도를 올려 지나치면서 강철 사마귀의 앞 다리인 낫을 잘라 버렸다.

오른손의 검을 왼손으로 바꿔 잡으며, 회전하면서 날아가 버린 낫을 점프하여 붙잡는다.

그제서야 공격받은 것을 이해한 강철 사마귀가 타이치의 모습을 포착했다.

그 반응은 평범한 모험가 상대라면 대단히 재빠른 것. 그러나 타이치가 보기에는「이제서야」였다.

손에 든 낫을 원반 같은 요령으로 강철 사마귀를 향해 던졌다.

고속으로 회전하는 낫이 강철 사마귀의 머리를 날려 버렸다. 두 박자 정도 늦게, 타이치가 땅에 착지했다.

토벌 증명 부위는 낫. 강철 사마귀의 최대 특징이자 최강의 무기라서, 그것은 대단히 날카로운 절삭력을 유지하고 있었다. 거의 칼날 같은 형상이지만, 타이치가 아는 사마귀와 비슷하게 칼날에는 가시가 달려 있어서 사냥감을 찢는 것과 붙잡는 역할을 하고 있었다.

그대로 자루에 달면 충분히 무기로 사용이 가능하며, 실제로 그것을 무기로 사용하는 모험가도 있다.

타이치는 남은 하나의 낫을 잘라내더니, 시체를 눈에 띈 잡목림으로 던져버렸다. 이제는 자연이 처리해줄 것이다.

강철 사마귀는 길드에 가져가면 제법 높은 가격으로 사들여주지만, 일단 그걸 가지고 다닐 공간이 없다. 그리고 시체와 계속 함께 있어야 하기 때문에 정신건강상의 관점에서 최소한으로만 입수하기로 하고 있었다.

"다녀왔어."

"어서 와."

마차 안에서 책을 읽고 있던 뮤라가 딱히 부담도 없이 대답했다.

가지고 온 낫을 단단히 접어서 무릎 사이에 끼워 고정하고, 도구함을 주섬주섬 뒤져서 천을 꺼내더니 빙글빙글 감기 시작했다. 전리품은 전용 나무 상자로 관리하지만, 낫은 절삭력이 좋고 날카로워서 다른 전리품이 상할 수도 있기 때문이다.

평범한 상단이었다면 위협이 될 강철 사마귀도, 타이치 일행이라면 신경 쓸 수준이 아니다. 다른 마물과 마찬가지로 노잣돈 벌이라는 인식이다.

"증명 부위, 가져왔구나."

"그래. 이제 도시가 가깝잖아?"

"그렇네. 저녁 전에는 도착할 거야."

천을 다 감은 낫을 위아래로 흔들어 풀리지 않는 것을 확인하고, 타이치는 그것을 나무 상자 옆에 두었다. 주위에는 그것 말고도 마물 소재가 굴러다니고 있었다.

도시까지 거리가 멀 경우는 짐이 늘어나기만 해서 방해가 되니까, 토벌만 하고 방치하는 경우가 많다.

이렇게 도시가 다가오면, 다소 짐이 늘어나도 조금만 참으면 되니까 문제없다.

"이걸로 몇 번째 도시더라?"

"네 번째."

뮤라는 손가락을 꼽아 세면서 대답했다.

"이제 어렴풋이 보여."

마부석의 린이 마차 안을 들여다보면서 말했다.

다음 도시는 인구 8만의 팜템.

에리스테인 마법왕국에서 제도 가르게니아까지, 타이치 일행의 마차로 순조롭게 나아가면 대략 3주일의 여로.

가르게니아로 가는 길에 있는 가장 가까운 도시. 제도에 가기 전에 마지막 휴식. 이라고 생각하는 위치에 존재하는 팜템은 여행자의 80퍼센트가 들르는 오아시스다.

뮤라의 예상대로 저녁 전에 정문에 도착했다.

가르겐 제국의 건조물은 모두 돌을 깎아내 쌓아 올린 것이 많고, 전체적인 컬러링은 회색이었다. 팜템도 예외가 아니라 그런 건물이 많았다. 도시의 크기는 아즈파이어보다 세 단계 정도 크다. 이쪽이 인구가 많으니까 당연한 일이다.

정문 앞에는 다소 줄이 생겨 있었다. 그다지 기다리지 않고 문지기 앞에 도착하여, 정해진 체크만 하고 통과 허가가 나왔다. 타이치 일행은 외국의 모험가지만, 입국 심사를 패스하는 시점에서 어느 정도의 검증이 되어 있기 때문이다.

정문에서 이어지는 도시 제일의 대로는 바닥돌이 깔려 있다. 중앙 근처는 마차가 오고 간다. 길 가는 마차는 모두 느긋하게 나아가고 있었다. 화급한 사태를 빼고서, 마차로 고속 이동이 금지되어 있는 것이다. 사람들 통행이 많기 때문에 있는 안전장치다.

도시에 들어갈 때 그 설명을 들었기 때문에, 타이치 일행의 마차도 주위의 흐름에 맞추어 나아가고 있었다. 잠시 나아간 참에 마차까지 맡길 수 있는 여관이 있다고 한다. 이 도시에 머무르는 동안 그곳에 묵을 셈이었다.

여관은 팜템에서 수위를 다투는 숙박비의 호텔. 가격에 걸맞은 호화로운 설비나 서비스가 세일즈 포인트지만, 그건 딱히 고집하는 부분이 아니니까 침상이 있고 샤워 같은 게 있다면 문제없다.

먼저 체크인을 마치고, 당장의 숙박비를 지불한다. 마구간 서비스가 추가되기 때문에 요금은 50퍼센트 더 든다. 말의 유지에는 상당한 돈이 필요하다. 쿠로는 육식이라서, 식사를 직접 준비한다고 교섭을 하여 가격을 흥정하는 것도 잊지 않는다.

아직 해가 떨어지기 전이라, 짐을 각각의 방에 두고서 간단히 마칠 수 있는 용건을 해치우러 나왔다.

타이치는 쿠로가 먹을 고기를 보충. 린은 모험가 길드나 시장 따위의 장소를 확인. 뮤라는 모험가용으로 필요한 도구 중에서 약을 사러 간다.

왜 약이 필요하냐면, 이 세계에서는 회복 마술이 공격 마술

정도로 보급되지 않았기 때문이다. 그 마술대전집이 옷을 입고 걸어 다니는 것 같은 레미아마저도 「어렵다」고 말할 정도이니 말할 것도 없다.

준비도 없이 여행을 나섰다가, 세 명 중에서 누군가가 부상을 입어 버렸다고 가정하자. 만약 파상풍 따위에 걸려 버리면 구할 수가 없다. 목숨의 위험은 타이치라도 예외가 아니다. 그러나 다쳤을 때 포기하는 수밖에 없는가 하면 그렇지는 않다. 큰 부상을 입었을 때 아무도 살지 못한다면 모험가란 일은 성립되지 않는다. 그것이 성립되는 이유가 바로 지금 뮤라 앞에 늘어서 있는 작은 병에 담긴 약들이었다.

작은 병이라고 얕봐선 안 된다. 이것이야말로 이 세계에서 목숨을 구하는 수단, 마법약이다.

이 세계에는 마력이 깃든 식물이 수도 없이 많다. 그것을 적절한 수법으로 정제하면 마법약을 만들 수 있는 것이다. 그것들은 숲에 나 있는 약초나 해독초 따위하고는 한 차원 다른 효과를 발휘한다.

마법약은 그 원료의 효과나 정제 방법에 따른 랭크가 있다. 예를 들어 빈사에 가까운 수준의 중상도, 대회복약 『보물나무의 이슬』이라면 곧장 나아 버린다. 참고로 가격은 1억 7천만 골드. 어떤 큰 부상도 예외가 아닌 그야말로 마법약. 그 효과를 생각하면 1억 7천만은 싼 거라고 할 수도 있다.

이 세계 최고의 약은 신약 『엘릭시르』다. 사지가 절단되었어도 달라붙어 나아버리고, 죽기 직전의 병이라도 엘릭시르의

적이 못 된다. 목숨만 붙어있으면, 어떤 중태의 상황에서도 회복시켜 버린다. 사용하면 즉시 완쾌가 아니라 서서히 낫는 것이긴 하지만, 죽음의 문턱을 벗어날 수 있다면 시간이 걸리는 것 정도는 사소한 일이다. 엘릭시르를 사용한 환자의 회복은 절대적인 것이며, 입수 방법, 정제 방법은 불명. 가격은 붙지도 않고 시가다.

뭐, 그런 희귀품이 보통 도시인 팜템에 있을 리 없으니, 뮤라 앞에는 B랭크 모험가라면 당연히 가지고 다녀야 하는 마법약이 늘어서 있었다.

상처용 마법약으로 일반적인 『포션』이나, 해독약으로 쓰이는 것을 비롯하여 그 밖에도 마비용과 질병용의 네 종류. 효능이 초급과 중급 두 등급. 합계 8종이다.

"우~응……."

잠시 입다물고 생각. 이것저것 생각해봤지만, 결국 초급 4종과 중급 4종을 한 사람당 하나씩 골라 점원에게 포장을 부탁했다.

돈 걱정은 필요 없다. 그러나, 공간과 가지고 다니는 양에는 한도가 있다. 더욱이, 타이치 일행이 마법약을 쓰는 빈도는 많지 않다. 사용 기한이 있다는 것을 생각하면, 재고가 남으면 돈을 버리는 거나 마찬가지다. 만약을 위한 거니까 필요 경비라고 생각할 수도 있지만, 그것도 한도가 있다. 살 수 있으니까 얼마든지 사도 되는 게 아니다.

필요한 분량을 잘 생각하여 그만큼만 산다. 지구 기준으로 따지면 개인 사업자인 모험가에게 필요한 스킬이었다.

주황색의 대부분이 남색으로 변한 하늘을 올려다보며, 생각보다 오랫동안 사색에 빠져 있었다는 것에 한숨을 한 번. 아무래도 뮤라가 마지막이었던가 보다. 타이치와 린은 이미 숙소에 돌아와 있었다.

두 사람은 4인용 테이블에 앉아서, 과실수를 마시며 잡담을 하고 있었다.

"어머, 기다렸나 보네."

약은 그리 큰 짐이 아니다. 뮤라는 그것을 비어 있는 의자에 두고서 남은 의자에 앉았다.

"아니, 나는 방금 돌아온 참. 타이치가 제일 빨랐어."

"뭐, 고기만 사오면 되는 거니까. 덤으로 쿠로한테 주고서 조금 브러싱도 하고 왔어."

"마구간지기는 아무 말 안 했어?"

"응? 아아, 딱히."

"그래."

돈을 받고서 일을 하는 건데 손님에게 시킬 수는 없다, 라는 프라이드를 가진 자도 있다.

자기 일에 프라이드를 가졌기 때문에 그런 생각을 하는 것이다.

그것 자체는 상관없고, 그런 장인 기질인 상대에게 무리하게 자기 요구를 밀어붙이는 짓은 안 한다.

반대로, 주인의 손길을 환영하는 자도 당연히 있다.

이 여관의 마구간 지기는 후자였다.

"주인이 애정을 가지고 보살펴주는 건 좋은 일입니다."

이렇게 말하며 타이치의 보살핌을 환영한 것이다.

"그러면, 밥 먹자."

마침 좋은 시간이었다.

린은 식당 겸 주점이 되어 있는 구역을 걸어 다니는 웨이트리스를 불러서 주문을 했다.

주문은 오늘의 추천 메뉴. 잠시 기다려서 나온 것은 구운 고기와 샐러드, 수프에 빵이었다.

갓 구운 건지, 아직 치이이이 소리를 내는 고기가 식욕을 자극한다.

샐러드도 싱싱하고, 희미한 산미가 있는 산뜻한 드레싱이 매칭되어 있었다.

수프도 긴 시간 끓여서 고기와 야채의 맛이 녹아 있고, 부드러운 빵을 담가 먹으면 대단히 잘 맞는다.

"헤에. 다 맛있네."

"정말이야. 이 숙소에 온 게 정답이었나 봐."

"그러네."

듣자 하니 이 여관은 안주가 맛없으면 기껏 술을 마셔도 그 매력이 반감되어 기분 좋게 못 취한다는 생각으로, 식사에도 더욱 힘을 쓰는 모양이다.

세 사람은 굳이 술을 마시는 습관이 없지만, 식사가 맛있는 것은 환영할 일이다.

내일은 린이 보고 온 가게에서 장을 보거나 관광을 한다. 이렇게 커다란 도시니까, 특산품도 있다. 린이 몇 가지 눈독 들여둔 것을 식사하면서 들었다.

길드에 가서 소재를 매각한 다음 도시를 어슬렁거리며 돌아다닌다는 예정이라고 할 수 없는 예정을 확인하고, 각자의 방으로 돌아갔다.

◇◆◇◆◇◆◇◆

"후우."

배를 채우고, 샤워로 산뜻하게 여행의 먼지를 떨쳐낸 타이치는 침대에 앉아서 그대로 등부터 침대로 쓰러졌다.

여행하는 사이에도 충분히 쉬는 노력은 했지만, 피로 자체는 쌓여 있었다. 불침번이 있고, 침낭과 담요밖에 못 쓰는 노숙은 아무리 사람 관둔 타이치라도 지치는 법이다.

이 도시에서 짧은 시간 휴식이다. 출발하면 또 노숙 생활이니까, 단단히 활력을 보충할 필요가 있다.

일단 오늘은 푹 잘 수 있겠다.

"있지, 타이치."

금방 잠들지도 않고 멍하니 천장을 바라보며 힘을 빼고 있던 타이치를 부르는 목소리.

얼굴만 움직여서 시선을 돌리자, 침대 끝에 앉아 있는 정령 실피드의 모습이 보인다.

무게라는 개념이 존재하지 않는 그녀였지만, 양반다리를 한 자세는 무척 자연스러웠다.

"실피. 왜 그래?"

영차, 소리를 내면서 타이치는 몸을 일으켰다.

어쩐지 모르게 그냥 누운 채 이야기를 해도 좋았다. 어쩐지 모르게 몸을 일으키고 고쳐 앉아 이야기를 해도 좋았다.

어느 쪽이든 「어쩐지 모르게」니까 일어난 것뿐이다.

"응…… 조금, 말야."

"조금?"

실피는 허공에 시선을 두고 있었다. 뭔가를 보고 있는 것 같지만, 설마 여관의 살풍경한 벽을 보고 있는 것은 아니리라.

그것보다는 더욱 멀리 있는 무언가를 막연하게 감각으로 포착하고 있는 것 같은, 그런 인상을 주는 시선이었다.

그저 대화를 하고 싶어서 말을 건 것이 아니다.

실피의 시선에 담긴 의미를 그렇게 포착하고, 타이치는 약간 자세를 바로잡았다.

타이치가 듣는 자세를 갖추는 것을 확인한 것은 아니겠지만, 약간 틈을 두고서 실피가 말을 이었다.

"……정령들 상태가 이상해."

"이상해?"

바람의 대정령은 고개를 한 번 옆으로 젓더니, 시선을 타이치에게 돌렸다.

"흙의 정령이 소란을 떨다 지쳤다고 할까, 초조해한다고 해야 할까…… 거기에 이끌려 버렸는지, 바람의 정령도, 불의 정령도, 물의 정령도 안절부절 못하고 있어."

"소란을 떠는 이유는…… 모르는구나."

어째서일까? 그렇게 생각하여 입을 연 타이치였지만 말하는 도중에 고개를 좌우로 흔드는 실피를 보고 질문을 관두었다.

"정령들이 냉정하지 않으니까, 뭘 호소하고 싶은 건지 엉망으로 섞여서 포착할 수가 없어."

애당초 실피를 향해서 호소하는 것이 아니라, 그저 마음을 무질서하게 뿌리고 있을 뿐이다.

더욱이 말하자면, 실피처럼 말을 할 수 있고 확실하게 전할 수 있는 건 고위 정령에 한정된다. 하급 정령은 감정을 전하는 것이 고작, 중급 정령이 되어야 간신히, 유아 같은 서투른 말투를 쓸 수 있는 개체가 나올까 말까 한다.

인간이 나이를 먹으면서 배우는 것처럼, 정령 또한 위계가 올라가면 올라갈수록 사고능력도 고도화된다. 한편으로 위계가 낮으면, 사고능력도 그 정도밖에 안 된다.

지금 실피가 듣고 있는 정령의 소란은 하위 정령이 무질서하게 뿜어내는, 제어되지 않은 감정이라고 한다.

어쨌거나.

"정령이 소란을 떨만한 무언가가, 일어나고 있다는 거구나……."

"심상치, 않은 느낌이 들어."

이야기를 종합한 타이치에게 실피가 사견을 말했다.

"……알았어. 어쨌든지 마음에 새겨둘게."

"응."

제국에 들어온 지 약 1개월.

무언가, 심상치 않은 사태가 일어날 예감을 강하게 느끼고 있었다.

◇◆◇◆◇◆◇◆

돌로 만들어진 차가운 벽이 상하좌우를 막고 있다.

불빛 따위는 무엇 하나 없다.

귀가 아파질 정도의 정적.

아주 약간의 틈에서 때때로 흘러 들어오는 공기가 소리를 내긴 하지만, 그것도 한순간이다. 이 닫혀진 석실 안으로 흘러 들어왔을 때와 비교하면.

여기에 사람이 있었다면, 정체되어 응어리진 공기에 뭐라 말할 수 없는 답답함을 느꼈을 것이다.

그러나 그것을 느끼는 인간은 당연히 없다.

이미 세는 것도 어려운 시간 동안 이 장소는 닫혀 있었다.

유일하게 있는 문은 거대하며 두꺼운 금속제.

그러나 완전히 녹이 슬어버려서 보통의 인간은 삐걱이게 만드는 것도 불가능하다.

설령 인간이 있다고 해도 나가지 못하고, 또한 닫혀 있던 기간을 생각하면 진작에 죽었을 것이다.

다행히도, 그러한 불행을 당한 인간은 없었다.

그렇다. 인간은, 그렇다.

방의 중심 바닥.

거기에는 낡은 다갈색 단지가 하나 놓여 있었다.

높이가 높다. 1미터쯤 될까?

폭이 좁아서 가느다란 인상을 받지만, 그 높이 탓에 용량은 상당한 것이었다.

물건은 시간이 지나면 풍화된다.

그것은 이 단지도 예외가 아니라 군데군데 금이 가 있었다.

금에서는 무언가 검은 안개 같은 것이 솟아오르는 것처럼 흘러 넘쳐서 바닥에 떨어지고 있었다.

바닥에 닿은 안개는 얼마 지나지 않아 사라져 버린다.

그렇지만, 그것이 아무런 영향을 주지 못하고 있는 것은 아니다.

단지 주위의 바닥에는 검은 얼룩이 점점이 묻어 있었다.

방이 어두우니까 보이지 않을 뿐이다. 만약 불빛이 있었다면 빨려 들어갈 것 같은, 빛을 전혀 반사하지 않는 이질적인 검은 색이 비쳤을 것이다.

문득, 위에서 무언가가 떨어져 단지 안에 들어갔다.

액체 같기도 하고, 고체 같기도 하다.

단지 안에 분명히 들어가긴 했지만, 소리는 하나도 안 난다.

여전히 정적에 휩싸인 석실.

단지 안에서는, 금에서 흘러나온 검은 안개 같은 것이 완만한 소용돌이를 휘감으면서 응어리져 있었다.

무엇이 떨어졌을까?

단지의 입구 바로 위.

그곳에, 천장에서 몇 겹으로 뻗은 사슬에 붙잡힌 무언가.

사람이 아니다.

굳이 따지자면, 파충류의 도마뱀이 연상되는 모습. 문득 희미하게 열린 눈에는 체념의 색이 짙게 나오고 있었다. 조금 지나, 그 눈이 감겼다.

짙은 갈색의 도마뱀. 보통 도마뱀은 아니리라. 이 석실은 밀폐된 지 이미 100년은 가뿐한 시간이 지났다. 그만큼의 시간을, 영양은커녕 물도 섭취하지 않고 살 수 있는 생물은 존재하지 않는다.

사슬은 군데군데 녹이 슬어 있지만, 아직 단단하다.

아무래도 그냥 사슬이 아닌 모양이다. 마력, 주력, 요력 같은 종류의 힘이 느껴진다.

그 사슬이 도마뱀 같은 무언가의 몸에 단단히 파고들었고, 그렇게 파고든 곳에서 스며 나온 것이 커져서, 단지 안으로 떨어진다. 그 빈도는 결코 많지 않지만, 100년 이상의 시간이 걸리면 양이 쌓이는 것도 필연이었다.

삐걱.

으직.

도마뱀이 힘을 주자, 석실이 삐걱대는 소리가 커졌다.

소용없다는 것은 알고 있다. 그러나 저항한다.

이 저항을 시작한 것은 최근. 도마뱀에게 몇 년이라는 단위도 최근이긴 하지만.

처음에는 힘을 쥐어짜내 저항했지만, 구속을 깨지 못해 헛고생으로 끝난 다음에는 아무것도 할 생각이 안 들었다. 그리고 긴 시간이 지나, 드디어 자신의 끝이 보이기 시작한 것을 깨달았다.

이대로, 아무것도 안 하고 끝나는 것 보다는……. 그런 생각에 이른 것이다. 뭐, 그렇게까지 확실한, 인간 같은 사고를 한 것은 아니었다. 조금 더 원시적인, 그저 이대로는 끝날 수 없다는 그런 본능에 따른 결과였다.

통하지 않는 저항. 소용없이 끝날 것은 알고 있었다.

자신의 힘만으로 무언가를 바꾸려고 생각하지는 않는다. 그저, 자신이 아닌 무언가, 누군가가 깨달아 준다면.

그런 미약한 바람과 함께, 도마뱀은 얼마 안 남은 힘을 쓰는 것이었다.

◇◆◇◆◇◆◇◆

이튿날 아침.

"영차."

가벼운 기합. 타이치는 마차 안에서 한 변이 1미터쯤 되는 나무 상자를 들어 올렸다.

팜템에 도착할 때까지 토벌한 마물에서 채취한 전리품을 넣은 나무 상자다.

약간 들기 불편한 기색으로 나무 상자를 끌어안고 걷는 타이치.

그 앞을 린과 뮤라가 나아간다.

세 사람이 걸어가는 앞에는, 팜템의 모험가 길드 본부가 있었다.

마침 마차를 주차장에 세우고, 쿠로를 사역마나 마차의 말이 있는 마구간에 맡긴 참이었다.

본부라고 하지만, 모험가 길드의 총본산은 아니다. 나름대로 커다란 도시에 가면 면적도 상당히 넓어진다. 도시의 모험가 전체를 총괄하는 본부와 세세한 일을 맡는 지부가 있는 것이다.

지부에서도 대응할 수 있는 범위의 지부에만 있는 의뢰의 수령, 그 도시에서 수령된 모든 의뢰의 완료 보고, 어느 정도 소재의 매각, 모험가에게 필요한 기본적인 도구의 매매는 지부에서 할 수 있다.

지부에서 대응이 어려운 고랭크 의뢰는 본부에서 받을 수 있다.

본부와 지부가 의뢰를 나누는 것은, 본부와 지부에서 공유하면 어느 의뢰를 받을 수 있고 어느 의뢰가 남아있는 건지에 대한 연계를 실시간으로 할 수 없기 때문이다. 네트워크와 시스템 구축으로 실시간 관리가 가능한 현대의 지구하고는 다른 것이다.

한편으로 모든 의뢰에 대해서 완료 보고를 할 수 있는 것은 모험가에게 고마운 일이다.

예를 들어보자. 본부에서 받은 의뢰를 달성하고 파김치가 되어 도시로 귀환했다. 그리고 의뢰 완료 보고 기한이 닥쳐왔지만, 거점으로 삼은 여관과 본부가 멀어서 귀찮다. 한시라도 빨리 침대에 들어가서 쉬고 싶다. 달성 보수를 받는 건 내일이라도 좋다. 그렇게 생각하는 경우가 결코 적지 않다.

채취 의뢰라면 달성 보고 및 채취한 것을 지부에 제출한다. 지부에서는 의뢰 달성의 보고를 받았지만 보수가 미지불이란 표식을 찍어준다. 느긋하게 쉬고 다음날에 본부로 가서 표식이 찍힌 수령서를 제출하여 보수를 받는다.

모험가 길드 본부는 기본적으로 도시의 중심부, 가장 좋은 자리에 세워져 있는 경우가 많다. 그곳에 가까운 여관은 편리성 탓에 숙박비 시세가 높다. 실력과 랭크 때문에 비싼 여관에 묵지 못하는 모험가도 많다. 또한 더욱 단순하게, 모든 방이 다 차서 숙박을 못하는 경우도 있다. 특히, 팜템처럼 어느 정도의 규모가 있으면 더욱 자주 있는 일이다.

전에 방문했을 때는 갈 용건이 없었지만, 에리스테인 마법왕국의 수도 웨네픽스도 본부와 지부가 있었다. 본부에 비해 지부는 각각의 큰 길에 있고, 모험가를 지원할 체제가 마련되어 있었다.

어쨌거나.

양손이 막힌 타이치 대신에 린과 뮤라가 길드의 문을 열었다.

이른 아침의 제일 혼잡한 시간은 이미 지났기 때문인지, 혼잡하다는 감상을 품지는 않았다.

그래도 길드 안에 남아 있는 그럭저럭 많은 사람의 시선이 세 사람에게 모였다.

일단은 린과 뮤라라는 어여쁜 여자 두 사람을 주목한다.

여성 모험가도 없는 것은 아니지만, 역시 이 일은 거친 일이 메인이 되기 때문에 남자가 많다.

고랭크가 되면 귀족에게도 뒤지지 않을 정도의 수입을 얻을 수 있다는 꿈이 있다. 활약에 따라 귀족위와 어느 정도의 영지를 받고, 장래가 보장되어 은퇴할 수도 있다. 그래도 랭크가 올라가면 의뢰도 어려워지기 때문에, 보다 목숨의 위험이 늘어난다는 생각도 할 수 있다.

저랭크의 경우, 목숨을 거는 것치고는…… 이라는 정도의 보수밖에 못 받는다. 그래도 보통 노동자보다는 고수입이지만, 목숨과 저울질 했을 때 어떨까를 생각해보면 가치관에 따라서 「그건 아니다」라는 판단을 내리게 되는 일이다. 애당초 모험가는 나가는 경비도 무시할 수 없기 때문에, 저랭크에서는 적자를 메우기 위해 계속 일해서 간신히 먹고 사는 경우도 적지 않다.

그런 일을 하고 있기 때문인지, 특정한 상대가 있는 자는 극히 일부였다.

오늘은 무사해도 내일은 죽을지도 모른다.

그래도 좋다는 상대와 합의하여 가정을 가지는 자가 있는 한편, 죽으면 유족이 궁핍해지는 것을 피하기 위해 어느 정도

자금을 모아서 안전한 일을 할 수 있게 되기 전까지는 가족을 만들지 않는 것을 선택하는 자도 있다.

혹은 더욱 단순하게, 일의 특성상 상대를 찾기가 어렵다는 경우도 있었다. 여성 모험가가 있는 파티라도, 파티 안에서 연애는 금지라는 규칙이 있는 경우도 많다. 연애 관계가 꼬여서 파티가 공중분해 됐다는 전례가 수없이 남아있기 때문이다.

무슨 말을 하고 싶은 거냐 하면, 린과 뮤라에 이어서 따라가는 타이치에게 약속한 것처럼 질투의 시선이 모였다는 것이다.

이렇게 함께 있다 보니, 이 시선도 이미 익숙해졌다. 타이치는 어디서 개가 짖나 싶은 표정으로 접수처를 향해 발길을 옮겼다.

극히 일부가 타이치 일행을 보고 놀랐지만, 질투와 호기심의 시선에 섞인 것과 또 하나의 이유로 깨닫지 못했다.

"안녕하세요? 모험가 길드에 잘 오셨어요. 오늘은 저, 레이라 이그라즈가 상대하겠습니다. 어떤 용건이신가요?"

접수원은 단정한 생김새에 영업 스마일을 띄우며 물었다.

린이 대표로 응답했다.

"소재 매입을 부탁 드려요."

"알겠습니다. 소재는…… 그 나무 상자에 들어있나요?"

접수원의 시선이 타이치가 안고 있는 나무 상자로 향했다.

그것을 보고 린이 고개를 끄덕였다.

"네."

"알겠습니다. 그러면, 일단 길드 카드를 제시해 주세요."

린이 자신과 타이치의 것을, 뮤라는 자기 것을 카운터에 놓았다.

레이라는 길드 카드를 확인하고, 살며시 눈을 크게 떴다.

모험가 랭크 B. 그리 자주 만날 수 없는 고랭크 모험가. 타이치 일행이 거점으로 삼은 아즈파이어에서는 B랭크 모험가가 타이치 일행과 바라다 파티밖에 없었다. 아즈파이어보다 두 단계는 커다란 팜템이라도, B랭크 모험가는 세 팀뿐이다.

A랭크 모험가는 한 나라에 몇 명 정도만 있는 수준이라서, 평소 길드에서 만날 수 있는 고랭크 모험가는 B가 최고다. 도시를 거점으로 삼는 자가 아니면 방문하는 B랭크가 그렇게 많지 않기 때문에, 접수원으로서도 드문 일이었다.

그래도 살짝 놀라기만 하고 겉으로 드러내지 않는 것을 보면, 그녀 또한 우수한 접수원인 것이리라.

사실 레이라는 접수원 중에서도 간판 아가씨로 인기가 있으며, 타이치뿐이었다면 또 다른 종류의 질투가 생겼을 것이다. 린과 뮤라가 있으니까 그것이 없었을 뿐이다. 어느 쪽이든 질투를 받는 것은 다를 바가 없지만.

"확인됐습니다. 그러면…… 안에는 어느 정도 들어있나요?"

소재를 꺼내달라고 하려다가, 양에 따라 접수처에서 처리하는 것이 어렵다고 판단하여 어느 정도 양인지 확인하는 레이라.

"이 나무 상자에 가득 들어있어요."

확인하길 잘했다. 내심 안도하는 접수원이었다. 여기서 내용물을 꺼냈다간 수습이 안될 것이 눈에 선했다.

그래서 그녀는 손바닥을 위로 올려, 카운터 옆의 통로를 가리켰다. 그 통로는 딱히 길지는 않고, 금방 나무문에 막힌다. 그 너머로 가라는 뜻이리라.

"저쪽 문 너머에 해체 설비가 있습니다. 어느 정도 공간이 필요할 것으로 생각되니, 수고롭지만 저쪽에서 검사 및 수속을 부탁드립니다."

그 말을 하고, 접수원이 쪽지에 술술 무언가를 적어서 린에게 내밀었다.

"고맙습니다."

인사를 하고 그것을 받았다.

전형적인 문체로 쓰인 지시서에 접수원의 이름과 함께, 들어온 물품이 많기 때문에 해체 설비에서 검사를 부탁한다는 내용이 적혀 있었다.

"가자."

문을 열어주지 않으면 타이치가 못 지나간다. 그래서 앞장서기 위해 한 발 먼저 걷기 시작한 뮤라.

그녀의 두 걸음째가 바닥에 닿으려고 한 그때.

"?"

희미하게 지면이 흔들렸다. 익숙하지 않기 때문에 민감하게 위화감을 느낀 뮤라가 고개를 갸웃거렸다.

반응은 크고 작지만, 눈치챈 자는 많았다.

이것이 무엇일까? 무심코 타이치와 린을 보았다. 예상 밖의 상황에 대한 반응 속도는 여태까지 꾸준히 키워왔다.

타이치와 린도 그럴 것이다—.

그렇게, 생각했기 때문이었는데.

"응?"

"아."

타이치와 린은, 한 박자…… 아니, 두 박자 정도 늦어서야 간신히 깨달았다는 반응.

빈말로도 모험가로서 언제나 주위를 살피고, 일어난 일에 즉시 대응한다는 전제와 동떨어진 것. 그것은 너무나도 느긋한 반응이었다.

발치에서 전해지는 미진.

그그…… 무언가가 어긋나는 소리.

그리고.

휘청 크게 기울어지는 건물.

찾아오는 가로 진동.

"윽……!"

발치가, 자신이 선 대지가 흔들린다는, 지금까지 경험한 적이 없는 사태에 살짝 표정이 굳어지는 뮤라.

그녀는 그나마 당황하지 않은 편이었다.

모험가로서 사선을 헤쳐 나와 간담이 단련되어 있다는 것도 하나의 원인이리라.

그렇지만, 뮤라 정도의 경험치가 없는 모험가나 애당초 그러한 사태에 익숙지 않은 자는 달랐다.

"꺄아아!"

접수원 레이라가 공포를 느낀 나머지 웅크려 앉았다.
“젠장! 또냐!”
“얼른 멈춰라!”
“히, 히이익!”
“우와아아!”
쨍그랑. 무언가가 떨어져서 깨지는 소리.
테이블이나 의자가 덜컥덜컥 흔들린다.
아비규환.
그야말로 그렇게 표현하는 것이 걸맞은 양상.
꼴사납게 소란을 피우지는 않았지만, 공포를 느낀 것은 뮤라도 마찬가지였다.
그런, 데도.
“흔들리네에.”
“진도 4쯤 되나?”
“내진이란 개념 같은 게 없을 테니까 실제로는 그렇게 안 되는 거 아냐?”
“그것도 그렇겠네. 그러면 3쯤?”
“아마도. 어쩌면 2쯤일지도 몰라.”
“그럴 수 있네. 그건 그렇고, 모두의 반응 말인데…….”
“으음. 지진에 대한 익숙함의 차이겠지?”
“역시 그렇지? 우리는 자주 겪었으니까.”
“위기감이 옅다고도 하지.”
“맞는 말이야.”

태연하게 그 자리에 서서, 아무것도 아니란 듯 대화를 하는 타이치와 린의 모습.

두 사람에게는 오래 느끼지 못했던, 그리우면서도 익숙한 감촉이었다.

이 사태에 어쩜 저렇게 태평하게…… 이렇게 꾸짖을 여유가 생기자, 뮤라도 당황하는 것이 어쩐지 바보 같아지고 말았다.

공포심이 없는 건 아니다. 그렇지만 처음과 비교하면 상당히 적어진 것도 사실.

터무니없는 상황일 텐데, 대단한 일은 아니다. 그렇게 말하는 반응을 보고 냉정해져버린 것이다.

그것은 반드시 뮤라에게만 일어난 일이 아니다. 타이치와 린이 태연한 그 모습에, 길드에 있던 사람들은 서서히 냉정함을 되찾았다.

"타이치, 린. 너희들은 아무렇지도 않아?"

어쨌거나.

믿을 수가 없다. 다소 굳은 음색이 나온 것을, 뮤라 자신도 말을 하고서야 깨달았다.

그 흔들림이 자신의 상식도 동시에 흔드는 것 같은 공포를 느꼈다.

자신이 선 대지가, 어느 정도 광대한지 표현하지도 못할 정도인 것이 흔들린 것이다. 어떤 의미로 당연한 반응이라고 할 수 있었다.

자그마한 생물이 저항할 수 없는 자연이란 것에 느끼는 원

시적인 공포, 그렇게 표현할 수 있을지도 모른다.

그런 뮤라의 물음에.

"우리들 고향에서는 이 정도 흔들림은 흔했거든."

"……뭐?"

이 땅 흔들림이, 흔하다?

"응. 우리들의 나라였으면, 지금 흔들린 정도면 깨지도 않고 자는 사람도 있지 않을까?"

이런 흔들림에서, 깨지도 않고 잔다고?

지금 막 일어난 흔들림으로 느낀 공포를 떠올리면, 도저히 생각하기 어렵다. 생각하고 싶지도 않다.

"뭐, 익숙함의 문제겠지. 지금보다 크게 흔들리는 것도 몇 번이나 일어났었고."

"그러게. 우리들은 이미 질릴 정도로 지진을 겪었으니까."

타이치와 린은 지진과 이웃하여 계속 살아왔다고 말했다. 그야말로 두 사람뿐이 아니라, 선조 대대로.

그렇군. 그렇다면 그들의 차분함도 납득이 된다.

이 정도로는 동요는커녕 놀라지도 않을 정도로 익숙한 것이리라.

그들의 말이 허풍이다, 허세다. 그렇게 단언하는 자도 있을 것이다. 그렇지만 이 자리에 있는 대부분의 사람들이 경악에 휩싸인 가운데, 타이치와 린의 태도가 차분하다는 사실은 뒤집을 수가 없었다.

"그렇게 된 거구나……."

세 사람 중에서 자신만 당황했다. 그 사실에는 조금 느끼는 바가 있지만, 두 사람 덕분에 차분해진 것도 사실이다.

뮤라는 사소한 것을 신경 쓰는 건 깔끔하게 그만뒀다.

"그래. 이 정도 크기라면, 뭐 괜찮을 거야."

별 것 아니라고 말하는 타이치. 린도 수긍했다. 경험치가 많은 그들이 하는 말이라면 틀림없을 것이다.

"그러면 가자."

"그래. 그러자."

다음 출발을 대비해서 이 나무 상자를 비운다.

이 다음에도 예정이 있다. 급한 여로는 아니지만, 모두 처리하고서 느긋하게 보내고 싶다.

문 너머로 사라진 세 사람의 등을, 길드 접수처 앞의 홀에 남아 있던 자들의 시선이 좇았다.

이 정도 흔들림이라면 두려울 것 없다.

당사자들은 그럴 생각이 있었는지 모르지만, 그러한 메시지를 사람들에게 준 흑발의 소년소녀.

그들의 상식에 충격을 받았기 때문인지, 모두가 놀라워하며 그들을 눈으로 배웅했다.

그런 가운데.

이 자리에 있는 거의 모든 사람들과 비교해서 다른 종류의 놀라움을 품은 두 사람이 있었다.

수수한 로브를 깊게 눌러쓰고 정체를 밝히지 않도록 하며, 홀 구석의 테이블에 진을 치고 있는 2인조.

명백하게 수상한 풍채였지만, 존재감을 흐리는 술수라도 있는 건지 다른 사람들은 딱히 두 사람을 신경 쓰는 기색이 없었다.

"……발견했네."

"……네. 놀랐어요."

그 목소리는 젊은 여성의 것. 가련한 울림을 가진, 귀에 편안한 목소리였다.

두 사람의 시선은 다른 사람들과 마찬가지로 세 사람이 사라진 문을 향하고 있었다.

그 중에서 한쪽이 손 안에 숨기고 있던 로켓의 뚜껑을 살며시 열어서 보았다.

중심의 보석이 부드러운 빛을 뿜고 있었다.

"틀림없어?"

로켓을 가지지 않은 쪽의 아가씨가 물어보자, 로켓을 가진 아가씨가 곧장 긍정했다.

"네. 틀림없어요."

"그래……. 그러면, 가자."

"알았어요."

그녀들은 살짝 고개를 끄덕였다.

그 모습은, 마치 벽에 동화된 것처럼 아무도 주목하지 않았다.

◇◆◇◆◇◆◇◆

엔으로 치면 대략 250만엔.

소재를 환금해서 얻은 금액이었다.

셋이서 50만씩 가지고, 나머지 약 100만은 파티 공용 자금으로 삼았다.

지금까지 몇 군데 도시를 경유했지만, 여행에 필요한 비용을 빼도 수지는 흑자로 돌아섰다.

참고로 시야크에서 정보상을 사용했을 때 지불한 돈을 빼고서다. 그것에 대해서는 각자의 포켓 머니를 사용했다. 결코 싸지는 않지만, 사용할 예정 따위 거의 없는 자산이기 때문에 셋 다 딱히 아깝다고 생각하지 않았다.

"응, 이번에도 그럭저럭이네."

그렇게 말하면서 지은 웃음에, 타이치는 약간 씁쓸함을 섞었다. 금전 감각이 마비된 것을 부정할 수 없다. 아르바이트를 하지 않았던 타이치의 수입은 월 1만. 아르바이트를 했던 동급생이 얻은 금액은, 많으면 1개월에 10만 정도였다. 그에 비해서 이번에 타이치가 얻은 금액은 50만. 게다가 쓰러뜨린 마물은 모두 소일거리 수준이다.

하물며 계좌에는 억 단위의 돈이 담겨 있었다. 사용할 길이 떠오르지 않으니까 줄어들지 않는 것뿐이다.

또한 평범한 모험가라면 좋은 장비에 좋은 도구, 좋은 창부에 좋은 여관, 그리고 무엇보다도 식사와 술. 사용할 길이 잔뜩 있을 게 틀림없다. 타이치의 경우는 도구와 여관, 그리고 식사다. 장비와 창부가 빠지는 것이다. 장비는 모험가가 가장 돈을 들이는 부분. 그리고 모험가에 따라 다르지만, 창부는 어느 정도 비용이 드는 부분일 것이다.

여담이지만 타이치는 창부를 산 적이 없다. 사려고 하면 얼마든지 살 수 있고, 도시 제일의 창부를 빼내는 것마저 가능한 돈을 가지고 있지만, 여러 가지 이유가 있어서 살 생각이 안 드는 것뿐이다.

"늘어나기만 하네."

기껏 다소 줄어들었다 싶었는데, 또 다시 잔고가 늘어나고 있다. 아무리 그래도 1천만을 보충하기에는 거리가 멀지만, 기본적으로 줄어들지 않기 때문에 언젠가는 그만큼의 지출도 보충하여 이윽고 그 이상으로 늘어나는 것이 눈에 선했다.

"없어도 곤란하지는 않지만, 있어서 곤란할 것도 아니고, 좋잖아."

"그렇지."

"그건 그렇네."

뮤라의 말은 지당했다.

깔끔한 말이나 이상, 정론만으로 밥을 먹을 수는 없다. 이 세계에서는 그것이 현대 이상으로 확연했다.

"어디, 그러면 다음 용건을 해치우도록 할까?"

"그러네."

"나랑 뮤라는 도구상이네. 뮤라가 포션을 사왔으니까 그것 말고 다른 도구를 사올게."

모험가 데뷔를 하고서 처음에는 도구에 대해서는 뮤라가 담당하고 있었지만, 지금은 타이치와 린도 담당하고 있었다.

앞으로도 계속 맡기기만 할 생각은 없다. 뮤라의 장보기에 동행하여 고르는 법 따위를 배우고 있기 때문에, 현재는 파티 안의 누가 담당해도 문제없는 수준까지 와 있었다.

"그래. 맡길게. 나는 마차 점검이네. 덤으로 쿠로랑 조금 놀아주고 올게."

마차도 도구다. 따라서 산 다음에는 점검이 필요 없다고 할 수는 없다. 지구에서도 아무리 고장이 적다고 하는 자동차도, 정기적인 점검과 수리가 필요하다. 마차는 더욱 빈번하게 할 필요가 있다.

큼직한 도시에 도착할 때마다 확실하게 마차 공방에서 점검을 실시했다. 뮤라가 보기에는 약간 과잉이 아닌가 싶었지만, 타이치와 린이 「반드시 필요하다」라고 주장한 것과, 파티의 지갑에 여유가 있고 점검을 한다는 생각 자체는 옳다는 이유에서 두 사람이 하고 싶은 대로 하도록 했다.

점검을 할 때마다, 의외로 교환하는 부품이나 수리하는 부분이 나오는 것에 뮤라는 놀랐다. 쿠로라는 규격을 벗어난 파워 트레인 덕분인지 마차에 상상 이상으로 부하가 걸린 모양이다. 타이치와 린의 눈이 옳았던 것이다.

그리고 쿠로에 대해서는 적절하게 발산을 시켜준다.

마차를 끄는 데도 나름대로 파워를 쓰고 있지만, 전력을 낼 기회는 그다지 없다.

여행하는 와중에도 때때로 하고 있지만, 마구간에 맡기기만 할 때도 있으니 스트레스 발산은 중요하다.

"그러면, 태양이 중천이 됐을 즈음에 집합하자."

"알았어."

별개로 행동하게 되는 타이치와 만날 시간을 정했다.

중천. 다시 말해서 정오 무렵이다. 뭐 디바이스가 뭐든 시계를 가진 것이 당연하다는 환경이 아니니 생각보다 폭이 넓다.

지금은 태양의 위치를 보고 정말로 대충이지만 시간을 알 수 있게 됐다. 지구에 있을 때도 못한 것은 아니지만, 보다 정밀도가 올라갔다.

이 또한 필요한 스킬이었다.

회중시계를 가지고는 있지만, 모험을 하는 와중에 잃어버리는 일도 있을 수 있다.

그것을 생각하면, 해를 보고 시간을 아는 수단은 중요했다. 실력은 빼어나지만, 그것은 어디까지나 전투 능력에 한정된 이야기였다. 살아남는 것에 필요한, 이른바 서바이벌 스킬의 습득은 필수라고 할 수 있었다.

일단 행동 방침이 결정되고, 이제 움직여볼까 하는 참에 이쪽으로 다가오는 2인조가 눈에 들어왔다.

후드를 깊숙하게 눌러쓴 로브의 2인조. 수상하다는 의미에서 대단히 눈에 띄지만, 주위에서는 전혀 주목을 하지 않는다.

타이치 일행이 서 있는 장소는 큰 길의 동선에서 조금 벗어난 곳이다. 되도록 방해가 되지 않도록 하고 있어서 그들을 피해 걷는 자들도 딱히 민폐란 시선을 보내지는 않는다.

동선의 한가운데였다면 민폐란 시선을 넘어서 「방해되잖아」라고 말을 할 것이다.

그런데 그 로브의 2인조는 어떨까?

세 사람이 서 있는 장소 너머에 용건이 있는 걸까? 아니면.

그리고, 그 2인조는.

타이치 일행 앞에서 멈춰 섰다.

어쩐지 모르게, 그럴 것 같았다.

아무래도 슬슬 무슨 일이 일어날 것 같다고.

저쪽에서 오는 건지, 어쩔 수 없이 말려드는 건지, 이쪽에서 고개를 들이미는 건지는 분명치 않았지만.

이번에는 전자였던 것이다.

"……무슨 일이지?"

딱히 표정을 바꾸지 않았지만, 약간 의문스런 감정을 싣는 재주 좋은 짓을 하면서 뮤라가 2인조에게 물었다.

정체를 드러내고 싶지 않은 걸까? 아니면 이것이 이 2인조의 정장인 걸까? 아니면 자신들을 수상쩍게 보이기 위한 연출일까?

세 번째라는 것도 의외로 있을 법하다. 타이치가 그런 생각을 하고 있는데.

"버릇없지만 실례합니다. 대단히 죄송합니다만, 저희들을 따라와 주실 수 없을까요?"

후드의 한쪽이, 대단히 정중하게 말을 걸었다. 목소리를 들어보니 여자다. 상당한 미성이다. 또한, 가만 보니 형태가 좋은 매끄러운 피부의 입가가 엿보인다. 그것만으로 단정할 수 없지만 상당한 미인이 아닐까 생각했다.

"……."

수상함을 전개하면서, 내력을 밝히지 않고 따라오라니.

일부러 그러는 걸까? 그런 감상을 품은 뮤라는 나쁘지 않다.

"그렇게 말하면, 따라가는 사람이 있을 거라고 생각해?"

린의 대답도 당연하다면 당연했다.

그렇지만 상대도 그 정도로 물러설 것 같지 않았다.

물러갈 거라면 처음부터 말을 걸지도 않았을 테니까.

"……알고 있습니다. 그것을 굽히고, 부디……. 여기서 이야기를 하기에는……."

정말로 미안하다는 기색으로 말한다. 그 감정은 목소리로도 충분히 전해졌다.

그렇지만, 역시 물러설 수 없다.

"우리들도 물러설 수는 없어. 어떡하면 따라와 줄 수 있을까?"

타이치로서는 최종적으로 그들을 따라가도 좋다고 생각했다.

린과 뮤라가 어떻게 생각하는지는 모르지만, 아마도 같은 생각이 아닐까?

그도 그럴 것이, 상대가 한 발도 물러날 생각이 없는 이상, 이대로는 끝이 없다.

그렇지만 간단히 양해해 버리는 것도 재미없다. 저쪽에서 온 이상, 뭔가 요청이나 의뢰를 하는 것은 틀림없으리라.

이렇게 접촉해온다는 것은, 모험가 길드를 사이에 두는 의뢰가 아닌 것이 확실하다.

그 요청 혹은 의뢰에 대한 여러 가지 조건, 내용, 보수는 개인 차원의 교섭이 된다. 여기서 간단히 따라가 버리면 속이기 쉽다고 판단해서 깔보게 될 가능성이 있었다.

난처하다면 구해주는 것도 싫지는 않다. 그렇지만 타이치 일행은 랭크 B의 고랭크 모험가다. 안이한 행동은 다른 모험가에게도 영향을 준다.

다시 말해서.

"요컨대 우리들에게 무슨 메리트가 있는가지."

그런 것이다.

친한 사이라면 손익 계산 없이 움직일 이유가 된다.

그렇지만 이제 막 만났다면, 무슨 이득이 있는게 아닌 이상 사람은 움직이지 않는다.

무언가를 얻기 때문에 「이 사람을 위해서」라면 움직일 수 있다고 생각하는 것이다. 빼앗는 상대를 위해서 「이 사람을 위해」라고 생각하는 사람은 소수파이리라.

'손익 계산만 가지고 판단하는 건 좋지 않지만…… 하지만, 나는 그런 마조히스트는 못 되지…….'

타이치도 아직 인간이 다 못 됐다.

현대에 있을 무렵과 비교해서 이야기지만.

사람을 보는 눈이나 이해력, 대응 능력이나 판단 능력 따위가, 전투나 교섭 따위를 경험한 결과 지구에 있던 시절과 비교해서 범상치 않은 속도로 늘고 있었다.

그래도 아직 이제부터였다. 레미아는 물론 린이나 뮤라와 비교해서도, 타이치 자신이 가장 부족하다고 생각하고 있었다.

"그쪽에는 우리들을 데리고 가는 것에 의미가 있겠지만, 우리들은 따라갈 이유가 없단 말이지. 그 부분을 어떻게 메울 거야?"

타이치는 힐끔 린과 뮤라를 보았다. 두 사람이 가볍게 긍정하는 것을 보고 이거면 됐다고 가슴 속에서 안도했다.

여기서 방침이 어긋나는 것은 그다지 좋지 않았지만, 괜히 몇 개월 함께 행동한 것이 아니다. 이럴 때 어떤 생각을 하는지, 그 정도는 대강 예상할 수 있다. 모험가로서 어떻게 생각을 해야 하는가 하는 이야기를 여로를 오며 진지하게 했기 때문이라고 말할 수 있었다.

"자, 대답은?"

뮤라가 상대에게 결단을 재촉했다.

딱히 한가한 것도 아니다. 오늘 이제부터 할 일을 이야기하면, 장보기에 쿠로 보살피기, 마차의 점검. 그 이후에는 뭔가 건질 것이 없는지 보러 시장 산책에 관광.

오늘의 일정을 하루 뒤로 미루는 것 정도는 문제없다.

그렇지만 여행의 목적은 타국의 땅을 보러 다니는 것. 눈으로 보고 귀로 들어서 아는 것. 관광 자체가 일부러 이곳까지 여행을 한 이유였다.

별다른 사정도 없이 목적을 미루고 싶지는 않았다.

"……알았어. 지금 여기서 뭘 줄지 확약은 못해. 하지만 보답 자체는 반드시 준비하겠어."

"잠깐, 그런 약속을 멋대로 해도 되는 건가요……?!"

"어쩔 수 없잖아. 우리들도 실패할 수는 없으니까."

"그건 그렇지만요……. 준비 못하면 어떡할 건데요?"

"준비할 거야. 반드시. 그게 있어야 비로소, 그들이 이야기를 들어줄 거야."

그런 대화를 나누는 로브의 여성 두 사람.

한쪽은 멋대로 약속을 한 것에 놀라고 있지만, 또 한쪽은 완고하게 자신의 말을 굽히지 않았다. 한다고 말을 했으면 한다. 그런 결의 같은 것이 말과 태도로 나타났다.

"상담하지도 않고서…… 정말로 괜찮은 걸까요?"

"물러가서 상담하고, 그런 짓을 해도 효과가 적을 거야. 불만이 있으면 나머지 두 사람이 그들과 교섭을 하면 되지. 그들은 딱히 특별한 말은 하지 않았어. 오히려 당연한 말을 하는 것뿐이니까 어설프게 교섭을 하려다간 괜히 더 완고해지기만 할 것 같은데."

너도 그들에게서 예스를 끌어내지 못하잖아? 그런 메시지가 포함되었는지 분명치는 않지만, 그녀는 할 말이 없었는지 처음에 타이치 일행에게 말을 걸었던 여성은 그 이상 아무 말 없이 입을 다물었다.

"기다렸지. 방금 전에도 말했지만, 보답은 내가 책임지고 어떻게든 하겠어. 그걸로 납득해주면 기쁠 것 같은데."

로브의 2인조 사이에서 이야기가 정리됐는지, 보답을 말한 쪽이 타이치 일행을 새삼 보았다.

어쩌지?

괜찮지 않을까?

이렇게까지 말하고 있으니까.

그런 대화를 시선만으로 나누고.

"알았어. 그러면, 따라갈게."

타이치가 대표로 응답했다.

"그래……. 다행이야."

결코 거창하지 않게, 그녀는 마음 깊이 안도한 것처럼 한숨을 쉬었다.

그것을 보고, 다른 한쪽. 존댓말로 말하는 여성 쪽 또한 타이치 일행이 예스라고 말한 것에 안도한 것처럼 한숨을 쉬고 말했다.

"그러면, 이쪽입니다."

"응, 알았어. ……그런데, 그쪽은 우리들을 아는 모양인데, 이제 그만 자기소개 정도는 해줘도 되지 않을까?"

린은 두 사람에게 이름 정도는 가르쳐 달라고 말했다.

그렇다. 핀포인트로 타이치 일행에게 접촉해 왔으니 타이치 일행을 조사했을 것이다. 그렇게 생각했는데.

"우리는 두 명 더 동료가 있어. 모두 모이면 이 로브도 벗고서 새삼 자기소개를 할게."

"사실은 우리들도 당신들 이름을 몰라요."
뭐?
뮤라는 그렇게 생각했고, 타이치는 무심코 소리를 냈다. 린은 눈을 동그랗게 떴다.
"우리들을 알고서, 그래서 이렇게 접촉해온 게 아니고?"
누가 뭐래도 핀포인트였다. 아무나 가리지 않고, 누구든지 좋았다면 그렇게까지 필사적으로 이쪽에 호소하지 않았을 것이다.
뭐, 아무나 가리지 않고 닥치는 대로 말을 걸었다가 아무도 붙잡지 못한 결과라는 것도 있을 수 있다.
있을 수 있지만, 그 또한 가능성이 낮은 것은 예상할 수 있었다.
"그 부분도 포함해서, 전부 설명할 테니까. 일단 따라와줄래?"
그렇게 말하며 몸을 돌리는 로브 두 사람.
간다고 말했으니 여기서 철회하는 것도 미묘하다.
그렇지만 어쩐지 쉽사리 풀리지 않을 것 같다는 예감을 느끼고, 타이치는 고개를 갸웃거렸다. 그걸 본 린이 쓴웃음을 짓고, 뮤라는 어깨를 으쓱거렸다.

◇◆◇◆◇◆◇◆

눈앞에 늘어선 네 명에게 타이치와 린은 압도되고 있었다.
도시의 교외 가까운 장소에 있는 2층짜리 단독주택. 특별한 점이 없는 평범한 집이었다.

그 식당이라고 불러야 할 장소 한 가운데 있는 소파에서, 타이치 일행 세 사람은 로브를 두르고 있던 두 사람과 그 동료인 남녀와 마주보고 있었다.

남자 한 명에 여자 세 명.

그들 모두가 범상치 않은 미모를 지니고 있었다.

겉으로 보이는 연령은 10대 후반에서 20대 후반쯤일까?

도자기처럼 투명하고 하얀 피부, 아름다운 금발에 벽안. 강한 힘이 느껴지는 갈색 피부, 매끄러운 은발에 자수정 색의 눈동자.

예술품 같은 미모.

쭉 뻗어 끝이 뾰족한 귀.

낯선 것은 아니다. 오히려 익숙하다.

"새삼 자기소개를 하겠어. 내 이름은 마두 아마벨이야."

"제 이름은 에이린 페르세베란사예요."

로브를 두르고 접촉해온 두 사람이다. 겉으로 보이는 연령은 마두가 20대 전반, 에이린이 10대 후반.

두 사람 모두 하얀 피부에 금발벽안. 다시 말해서, 엘프. 마두는 웨이브가 진 롱 헤어, 에이린은 머리칼을 목덜미에서 하나로 묶어 가슴 앞으로 늘어뜨리고 있었다.

"나는 미리야 데자피오. 잘 부탁해."

"나는 하비 페리페티아. 잘 부탁할게."

방에 있던 두 사람은 갈색 피부에 은발, 자수정의 눈동자.

겉으로 보이는 연령은 미리야가 20대 중반, 하비가 20대 후반.

하비는 짧은 단발, 미리야는 스트레이트 롱헤어.

이쪽 두 사람은, 이른바.

"……다크 엘프?"

두 사람을 보고 린이 조용히 중얼거렸다.

어떤 의미로, 의도적이다. 다크 엘프라는 것 그 자체의 확인과, 그 표현이 터부가 아니라는 것을 확인하는 것도 겸하고 있다.

린의 말에 미리야와 하비가 움찔 반응했다.

"흐음. 우리들을 아는 구나."

"다크 엘프는, 엘프랑 달리 기본적으로 밖으로 나오질 않는데 말이지."

딱히 숨기고 있는 건 아니지만, 다크 엘프들은 바깥에 다닐 필요성을 못 느끼고, 평생 마을에서 지내는 자가 대부분이다. 극히 일부 바깥으로 나오는 자가 있지만.

반대로, 엘프들은 소수지만 다크 엘프보다 적극적으로 마을에서 나와 인간 사회에서 살아가고 있었다.

커다란 도시에 가면, 대단히 소수이긴 해도 마을에서 나온 엘프를 만날 가능성이 생긴다. 그러나 다크 엘프는 그 가능성이 대단히 낮다.

그 때문에 존재를 아는 자 자체가 대단히 적다. 그래서 미리야와 하비는 놀라움을 미약하게 드러낸 것이다.

"이래저래 지식을 알 수 있는 곳이 있으니까."

그에 비해서 린은 아무것도 아니란 것처럼 응답했다.
해석이 갈리는 말투도 일부러였다.
린에게 그 이상의 정보를 드러낼 생각이 없다는 것이 금방 전해졌을 것이다. 그 이상의 언급은 없었다.
그것과 전혀 다르지만, 마두는 이야기의 흐름으로 타당한 질문을 했다.
"그러면, 당신들 이름을 가르쳐줄 수 있을까?"
그렇다. 이렇게 이 장소에 온 경위를 생각하면 어째서 그 질문이 나오는 건지 의문을 느끼는 법.
후드를 깊게 눌러쓴 수상한 풍채. 그에 더해서 인식 저해의 술법 같은 것을 쓰고 있던 것으로 보인다. 이렇게 이 장소에 와서야 처음으로 밝힌 것을 봐도, 정체를 되도록 드러내고 싶지 않은 것이리라.
"……정말로, 우리들 이름을 몰랐구나."
새삼 자기소개를 요구 받고, 뮤라는 입을 쩍 벌렸다.
그것이 소박한 의문이란 것을 짐작했으리라.
"그걸 먼저 설명하는 편이 좋겠네요."
에이린이 대답하고, 옷 안에 넣어둔 로켓을 꺼냈다.
"이 로켓이에요."
타이치 일행 모두에게 보이도록 꺼낸 것은 은색의 심플한 로켓. 그 뚜껑을 열자, 안에 은은하지만 확실한 빛을 머금은 보석이 있었다.
빛을 반사하는 것이 아니라 스스로 발광하고 있는데, 그게 어쨌다는 걸까?

그 의문을 묻기 전에 대답이 돌아왔다.

"이건 우리들의 마을에 계시는 무녀님께서 맡기신 겁니다. 이 보석의 빛이 늘어날수록 대상이 가깝다는 거죠."

에이린은 타이치, 린, 뮤라의 얼굴을 순서대로 보아, 이해한 것을 확인하고 말을 이었다.

"마을에 계시는 무녀님께서 받은 신탁에 따라, 어떤 안건을 조사 혹은 해결하기 위해 이 땅에 찾아왔어요. 그 안건을 해결하기 위한 협력자를, 이 로켓을 사용해서 찾는 사명도 받았어요."

로켓의 보석이 빛나는지 아닌지가 판단 기준. 그러면 상대의 정체는 딱히 상관없다. 세 사람이 길드에 들어서자, 보석의 빛이 한층 강해졌다. 그래서 타이치 일행의 내력을 확인하는 수고도 생략하고 급하게 접촉했다. 에이린을 비롯한 엘프들의 설명을 종합하면 그런 내용이었다.

"그렇군. 그래서 우리들의 이름도 몰랐던 거구나."

"그런 겁니다. 예의에 어긋나는 것은 알고 있었지만, 우리들은 이 보석이 빛나는지 아닌지를 유일하게 의지하고 있었으니까요."

이치는 맞는다.

그것이 정말인지 아닌지는 모른다. 그러나 거짓말이라고 단정할 근거도 없다.

무엇보다도, 자기소개를 이미 했으니 이쪽도 이름을 밝히는 것을 주저할 필요는 없었다.
"알았어. 나는 니시무라 타이치. B랭크 모험가야."
"나는 아즈마 린. 타이치랑 같은 B랭크 모험가."
"뮤라야. 두 사람과 같은 B랭크 모험가."
세 사람은 순서대로 이름을 밝혔다.
만나는 방식에서 다소 마찰이 있기는 했지만, 이렇게 드디어 자기소개까지 마치게 됐다.
"어디, 대화를 거듭해서 서로의 이해를 더하는 것도 나쁘지는 않아. 그렇지만 일단 우리들의 본론부터 이야기를 해야지. 너희들이 가장 신경 쓰는 것도 그걸 거고, 상호이해는 그 이야기를 마친 다음이라도 좋지 않을까 생각하는데, 어떨까?"
하비가 남자답고 힘차지만 맑은 목소리로 제안했다.
분명히 그러는 편이 좋다.
어째서 여기로 데리고 온 건지. 신탁으로 선별된 결과가 타이치, 린, 뮤라라고 하는데.
그 신탁의 내용, 그것에 따라 타이치 일행이 필요한 이유, 그것을 밝히지 않으면 의뢰를 받을 검토마저 할 수 없다.
그리고 대전제로, 의뢰를 받을지 아닌지 판단하기 위해 이야기를 듣는 것이다. 말할 것도 없는 일이지만, 무조건 협력은 있을 수 없다. 물론 저들이 그것을 아는 것은 틀림없으리라. 마두가 대가를 반드시 준비한다고 선언했으니까.
"그렇네. 그렇게 해줄 수 있을까?"
"알았다. 그러면 그렇게 하지. 에이린."

"네. 일단, 여러분은 아까 그 땅 흔들림을 체험했다고 생각합니다."

그것은 길드에서 있었던 일을 가리키는 것이리라.

타이치 일행은 말없이 긍정하고 눈으로 이야기를 재촉했다.

그것을 받고, 에이린이 말을 이었다.

"이번에 우리들이 엘프의 마을에서 이 땅에 파견된 이유는 그 땅 흔들림이 일어나는 원인의 제거입니다."

"본래는 땅 흔들림 따위가 일어나는 땅이 아니었어."

미리야 말로는 이 땅에 도시가 건설된 지 수백 년. 도시에 남아 있는 기록을 살펴봐도, 선조 대대로 이 땅에 사는 일가에게 이야기를 들어봐도 지진이 일어난 적은 없다고 한다.

엘프들이 이 땅에 임시 거점을 구축한지 오래되진 않았지만 짧지도 않은 시간이 흘렀다. 그 시간을 사용해서 조사를 하고 뒷받침한 정보이기에 틀림없다고, 미리야는 마무리를 지었다.

"그런데, 그쪽 휴먼 두 분은 땅 흔들림에 대해서 전혀 동요하지 않았었죠. 듣자니, 고향에서는 빈발하는 현상이었다고."

에이린이 길드에서 일을 문득 떠올린 것처럼 말했다.

주위의 모두가 겁먹은 가운데, 태연했던 타이치와 린이 대단히 눈에 띄고 있었다. 따라서, 두 사람의 대화는 그 자리에 있던 모두가 들었다. 그것은 마두와 에이린도 예외는 아니었다.

"응? 그렇지."

"그 정도는 가끔 일어났었어."

체감한 흔들림은 약간 강했다고 생각한다. 린이 말한 것처럼, 건물 강도 탓에 실제보다도 강하게 흔들렸다고 느꼈을 가능성도 있다. 다만 두 사람에게는 그렇게까지 당황할 정도는 아니었다.

강한 지진은 흔들리는 것. 때로는 도시를 통째로 뭉개버릴 법한, 저항할 수 없는 강대한 힘을 발휘할 수 있는 자연 현상이라는 것을 알고 있기 때문이다.

"『진도 4』라는 발언이 있었습니다만, 그것은 혹시 땅 흔들림의 강함인가요?"

"그래 맞아. 지진의 강함의 기준이지."

"참고로, 지진이 가진 에너지의 강함은 매그니튜드로 표현했었어."

진도. 그리고 매그니튜드.

그 두 가지 단어가 의미하는 것까지는, 지금은 상관없다. 그 단어로 알 수 있는 건 땅 흔들림에 대해서 분석, 해석, 연구가 범상치 않은 기준으로 진행되어 있다는 것이다.

더욱 자세한 설명을 요구해도, 타이치도 린도 대답하기 어렵다. 진도라면 숫자가 올라가면 이 정도, 라는 대략적인 설명을 할 수 있는 정도다.

한 가지 말할 수 있는 건, 그 기준이 있다는 것이 얼마나 익숙한 것인지에 대한 증거가 된다는 것이다.

"그렇군요. 그것만 해도 이번 안건에는 적합하다고 생각해요."

분명히 대다수가 공포에 떠는 땅 흔들림을 두려워하지 않는

이세계 치트 마술사 7
© Takeru Uchida 2017
Illustration Nardack
[NOT FOR SALE]

타이치와 린은, 땅 흔들림의 원인을 제거하기에 안성맞춤인 것 같았다.

"지진은, 나랑 린의 지식으로는 자연현상이야."

"제거한다는 건, 자연현상이 아닌 거야?"

타이치와 린이 의문을 입에 담았다.

두 사람의 상식으로는, 지진은 원인을 제거할 수 있는 게 아니다. 지진에 견디는 것이 전제이고, 예방과 사후대응으로 대항하는 것이다.

그렇지만, 네 명의 엘프들은 근본부터 원인을 제거한다고 말했다.

다시 말해서 제거할 수 있다는 것이다.

"그런데, 우리들 엘프 마을의 엘프는 정령을 신앙으로 섬기고 있습니다."

그야말로, 신을 숭배하는 것처럼.

레이자 교는 애당초 한 소녀가 기원이라고 하는 종교였다.

엘프 마을에서는 레이자 교의 소녀가 정령으로 바뀌어 있다는 것이리라. 대단히 대략적인 해석이지만, 그리 거리가 멀지는 않았다.

"아까 이야기했던 엘프 마을의 무녀님은, 자연현상이지만 자연현상이 아니라고 하셨어요."

한순간, 머리 위에 물음표가 떠오른다.

자연현상이지만 자연현상이 아니다?

어째 지리멸렬하다. 마치 철학 같고 말장난 같다.

그렇지만, 그 물음표도 오래 이어지지 않았다.

문득, 감이 왔다.

자연현상이지만 자연현상이 아니다.

타이치는 그것을 알고 있다.

힌트를 얻었다. 흙의 정령이 소란을 떤다고 들은 참이 아닌가? 그것도 어젯밤에.

거의 시간을 두지 않고, 타이치라는 특이점과 함께 있는 린과 뮤라도 그랬다.

"……정령이군."

정령은 자연현상의 화신. 그렇지만 정령은 그 힘으로, 자연의 흐름으로는 그곳에서 일어날 수 없는 현상을 일으킬 수 있다.

그런 의미에서는 자연현상이지만, 자연현상이 아니라고 말하는 것에 틀린 부분은 없었다.

에이린은 그 사고의 민첩함에 일단 놀라고, 그리고 이야기 진행이 빠른 것에 만족한 기색으로 고개를 끄덕였다.

"맞아요. 이 땅 흔들림은, 정령이 원인이라는 것이 우리들 마을의 견해입니다."

두 가지 증언이 이어졌다.

실피가 말한 「정령들 상태가 이상해, 소란 떨다 지쳐있어」라는 말.

에이린의, 엘프 마을의 무녀가 말한 「자연현상이지만 자연현상이 아니다」라는 말.

거기서 이끌어낼 수 있는 대답은 타이치가 말한 그대로였다.

"그러면 물어보는데, 그 원인이라고 추정되는 정령에 대해서 얼마나 알아냈지?"

원인이 되는 대상을 알고 있다면, 다음으로 필요한 것은 그 정령의 자세한 정보다.

"……아아, 그렇지. 그 정령이 어디 있는지, 원인 제거는 구체적으로 어떻게 하면 되는지, 그 부분의 정보가 필요하겠네."

뮤라가 큰 구분으로 지적한 질문을 린이 구체적으로 했다.

"지당한 의문이네."

두 소녀의 말에 미리야가 수긍했다.

"일단 장소는…… 그건 명확했지?"

"응, 판명됐어."

마두가 수긍하자, 타이밍을 맞춘 것처럼 하비가 지도를 테이블 위에 펼쳤다.

그것은 팜템을 중심으로 하는 주변 지역 일대의 지도였다.

"……상당히 정교하네."

"그러게."

아무래도 지구의 지도 수준으로 측량이 정밀하지는 않지만, 이 세계의 지도치고는 지금까지 본 것 중에서 최상위로 분류할 수 있는 퀄리티였다.

"우리들 엘프족이 가진 기술을 전력으로 썼으니까."

딱히 자랑하는 기색은 안 보인다.

그저, 그것을 실현하는 게 당연하다는 느낌이었다.

에이린은 백옥 같은 손가락을 뻗어서 스윽 지도의 한 점을 가리켰다.

깊은 숲 중간쯤에 그려진 성을 가리키는 도형.

미리야, 하비, 마두가 에이린을 따라 말했다.

"여기에는 버려진 고성이 있어. 주변 숲의 마물은 레벨이 높아서 위험한 지역이야."

"그래……. 가는 길에 숲의 마물과 싸워본 느낌으로는, 모험가 기준으로 랭크 C의 마물이 최소 레벨이었지."

"고성도 간단히 조사를 해봤는데, 이계화돼서 좀 농담이 아니게 돼 있었어."

그들의 이야기에, 타이치, 뮤라, 린이 각자의 감상을 공유했다.

"흐응, 최소한 C랭크라."

"분명히 말한 것처럼 위험 지역인 것 같아."

"응. 고성에는 숲을 통과하지 않으면 못 가는 것 같고, 조심할 필요가 있겠어."

소년소녀들은 C랭크가 최저 기준이라는 말을 듣고 경계를 하긴 했지만, 딱히 두려워하는 기색은 없었다.

그 태도에 오히려 하비가 한쪽 눈썹을 올렸다.

"너희들은 B랭크라고 했는데…… 아슬아슬하지 않나? 그 숲에는 B랭크의 마물도 아무렇지 않게 활보하고 있고, 경우에 따라서는 A랭크의 마물도 있는데?"

만약 타이치 일행을 조사했다면, 뭘 조사했는지 반대로 물어볼 참이었다.

그렇지만 타이치 일행과 접촉하기 위해 사용한 것의 잣대는 에이린이 보여준 로켓의 보석뿐이다. 내력은커녕 이름도 몰랐던 것이다. 타이치 일행이 어떠한 존재인지 모르는 것도 무리가 아니었다.

"그래. 우리들은 괜찮아. A랭크 승격의 권유가 올 정도의 힘이 있어. 그때는 이래저래 속셈이 있어서 거절했지만."

모험가 랭크의 최고위인 A랭크는 어중간한 성과로는 되지 못한다.

그 정도의 승급 권유가 왔다면, 모험가로서 몇 안 되는 세계 최고봉의 힘을 가진 파티라는 말이나 다름없다.

그 정도의 힘이 있다면, C랭크, B랭크의 마물이 있다고 겁먹지는 않으리라.

"그렇군."

하비는 납득한 표정으로 수긍했다.

"그쪽이야말로 그런 위험한 장소에 가서 조사를 할 수 있을 정도니까, 상당히 실력에 자신이 있다고 판단해도 되는 거겠지?"

이번에는 뮤라가 네 사람을 보고 물었다.

그것은 상대의 역량을 가늠하는 시선이었지만, 네 명 중에서 아무도 동요하는 기색은 없었다.

"그에 대해서는 정령이 원인으로 일어난 땅 흔들림이라는 이상 사태를 해결하기 위해서 엘프 마을이 적절하다고 판단한 전력이 우리들 네 명이다, 라는 것의 그 의미를 생각하면 된다고 생각해."

미리야가 새침한 표정으로 응답했다.

정령을 상대하는 일이 어중간한 실력으로 가능할 리 없는 것도 틀림없다.

“다시 말해서, 당신들은 엘프 마을에서도 손꼽히는 전사라고 생각하면 돼?”

린의 말에, 명확한 부정은 없었다.

네 사람의 눈동자에서는 분명한 확신이 엿보였다.

그녀의 추론이 정답이란 것이리라.

“……나는, 이 일을 맡아도 좋겠다고 생각해. 아니, 맡아야 한다고 생각해.”

타이치와 린의 얼굴을 보면서 뮤라가 말했다.

그녀가 보인 긍정적인 자세. 그것에 무심코 미리야가 안도한 기색을 보이려고 하기, 직전에.

“다만.”

엘프들의 감정이 움직이는 것을 봉하는 것처럼, 뮤라가 말을 이었다.

“마두가 말했어. 반드시 보답을 준비한다고.”

“…….”

뮤라가 마두를 보았다.

이어지는 것처럼 하비와 미리야의 시선이 에이린을 보고…… 그녀가 고개를 끄덕였다. 그것을 보고 두 사람의 시선이 마두를 향했다.

“우리들을 움직이는데, 당신들은 뭘 지불할 거야?”

린이 말한 것은 딱히 특별한 것이 아니다.

필요한 것은 모험가를 움직이기 위해 평범하게 지불하는 대가, 보수였다.

공짜로 일하는 건 있을 수 없다. 그것은 어느 세계든 마찬가지다.

모험가란 일은, 이른바 자영업이다. 길드가 사이에 끼는 것은 의뢰인과 모험가를 중재하여 불필요한 트러블을 막기 위해서다.

반대로 말하자면 그저 그뿐이며, 심플하게 생각하면 의뢰인과 모험가는 비즈니스 관계다.

타이치 일행과 계약을 맺는 조건을 제시한다. 그렇게 말한 것은 마두였다.

그것은 마두가 그 자리에서 꺼낸 말이다. 그 자리에 있던 에이린과 인식의 합의마저도 없었다. 이 거점에서 대기하고 있던 하비와 미리야에 대해서는 말할 것도 없다. 다시 말해서 완전히 마두의 독단이었다. 그것에 대해 느끼는 바가 없는 건 아니다.

그러나.

"아니면, 대가는 없는 거야? 그렇다면 의뢰를 받아줄 수가 없는데?"

"……아니, 대가는 반드시 준비하겠어."

대가가 없다. 그것이 의미하는 언뜻 달콤하지만, 거기에 숨어있는 강력한 함정을 깨달았으리라. 대가의 내용이야 그렇다 치고, 그것 자체는 반드시 지불한다고 하비는 약속했다.

공짜보다 비싼 것은 없다. 그것은 상대가 부르는 값으로 지불을 요구 당하는, 빚이다. 특히 엘프 마을을 대표하는 이상, 하비 일행의 발언은 곧 마을 전체의 뜻이나 마찬가지다.

아까는 만약을 위해서, 말을 통해서이지만 타이치 일행의 힘을 확인했다. 그러나, 잘 생각해보면 그들은 신탁이 지정한 특별한 모험가. 그런 그들에게 무조건으로 빚 하나가 얼마나 비싼 것일지 알 수 없다. 오히려 준비할 수 있는 범위에서 최대한의 노력이 필요하다.

"그래, 반드시 지불하겠어. ……글쎄. 예를 들어 엘프가 은닉하는 문외불출의 술식 제공, 같은 거면 될까?"

미리야가 말한 그 말. 그것은 결코 싸구려가 아니리라. 나머지 세 사람이 흠칫한 표정을 지었다.

"의뢰의 난이도에 따라서 지불하는 개수를 늘리겠어. 그렇지만, 아무리 적어도 하나는 반드시. 어때?"

그것은 어쩌면 엘프 마을에 있을 규율에 관련된 것일지도 모른다. 그렇지만 미리야의 눈에 망설임은 보이지 않았다. 똑바로 타이치 일행을 바라본다.

더할 나위 없이, 진지한 제안이라는 것이다.

"……그런 제안을 해도 괜찮은 거야? 문외불출(門外不出)의 비전(秘傳) 기술이잖아?"

나중에 트집을 잡으면 못 견딘다. 어떤 것을 알기만 했는데도 발생하는 불이익도 있기 때문이다. 타이치는 그런 생각을 품었다.

"그것에 대해서는 아무도 뭐라고 말하지 못하게 하겠어. 그게 싫다면, 애당초 우리들에게 전권을 위임하지 말고 스스로 교섭을 하라고 해야지."

제안자인 미리야가 책임을 지는 것은 물론이지만, 전권을 위임한 명령자 측에도 책임이 있다. 미리야는 틀림없이 그렇게 말했다.

"엘프족이 감추고 있는 기술 중에는 서약의 술식이 있어. 그 술식으로 엘프 마을로서 서약을 하자. 비전 술식을 얻어도 당신들에게는 폐가 되지 않는다고."

그 제약의 술식이 진짜인지 아닌지…… 그런 의문도 있기는 하다. 그러나 그 말을 꺼내면 끝이 없어진다.

타이치로서는 그 진위를 여기서 추궁할 생각이 없었다.

그들의 태도를 보면서 거짓말은 아니라고 생각했고, 속아도 어떻게든 되기 때문이다.

속이는 쪽과 속는 쪽은, 속이는 쪽이 당연히 나쁘다. 범죄자 사기꾼은 결코 가볍지 않은 죄를 갚게 된다.

그렇지만 속이는 악질적인 무리가 있는 것을 알고 있으면서, 자기 방어를 허술하게 해서 속는 쪽도 위기감이 부족하다는 말을 듣는 것도 틀림없었다.

타이치 일행도 경계는 하고 있다.

특히 타이치와 린은, 속이려고 하는 상대가 원래 지내던 세계보다 많다는 것을 분명히 알 수 있었기 때문에 경계도 게을리하지 않는다.

뮤라는 말할 것도 없다. 이 세계의 주민인 데다가, 레미아에게 교육을 받았다. 그런 경계심은 처음부터 가지고 있었다.

그것을 고려해서, 속게 되면 그에 따른 태도를 취하면 된다고 생각한다. 그것을 할 만한 힘이 타이치, 린, 뮤라에게는 있었다.

"알았어. 그러면 그거면 돼."

보수가 있다면 거부할 이유가 없었다.

못 본체할 수 없다고 생각한 것은 틀림없다.

정령이 원인으로 일어나는 자연현상에 대처하는 의뢰.

난이도는 지금까지와 비교가 안 될 것이다. 어려움에 도전한다고 생각하면, 어설프게 빚을 지고 지우는 관계가 되면 움직이기 어려울 거라고 예상할 수 있었다.

그렇다면 모험가와 의뢰자로서 서로 빚이 없는 관계로 시작하는 것이 타이치 일행이 생각한 최선이었다.

그 다음은 하비 일행에게 숲과 고성에 대해 자세한 이야기를 듣기로 했다.

어쨌거나.

타이치 일행은 엘프 네 명과 함께 버려진 고성으로 가게 되었다.

여담이지만, 고성에 대한 주의 사항을 들을 때였다.

"거기 말인데, 성가신 마물들이 모여 있어."

"동굴인가?"

"소굴이야."

미리야의 말에, 읽는 법을 모르는 타이치가 변환 불가의 말을 하고, 린이 즉시 정정했다. 일본에서도 분위기를 **분인기**로 잘못 기억해서, 컴퓨터 앞에서 「왜 변환이 안 되지」라고 말했던 타이치였다.[#1]

"새내기한테는 어려운 상대일 거야."

"뭐가 있는데?"

"언데드다."

흠칫 몸을 떠는 린. 그녀는 그런 종류를 엄청 거북해한다. 심령, 심장에 안 좋은 계통의 영화는 일단 피하고 봤었다.

"언데드…… 분명히, 보통 마술사는 힘들겠네."

"그렇지? B랭크가 최저 라인이라고 생각해."

"분명히 그렇네."

뮤라와 마두가 전체의 인식 확인과 공유를 겸해서 언데드에 대한 이야기를 시작했다.

언데드. 목숨을 가지지 않은 마물을 가리킨다.

좀비나 스켈레톤, 고스트 등은 지구의 창작물이나 게임에서도 익숙하다. 무기가 잘 안 통하고, 대부분 불꽃이나 빛 속성의 마술이 약점이라는 것이 타이치가 아는 언데드의 공략법이다.

#1 일본어 변환 일본어는 컴퓨터로 문장 입력을 할 때 발음을 로마자로 입력하고 그것을 한자어로 변환해서 쓴다. 따라서 한자어를 읽는 법을 모르면 변환이 되지 않는다.

약점이 되는 속성을 가지지 않았어도, 마술이 아니면 대미지가 안 통하는 레이스나 스피릿 같은 것도 많다. 마술이 일정한 강함에 이르지 못하고, 무기를 메인으로 해야 하는 수준의 모험가라면 천적이라고 할 수 있는 마물들이었다.

스켈레톤이나 좀비는 물리 공격도 통할 것이다. 그러나 그들은 단독으로 공격해오지 않는다. 물리공격이 안 통하는 스피릿 계통의 마물이 무리에 반드시 있다.

실제로는 C랭크라도 해치우지 못할 것은 없지만 안전 마진을 생각하면 B랭크가 바람직하다. 그런 언데드와 싸우는 것만 해도 성가시지만, 또 한 가지 염려되는 사항이 있다. 그들이 두르는 부정한 힘이 가득한 마력. 그것은 인지를 초월하여 불가해한 현상을 일으켜 침입자를 뜨겁게 환영해준다.

하지만 마술검을 가지고 있거나 불 속성을 가지고 있으면 벅찬 상대는 확 줄어든다. 특히 불의 마술검을 다루는 뮤라에게는 상대하기 쉬운 상대다.

"언데드…… 귀신……."

그렇지만 불 속성을 가지고 있더라도, 멘탈적인 궁합 때문에 거북함을 느끼는 자는 분명히 있었다.

린이 중얼거린 소리는, 다행인지 불행인지 타이치 말고는 듣지 못했다.

제44화 고성 탐색 전

머리가 좋다.

행실이 바르다.

외모가 빼어나다

운동신경이 뛰어나다.

흔해빠진 칭찬의 말.

아즈마 린은 어떤 여자애인가?

그 질문을 받고서, 타이치가 그냥 겉으로 보이는 부분만 대답한다면 이렇게 된다. 타이치의 말을 듣고서, 그리고 실제로 린을 만나면 그 찬사가 결코 거창한 것이 아니라는 걸 알 수 있으리라.

그리고 린과 만난 사람의 약 절반은 그 외모에 놀란다.

여성의 평균보다 약간 높은 키에, 쭉 뻗은 팔다리. 전체적으로 늘씬하면서도, 여성 특유의 부드러움이 강조되는 곡선. 더욱이 트레이닝을 쌓았기 때문에 늘어짐과는 인연이 없다. 그러나 결코 여성다움을 잃지는 않았다.

염색에 흥미가 없는 린의 자랑스런 머리칼은 윤기를 유지하고 있다. 린은 그것을 머리 뒤쪽, 높은 위치에서 묶는다. 손으로 빗어보아도 매끄럽게 빠지고, 그녀의 동작에 맞추어 사르륵 흔들린다.

더욱이 생김새도 단정하다.

10명 중에서 9명은 미소녀라고 입을 모아 말할 정도로는. 그 정도까지 가면 이제 인기 여배우나 모델 수준으로, 나머지 한 명은 취향의 문제다. 인기 아이돌 그룹의 팬도 좋아하는 멤버가 취향에 따라 갈리는 정도의 사소한 차이다.

그 외면에 더해서, 커뮤니케이션을 해보면 그녀의 됨됨이를 알 수 있다. 남녀를 포함해서 그녀와 친한 사람들은 입을 모아 「요즘 보기 드문 소녀」라고 한다.

그런 린을 보고서, 완벽한 미소녀라고 하는 사람도 적지 않다.

그러나 그것은 타이치가 보기에는 코웃음 칠 이야기다.

어차피 외면밖에 보지 못하고 있었다. 이제 막 만난 사람이라면 모를까, 어느 정도 알고 지낸 사람이 그런 이야기를 하기도 한다.

린이라는 소녀에게 환상을 끼워 맞추는 것처럼, 타이치에게는 보이는 것이다.

그녀도 약점이나 거북한 것은 물론 있다.

예를 들어, 그녀는 벌레를 싫어한다.

예를 들어, 그녀는 좁고 어두운 곳을 싫어한다.

간 요리가 거북하다. 당근의 단맛을 싫어한다. 은행 냄새를 싫어한다. 굳이 따지자면 서투르다. 요리를 못한다. 괴로워져도 지나치게 꾹 참는 일이 있다. 유혹에 약한 것을 신경 쓴다. 거북한 것을 극복하려고 너무 노력하는 경향이 있다.

타이치가 아는 한 이만큼이나 있는 것이다.

그녀는 타인에게 약한 면을 보이는 것을 싫어하는 경향이 있다. 린이 그것을 보인다는 것은, 어느 정도 신뢰관계를 쌓은 증거다.

그리고 린은 호러 계통을 싫어한다.

일본 특유의 정신적으로 대미지를 주는 것, 좀비 영화, 스플래터까지, 대단히 싫어한다. 그녀의 제일가는 약점이라고 해도 된다.

'우오오오!'

시각은 저녁 5시.

타이치는 여유를 잃고 있었다.

지금은 린과 단 둘이었다.

현재 장소는 사람에게 버려진 지 오랜 고성 어딘가. 창문이 있는데, 아직 해가 떨어지지도 않았는데, 언제나 어슴푸레하다.

애당초 지상에서 떨어졌으니 지하일 거다. 그런데 창이 있는 것도 이상한 이야기지만, 성 안에서 바깥으로 내던지는 함정이 존재할 것 같은 던전이다. 지하인데도 창이 있는 것이나 빛이 없는데 어슴푸레한 정도는 놀랄 일이 아니다.

무서운 것을 싫어하는 린이 완전히 겁을 먹고 말았다.

그 증거로, 굳게 닫힌 눈꼬리에 살짝 빛나는 것이 있다.

평소에는 늠름한 그녀의 보기 드문 모습이다.

그러나 유감이라고 해야 할까? 타이치는 그것을 탐닉할 여유가 없다. 아니, 지금 타이치는 다른 것을 탐닉하고 있었다.

이 상황에서는 도저히 유감이라는 말이 나오지 않을 것이다.

'중간에 끼었어, 끼었어! 팔의 계곡에 가슴이!'

정정하자. 가슴의 계곡에 팔이 맞다.

말이 안 되는 말을 머릿속으로 지껄일 만큼, 타이치는 동요하고 있었다.

사람들 눈이 없기 때문인지는 알 수 없지만, 린은 타이치의 왼팔에 꼭 매달려 있다.

자기 가슴이 타이치의 팔을 끼우고 있다는 것을 깨닫지 못했다. 그녀는 타이치를 붙잡느라 필사적이었다.

'우오오! 부드러운 게에에!'

타이치도 필사적이었다. 주로 이성을 유지하는 것에.

린은 글래머라고 할 정도는 아니지만, 그래도 그 장신에 어울리는 밸런스가 잡힌 기복을 자랑한다. 레미아와 비교하면 불리한 것은 분명하지만, 그래도 린 자신의 프로포션에 불만을 품으면 스타일 때문에 고민하는 세상의 여성들이 보기엔 비아냥거리는 것일 정도로는 자기주장을 하고 있다.

타이치는『U-14』의 챔피언을 가리는 주니어 테니스 대회에 린을 응원하러 간 적이 있다. 원피스 타입의 하늘색 웨어를 입은 린은 중학생치고는 상당히 섹시했다.

볼을 때릴 때마다, 코트를 달릴 때마다 훌쩍 춤추는 스커트 자락에 눈길이 간 것은 타이치뿐이 아니리라. 그 아래에 언더 스커트를 입고 있다는 걸 알아도, 눈이 말을 안 듣는 것이 남자의 업보다.

당시부터 린은 조숙했지만, 그 때와 비교하면 확연하게 진화했다. 타이치는 몸소 그것을 통감했다.

지금 두 사람에게 공통된 것은, 도저히 던전 탐색의 여유가 없다는 것. 그 원인은 전혀 다른 것이었지만. 만약 이 상황을 일본의 급우들이 보기라도 했다면, 시선에 사살을 당했을 것이다. 물론, 타이치가.

“리, 린.”

더 이상은 이성이 못 버틴다. 그렇게 생각한 타이치가 말을 걸었다. 가능하면 손을 잡는 정도로 하고 싶다. 아니 그것도 평소라면 상당히 창피한 일이지만, 이렇게 린의 가슴에 팔이 끼어 있는 것보다는 훨씬 편할 것이다.

사춘기 한창인 타이치에게 이 부드러운 유혹은 극약에 가까웠다. 그래서, 하다못해, 라고 생각하여 말을 걸었다.

“타이치……?”

‘……윽!’

그리고, 카운터로 추가 대미지를 받았다.

귀여운 여자애가 매달리면서, 눈물이 글썽거리며 위를 올려다본다는 콤보가 얼마나 파괴력을 숨기고 있는 것인가? 러브코미디를 그린 작품에서 당황하는 주인공의 마음을 잘 알게 된 타이치였다.

“저, 저기, 린.”

“뭔데에……?”

코에서 훌쩍이는 소리를 내는 린. 그 모습에, 이제부터 말하려는 내용에 대한 죄책감이 솟아올랐다. 그러나 자신의 정신을 안정시키기 위해서, 타이치는 마음을 굳게 먹기로 했다.

"이대로는 언데드의 기습을 받았을 때 대응이 늦어질 텐데……."

그러니까 손만 잡지 않을래?

그 제안은, 마지막까지 말할 수가 없었다.

언데드란 단어에 린이 흠칫 반응한 데다가.

"……안 돼?"

이렇게 한 발 먼저 저항을 했기 때문이다.

눈에 눈물을 글썽거리며 귀여운 항의가 나온 순간, 자기 패를 모두 강제적으로 버리게 되는 트랩이 발동. 선택지는 서렌더(무저항)밖에 안 남았다.

"아, 아니, 응. 이대로도 괜찮아요. 네."

"……응."

타이치의 사후승낙, 이후에 대해서도 승인을 받고서 더욱이 강하게 매달리는 린.

몰캉하고 형태가 변한 감촉이, 타이치의 이성에 트라이던트를 꽂아 버렸다.

'후오오오!'

기성을 아슬아슬하게 삼킨 것은 칭찬을 받아도 될 것이다.

그렇지만, 안심한 기색의 린을 떼어내는 짓을 타이치가 할 수 있을 리 없다.

'어째서 이렇게 됐지!'

이제 과거에 분풀이를 하는 것 말고 타이치에게 남겨진 수단은 없었다.

애당초, 어째서 단 둘이 되어 버렸는가?

점심이 지나서 고성에 도착했다. 어디 보자. 힘차게 성내로 발을 들이자마자 일어난 일에 이렇게 됐다. 예정에 따르면 평범하게 탐색을 시작했어야 하는데.

◇◆◇◆◇◆◇◆

하비 일행과 만나 다다음날.

하루 반을 준비와 의뢰 전의 휴양에 쓰고서 출발했다.

팜템에서 목적지인 고성까지는 걸어서 이틀. 아침에 출발하여 초원을 하루 만에 돌파하고, 숲 속을 한나절 정도 나아가면 고성에 도착한다.

여유를 가지기 위해서 약간 빠른 걸음으로 초원을 답파하고, 숲 바로 앞에서 야영을 한 다음, 숲 속으로 돌입했다.

숲의 백성이라고 하는 엘프에 맞춘 속도라는 것을 숲에 들어가고서 깨달았지만, 따라가는 것 자체는 문제없었다.

그것이 문제가 될 법한 무른 단련과 성능이 아니었다.

이 정도의 거리에 있는데 어째서 모험가가 들어서지 않는가?

그곳을 나아가면서 타이치는 신경 쓰인 것을 하비에게 물었다.

보통 실력자가 가려고 해도, 일단 도달하지 못한다고 하비는 말했다.

그 이유를, 말보다 웅변적으로 논하는 것이 있었다.

고성은 숲을 깎아낸 장소에 세워져 있었다. 그것 자체는 신기할 것 없었다.

위화감은 숲으로 들어선 순간에 일행을 둘러쌌다.

언뜻 보기에는 보통 숲이다. 풀이나 나무가 뭔가 특별한 것도 아니다.

그러나 자신들을 감싸는 공기가 변한 것을 확실하게 느낄 수 있었다.

그것은 레미아의 결계에 발을 들였을 때처럼, 주의하지 않으면 깨닫지 못할 정도로 사소하지만 확실하게 달랐다. 모순된 말이지만 타이치 일행 세 사람은 그렇게 표현할 수밖에 없었다.

별로 걷지도 않고, 그 숲과 고성까지 길이 험난하다는 것을 알게 됐다.

갑자기 일행에서 타이치가 뛰쳐나갔다.

세 걸음 정도 나아가고, 대각선으로 뛰었다. 우거진 가지의 바로 아래를 통과하는 궤도. 차분하게 칼을 뽑았다. 반원을 그리듯 칼을 휘두르더니, 그 기세에 몸을 맡기고 180도 반전했다.

기세를 잃고서 관성에 따라 그대로 낙하하는 타이치. 그를 따르는 것처럼 타이치가 칼을 휘두른 장소의 수풀에서 두 동강이 난 거미 마물이 떨어졌다.

아직도 경련을 반복하는 것을 보니, 과연 벌레 마물이라고 해야 할까? 그렇지만, 그 이상 움직이지 않는 건 틀림없었다.

만약을 위해 잠시 쓰러뜨린 거미를 바라보는 타이치였지만, 일어서거나 재생하지 않는 것을 확인하고서 칼을 보았다. 날카로운 참격이었기 때문인지 거의 체액은 묻지 않았지만, 만약을 위해서 쓰고 버리는 천으로 닦아 칼집에 넣었다.

"마석은 필요 없지?"

보물찾기나 채취를 하러 가는 것도 아니니까, 늘어난 짐을 넣기 위한 것은 딱히 준비하지 않았다.

최소한의 짐을 가져왔을 뿐이다.

"네. 저희들도 필요 없어요."

"우리도 필요 없지."

타이치의 확인에, 에이린과 린이 응답했다.

그것을 듣고 고개를 끄덕이더니, 뮤라가 거미의 시체를 한 번 보고 손가락을 튕겼다.

한순간.

강렬한 열기와 함께 업화. 그러나 불꽃은 금방 사그라졌다. 시체는 순식간에 불타버렸다.

냄새에 이끌려 괜한 마물이 몰려오면 귀찮아지기 때문이다.

그것은 『화염파』의 바리에이션이었다. 전투를 하는 와중에 쓰는 수단으로서 전술에 짜 넣으려면 수련이 필요하지만, 이렇게 그냥 쓰는 것은 정밀도도 강약도 마음대로다.

타이치가 쓰러뜨리고, 뮤라가 처리하는 사이에도 일행은 한 걸음도 걸음을 멈추지 않았다.

이 정도 마물과 마주친 것은 발길을 멈출 이유가 되지 않는다.

"흠. 검 실력도, 마술 실력도 훌륭하군."

"그것도 물론 그렇지만, 숨어 있던 마물을 발견한 것도 제일 빨랐어."

초원에 나와 있던 마물은 대단치 않았기 때문에, 서로의 실력을 확인할 정도가 되지 못했다.

쓰러뜨리는 것에 어느 정도 실력이 필요한 마물이 나온 것은 숲에 들어와서 어느 정도 진행한 다음. 실질적으로 이것이 처음으로 실력을 선보인 것이라고 할 수 있었다.

"저거, 다인(多刃)거미죠? 용케 찾았네요."

이름이 가리키는 것처럼 여러 개의 다리가 칼날처럼 되어 있으며, 거미의 면모를 드러내듯 은밀하게 숨는 능력을 가지고 있었다. 슬금슬금 숨어서 다가와 먹잇감에 뛰어들어 그 다리로 갈기갈기 찢어버리고 움직임을 막은 다음에 포식하는 마물.

토벌 권장은 C랭크. 실력이 부족하지만 용감한 걸음으로 이 숲에 들어온 모험가가 희생되기 쉬운 마물의 필두였다.

"기척을 감지하는 건 특기야."

대개의 경우는 소리와 시력으로 숨어 있는 마물을 간파할 수 있다. 그걸로 안 된다면 실피가 가르쳐준다.

타이치의 감지능력도 어지간하지 않지만, 실피는 아예 반칙이다. 누가 뭐래도 온갖 장소에 존재하는 공기의 미약한 움직임 모두를 감지하려고 생각하면 할 수 있으니까.

"타이치는 특수하니까."

특별, 이 아니라 특수하고 한 점에, 뮤라 나름대로 놀리는 뜻이 담겨있었다.

야야 그러기야? 그런 표정을 지은 타이치였지만, 린도 뮤라에 맞추어 고개를 끄덕여서 반론이 막혀버렸다.

"당신들이라도 발견할 수 있지 않았어?"

뮤라의 물음에, 마두는 한 번 고개를 끄덕였다. 「그렇지만」 하고 덧붙이면서.

"조금 더 다가온다면, 이었지. 숲 속에서 적을 탐색하는 건 우리들도 자신이 있는데 말이야."

"타이치 정도는 아니지만, 기습을 받기 전에 반드시 발견한다. 문제는 없어."

하비가 단언했다.

분명히 공격하기 전에 깨달을 수 있다면, 문제는 없으리라.

"발동 속도와 화력…… 당신의 마술도 훌륭했어."

미리야가 뮤라를 보면서 말했다.

"마술에 관해서는, 나보다도 린이 더 위야."

그에 대해, 뮤라는 겸손이 아니라 사실을 고하듯 말했다.

"그럴까아? 그다지 다를 바 없다고 생각하는데."

속성의 수가 많고, 일본에서 얻은 지식을 이용한 다양한 수법으로는 앞선다는 자각이 있는 린이었지만, 마술의 실력이라는 한 점에서 뮤라를 웃돌고 있다고 잘라 말할 수는 없다.

"설령 차이가 종이 한 장 차이라고 해도, 생각한 것 이상으로 큰 거야."

"검 실력이나 전술이라면 뮤라 쪽이 나보다 위잖아."

타이치가 대화에 끼어들었다.

"흐응? 실력이라면 전술이라면, 이라고 말하는 걸 보니 그래도 지지 않을 자신이 있다는 거야?"

"그래. 파워랑 스피드로 밀어붙일 수 있어."

마두가 놀리는 것처럼 말하자, 타이치 또한 사실이라고 긍정했다.

"그건 부럽네요. 기술에 끄덕도 안 하는 강함인가요?"

"책략을 부리는 사람과, 그것을 정면에서 힘으로 때려 부수는 오우거라고 할까?"

"린……. 그 예는 좀 어떤가 싶은데."

"하지만 그렇잖아."

"그렇기는 한데……."

석연치 않은 타이치였다.

타이치와 린의 대화를 보고 에이린이 키득키득 웃었다.

"그러면, 다음은 그쪽의 힘을 보여줄래?"

앞을 보면서, 뮤라가 말했다.

기척을 살피는 힘이 없다면, 뮤라가 무슨 말을 하는지 알 수 없었으리라.

그렇지만 걱정할 필요는 전혀 없었다.

하비는 등의 창에 손을 대고, 미리야는 활에 화살을 메겼다. 하비의 창은 숲이나 고성에서 다룰 것을 생각한 것인지 약간 짧은 것. 미리야의 활은 접을 수 있는 것이었다.

마두와 에이린도 이미 지팡이를 손에 들었다.

타이치 일행이 나아가는 앞을 12시 방향으로 보고, 2시 방향에 강철 사마귀가 두 마리.

한창 영역다툼을 하고 있었는지, 낫을 들고서 서로를 위협한다.

이쪽을 발견한 건지, 아닌지.

아니, 어느 쪽이든 좋았다.

"그러면, 간다."

미리야가 메긴 화살을 당겨서 쏘았다.

두 강철 사마귀까지의 거리는, 아무리 짧게 잡아도 100미터 미만은 아니리라. 그 정도의 거리가 있는데도, 미리야는 주저 없이 활을 쏘았다.

쏜 순간, 미리야는 두 번째 화살을 메겼다. 자세를 낮추고 활을 옆으로 겨누어 더욱이 강하게 당겼다. 그 가는 팔 어디에 그런 힘이 있는 것일까? 땅을 깎아내면서 살짝 후퇴할 정도의 반동으로 쏘아낸 두 번째 화살은 첫 화살을 따라잡을 기세로 날아갔다.

빈틈없이, 하비가 달려나가고 에이린과 마두가 영창했다.

공기를 가르는 소리를 들었는지, 조준된 강철 사마귀가 돌아보더니 날아오는 화살을 자랑스런 낫으로 격추했다. 그 순간 곧장 도달한 두 번째 화살이 강철 사마귀의 한쪽 낫에 박혔다. 그러나 기세가 전혀 줄어들지 않고, 낫이 시작되는 뿌리 부분에서 찢어버렸다.

“끼이이익!”

무기를 빼앗긴 강철 사마귀가 분노의 소리를 질렀다. 그 눈에 탄환 같은 기세로 다가오는 하비가 비쳤다.

이런 마물들은 인간과 엘프의 차이 따위는 이해 못한다. 지금까지 도전해온 몇 안 되는 인간은 모두 베어 잡아먹었다.

이번에도, 건방지게도 먹잇감 주제에 덤벼드는 주제를 모르는 것이 찾아왔다. 마물이기 때문에 그냥 벌레보다 영리한 것은 틀림없지만, 그렇지만 강철 사마귀의 지능으로 그렇게까지 생각했는지는 분명치 않다. 그렇지만, 감정적으로는 비슷한 것이었다.

그 무렵에는 두 마리째 강철 사마귀도 완전히 요격 태세를 갖추었다.

접근하는 하비에게 낫을 빼앗긴 분노를 퍼붓고자 날카로운 칼날을 휘둘렀다.

그 낫의 뿌리 부근에 갑자기 바위 덩어리가 나타난다. 바위는 즉시 부딪혀 떨어졌지만, 참격의 기세가 줄었다.

기세가 죽어 둔해진 칼날은, 그렇잖아도 재빠른 움직임을 보이는 하비에게 전혀 닿지 않았다.

하비는 여유롭게 낫을 피하더니, 재빨리 사이드 스텝으로 움직여 왼쪽으로 돈다. 오른발로 박차고 왼발로 착지하더니, 착지에 사용한 왼쪽 다리를 꾸욱 굽히고 탄성을 이용하여 단숨에 뛰어 올랐다.

강철 사마귀의 안면 한가운데를 노린 호쾌한 찌르기. 강철 사마귀는 B랭크 마물의 긍지를 보여 간신히 회피했지만, 눈 하나가 뭉개졌다.

뛰어 올라 빈틈투성이라고 생각되는 하비에게, 또 한 마리의 강철 사마귀가 덤벼들었다.

“그 낫으로는, 내 창을 벨 수 없다.”

창을 옆으로 겨누고 낫을 자루로 받아낸다. 겉보기에는 나무인데, 자루 부분에는 흠집 하나 나지 않았다.

또 다시 날아온 화살이 아직도 상처를 입지 않은 강철 사마귀의 몸통을 꿰뚫고 자세를 크게 무너뜨렸다. 온몸이 강철인데 그 관통력이 범상치 않다.

이걸로, 이제 방해되는 건 없다.

『수쇄탄!』

퍼엉. 작렬음. 한쪽 낫과 한쪽 눈을 잃은 강철 사마귀가 날아갔다.

드라이브 스택
『돌진 말뚝!』

덤으로, 위에서 떨어져 내린 돌의 창이 강철 사마귀의 몸통을 땅바닥에 꿰어 버렸다.

순서대로 에이린, 마두의 마술이었다. 둘 다 익숙한 것이지만, 위력은 틀림없이 일류였다.

“일단, 너부터 마무리다.”

공중에 있던 하비가 신체능력을 구사해서 착지한 가지를 차고 땅으로 향했다.

그 용력과 낙하의 기세를 이용해서, 땅에 고정된 강철 사마귀의 얼굴을 창으로 분쇄했다.

마무리를 짓기까지 순식간이었다.

또 한 마리가 에이린의 화살에 맞아 무너진 자세를 바로잡을 때까지 미약한 시간.

그렇잖아도 4대 2로 밀리고 있는 기색이었지만, 이걸로 이제는 4대 1.

뭐가 잘못돼도 강철 사마귀에게 승산이 없었지만, 그걸 알고서 물러날 정도의 지능이 있었다면 더욱 성가신 존재로 토벌 랭크 A가 되었을 것이다.

위기관리의 지능은 있지만, 그것이 무르기 때문에 랭크 B에 머무르고 있는 마물. 그것이 강철 사마귀였다.

두 마리 있어도 압도하는 기색이었다. 또 한 마리가 쓰러질 때까지는 별로 시간이 필요 없었다.

두 마리 다 재기불능인 것을 확인하고, 하비가 창을 정리하며 돌아왔다.

"응. 개인의 역량도 물론이지만, 연계가 굉장하네."

린이 네 명의 싸움을 보고 평가했다.

타이치를 제외해도 자신들이 뒤떨어진다는 생각은 안 든다. 그렇지만 이길 수 있다고도 말하기 어렵다.

적대한다면 귀찮아질 것이다.

엘프 마을을 대표하는 전사라는 것은 결코 과장이 아니다, 라는 것이리라.

"일단, 우리들의 역량이 충분하다는 걸 보여준 것 같다고 생각하는데, 어때?"

마두가 확인의 의미를 담아서 말하자, 타이치 일행이 모두 수긍했다.

이 정도 실력을 가진 사람은 모험가 중에도 거의 없다.

모험가로서 등록한다면 B랭크로는 부족하리라.

"그래. 훌륭했어."

"그래. 입만 산 게 아니라는 걸 충분히 봤다."

자신들의 힘을 확실하게 보여줬다는 것에, 미약한 안도와 분명한 자신을 보이는 엘프들.

"그러면 저건 처분해 버리자. 필요 없지?"

린이 쓰러뜨린 강철 사마귀의 시체를 가리켰다.

쓰러뜨린 네 사람이 수긍하는 걸 보고, 린이 마술을 발동했다. 어린아이 머리만한 불덩이를 만들어내 훌쩍 던진다. 그것이 중간에 둘로 분열되어 강철 사마귀를 태웠다.

아까는 나설 차례가 없었던 린이 마지막으로 화력과 제어력을 보여서 모두의 실력이 모두 드러났다.

사전의 확인은 이걸로 충분하리라.

각자에게 충분한 기량이 있다. 일부를 보면 그 실력을 대략적으로 짐작할 수 있을 정도의 역량은 제각각 가지고 있는 것이다.

"좋아, 그러면 이제 청소는 내가 할게. 모두는 힘을 아껴줘."

"어? 혼자서?"

마두가 무심코 소리를 냈지만, 그것에 당연한 것처럼 타이치는 고개를 끄덕였다.

"그래. 나는 이 숲에서 일어나는 전투 정도라면, 지치지도 않으니까."

"타이치 혼자서도 괜찮아. 우리들하고는 하나나 둘 정도, 차원이 다른 곳에 있으니까."

"응. 반대로 타이치가 안 된다면 무슨 짓을 해도 안 된다는 말이 되지만 말야."

뮤라도 린도 보통 실력이 아니다. 그 두 사람이 그렇게 말할 정도로 전폭적인 신뢰를 주고 있다.

그렇게까지 말한다면.

그렇게 맡겼는데— 그 뒤에 처음으로, 타이치가 차원이 다른 곳에 있다는 것을 이해할 수 있었다.

키이잉!

금속끼리 날카롭게 부딪히면 이런 소리가 날 것이다. 등 뒤에서 공격하는 참격에 타이치는 허리의 칼을 재빨리 휘둘러서 대응했다.

확실하게 받아낸 것을 감촉으로 판단하고, 밀어낸다. 그와 동시에 돌아서서 공격한 범인을 보았다.

사람의 3배 정도 될 법한 거대 거미가 공중에 둥실둥실 떠올라 있었다. 등은 거무죽죽한 색이라서, 흔히 보아왔던 색이 풍부한 거미와 비교하면 불쾌함이 부각된다.

위쪽 가지에서 소리도 없이 내려왔는지, 거미의 복부에는 흔들림에 맞추어 반들반들 빛나는 가는 실. 아무래도 살기와 기척을 숨기는 것도 잘 하는 모양이다. 타이치가 깨달은 것은 상당히 다가온 다음이었다.

끈끈함이 대단히 강한 실로 포박하여 강인한 다리로 단단히 붙잡고, 입에 난 날카로운 송곳니로 사냥감을 먹어 치운다.

그 마물의 이름은 어쌔신 스파이더. 다인 거미 때는 차원이 다른 감지 능력을 보인 타이치가, 실피의 힘을 빌리지 않은 상태에서는 강화를 하고서도 상당히 접근하는 걸 용납할 정도의 은밀함을 발휘하는 능력이 이름의 유래다. 타이치가 아는 한, B랭크 모험가 파티라면 토벌하는데 희생을 각오해야 하는 강적이다. 다인 거미하고는 다른 방향으로 성가신 거미 마물.

이 숲에 대해서 들었던, B랭크가 최소 조건이라는 하비의 말이 전혀 거창한 것이 아니라고 타이치는 생각했다.

뭐 타이치가 보기에는 어중이떠중이다. 모험가 랭크로 분류할 수 있을 법한 마물에게 타이치가 질 이유가 없으니까.

"영차."

타이치는 거미가 휘두른 앞다리를 디디고 뛰어올라, 거미를 지탱하고 있는 실을 잘랐다. 강철 검으로도 좀처럼 베기 힘든 실이지만, 타이치가 절단력이 뛰어난 칼을 휘두르는 거니까 저항도 없이 잘리는 건 필연적이었다.

실이 끊어진다는 일 따위 당연히 없고, 지금까지 일방적으로 사냥감을 유린해온 괴물 거미는 태어나서 처음으로 대지에 떨어졌다. 그것을 가차 없이 공격하는 칼날.

어쌔신 스파이더는 그 자리에서 한 차례 경련하더니 목숨의 등불이 꺼졌다.

결코 쉽지 않은 마물을 순식간에 해치우는 타이치를 보고 미리야가 휘파람을 불었다.

"제법이네."

"그쪽도 간단히 해치우잖아?"

타이치가 있는 것만 해도 반칙인 데다가, 린과 뮤라라는 A랭크와 동등한 마술사와 마술 검사를 품은 파티다. 이 숲의 마물은 강했지만 어려움하고는 거리가 멀다.

그리고 물론 하비 일행도 A랭크의 강함을 가진 것은 틀림없다. 린과 뮤라와 승부할 경우 어떻게 될지 알 수 없다고 타이치는 느꼈다.

그 정도 인물인데도 이름조차 들어본 적이 없다. 마을에서 거의 안 나온다는 것은 틀림없으리라고 타이치는 생각했다.

위에서 둔탁한 어두운 칼날이 다가오기에, 몸을 살짝 기울여서 그것을 피했다.

타이치는 몰랐지만 마월트 회전에서 린과 대등하게 싸운 스소라의 이름은 정보통인 모험가들 사이에서 알려져 있다는 걸 나중에 알았다.

등 뒤에서 날아온 2개의 침을 돌아보면서 손가락에 끼워 받아내고, 적당한 마물을 향해 던졌다.

그 두 사람과 동등한 강함을 자랑하는 에리스테인 궁정마술사장 베라와 기사단장 파소스는 민초들도 잘 아는 이름이다.

나뭇가지 위에서 바람을 두른 원숭이가 송곳니를 드러내며 덤벼들기에, 발리슛의 요령으로 걷어차버렸다.

오히려 이 경우, 군을 통솔하는 베라, 파소스 두 명과 대등한 린과 스소라가 이상하다고 할 수도 있다.

다시 한 번, 이번에는 아래쪽에서 다가오는 강철의 칼날에 지긋지긋함을 느끼며 잘라버렸다.

스소라, 파소스, 베라. 세 사람의 실력에, 하비 일행은 결코 뒤지지 않는다.

방금 걷어찬 원숭이가 바람의 칼날을 날리기에, 바람의 칼날을 만들어서 요격. 상쇄를 넘어서 오히려 꿰뚫어버리고 카운터로 침몰시켰다.

그 정도 힘이 있다면 모험가로서 활동했을 때 의식주는 전혀 곤란하지 않을 것은 틀림없다.

또 한쪽의 강철 칼날을 필사적으로 휘두르는 사마귀의 목을 한 칼에 양단했다.

그래도 알려져 있지 않으니, 그것은 사람들 눈에 띄지 않았다는 것이다.

마지막으로 남은, 계속 침을 날리고 있던 벌이 몸을 돌려서 도망친다. 에어 커터로 날개 뿌리 부근을 잘라내고 추락시켰다.

인간들의 거주지에 엘프는 드물다. 애당초 타이치가 일본에서 알게 된 지식이었는데 이세계 아르티아에서도 틀리지 않은 모양이다.

"오, 이제 없나."

타이치는 문득 주위를 둘러보고, 마물이 전멸한 것을 확인했다. 간단히 기척을 살펴봐도 근처에는 아무것도 없었다.

생각을 하면서, 몸의 반응에 맡기고 적당히 싸우고 있었더니 이겼다. 타이치로서는 그 정도 인식이었다.

그러나 그런 싸움을 보게 된 쪽은 못 견딘다.

파상 공격이라고 해도 과언이 아닌 마물들을 혼자서 격침시켰다. 그것이 어떤 일인지, 이 자리에 있는 자가 모를 리 없었다.

타이치의 강함은 무력으로만 논할 수 없다. 물론 공격력, 속도, 정확함이 모두 일급품마저도 넘어서지만, 그의 굉장함은 그런 게 아니다.

지금 싸움을 관전하면서 눈에 띈 것은 타이치의 넓은 시야다. 앞뿐 아니라 뒤, 좌우에도 눈이 있다고 말하는 것 같은 대응능력이었다.

마물들도 바보가 아니라, 꾀를 부려서 다수의 이점을 살려 사각에서 공격을 자주 썼다. 근거리 공격은 물론, 원거리 공격에 기습도 뒤섞은 올레인지 전방위 공격. 타이치는 그것을 어엿하게 처리해냈다.

물론 이런 걸 갑자기 할 수 있게 된 것은 아니다.

마차에서 이동하며 산발적으로 마물과 전투가 발생했다.

가르겐 제국에 들어와서 이용한 메인 가도를 따라 나타나는 정도의 마물이 일행에게 방해가 될 리 없었고, 가여운 마물들은 타이치 일행의 전투 훈련 상대가 되어 검의 얼룩이 되어 버렸다.

린은 무영창 마술과 영창 마술이 어느 정도 차이가 있는지 등의 실험을 했고, 뮤라는 타이치의 마력 강화를 흉내 내고자 강화 마술의 전환 연습을 하면서 전투하고, 타이치는 실피드의 액티브 소나를 이용한 탐지 능력을 패시브로 발동할 수 있도록 훈련했다.

그뿐이 아니다. 이동을 하는 시간에도, 잡담만 하는 게 아니라 어떻게 하면 자신의 실력을 높일 수 있는지 셋이서 정보 교환을 하면서 나아갔다. 지금까지 어째서 그것을 안 했는지 생각이 들 정도로 의미 있는 시간을 보낸 세 사람은 수련 시간다운 수련 시간을 내지도 못했는데도 실력이 올라가 있었다.

레미아마저도 찬사를 보내는 마력 강화를 할 수 있게 된 타이치는 강화 부위 전환의 요령을, 마술의 기량이 돌출된 린은 위력을 감쇠시키지 않고 마술의 영창을 생략, 그리고 고속으로 발동시키는 요령을, 검술과 마술을 구사하여 거리를 가리지 않는 뮤라는 전투 기술을 어떻게 살릴 것인가, 싸움 그 자체의 요령을, 각자 A랭크에 필적하는 세 사람의 실전에 따른 노하우는 이야기를 듣기만 해도 실력 향상을 바랄 수 있을 정도로 내용이 짙은 강의였다.

웨네픽스에 돌아가서 레미아를 만나면, 몰라보게 성장을 이룬 세 사람을 보고 눈이 동그래질 것이다.

그 세 사람이 보증하는 실력의 엘프가 네 명이나 더해지면, 이 숲에 나오는 마물로는 장애는커녕 시간 벌기도 있을 수 없다.

결국 일행의 다리를 가장 지연시키는 것에 성공한 것이 걷기 어려운 초목이라는, 마물들에게 뭐라 말하기 어려운 결과 속에서 네 명은 방해되는 풀이나 가지를 떨치며 나아가 드디어 고성까지 도착했다.

"우~음. 그럴 듯한 분위기가 팍팍 풍기네."

성을 올려다보고 타이치가 중얼거렸다.

태양의 빛이 비추고 있는데 무척 어두워 보인다.

그것을 옆에서 보고 있던 린이 작게 부르르 떨고 사사삭 타이치에게 다가갔다.

"이 안은 이 정도로 안 끝나."

"와본 적이 있었다고 했지?"

"그래, 사전 조사를 하러. 본래 조금만 어떤지 보고 돌아갈 셈이었다만……."

팔짱을 끼고서 역겨운 기색으로 성을 바라보는 하비. 아무래도 무슨 일이 있었나 보다.

"뭔데?"

"아아. 우리가 성 안에 있었던 건 5분 정도다."

"어? 아무리 사전 조사라도 너무 짧잖아?"

타이치의 말에 마두가 눈썹을 내렸다.

"어쩔 수 없었어. 무슨 함정을 작동시켜버린 모양이라. 성의 복도를 걷고 있었는데, 다음 순간에는 숲 속을 걷고 있었어."

"뭐……?"

생각지도 못한 대답에 눈이 동그래지는 타이치.

"그밖에 어떤 함정이 있는지 알 수가 없어요. 여러분도 충분히 주의해 주세요."

이것은 상당히 뭐라 말하기 어려운 성이다.

긴장을 해야겠다. 기합을 다시 넣고 성에 들어간다.

도무지 내키지 않지만, 하다못해 타이치와 함께라면. 린은 그와 나란히 서서 발을 들였다.

그리고 벌컥 열리는 바닥.

처음 한 걸음에서 일어난 일. 함정을 밟은 것은 린이었다. 아마도 하비 일행이 정찰하러 왔을 때는 운 좋게 안 밟았을 것이다. 혹은, 그 때는 존재하지 않았거나.

"우옷?!"

"꺄아아!"

아무리 그래도 들어간 순간은 의식하지 않았다. 고작 5분이라지만, 파비는 입성 자체는 했다고 확실하게 말을 했으니까.

……그런 선입견에 사로잡힌 경계의 구멍을 훌륭하게 찌르는 형태였다.

타이치와 린이 저항할 틈도 없이 중력에 이끌려 떨어졌다.

"타이치! 린!"

뮤라의 외침. 그렇지만 그것에 대답하기 전에 구멍은 즉시 닫혀버렸다.

타이치는 반사적으로 옆에서 겁을 먹은 린을 끌어안았다.

구멍이 얼마나 이어질지는 모른다. 두 사람이라면 딱히 100미터 정도의 수직낙하 정도는 평범하게 피해낼 수단을 가지고 있지만, 만일의 경우가 있다.

남겨진 뮤라와 하비 일행이 무사한지도 신경 쓰인다. 그렇지만 일단 자신들이다. 실피의 힘을 사용해 떠올라 닫힌 구멍을 쳐부술 수도 있다.

그렇지만, 여기는 언데드의 소굴. RPG의 경험이지만, 걸린 함정을 억지로 돌파하면 상황이 대단히 나빠지는 경우도 있다. 순순히 함정에 걸려서, 그것을 어떻게든 하는 편이 피해가 적었던 것이다.

언데드의 던전은 무슨 일이 일어날지 모른다. 하물며 여기는 현실. 게임처럼 죽으면 리트라이는 불가능. 그 탓에 타이치는 손대는 걸 주저했다.

타이치 혼자라면 괜찮다. 그렇지만 지금은 린도 있는 것이다.

"린! 붙잡아!"

"응!"

이 사태에 역시나 떨림이 멎어 있던 린과 함께, 두 사람은 어둠에 빨려 들어갔다.

◇◆◇◆◇◆◇◆

타이치와 린이 트랩에 걸려 뚫린 구멍에 빠졌다.

반응할 수 없었다. 그저, 두 사람이 떨어지는 걸 보고 있는 수밖에 없었다.

이미 구멍은 막혀 있었다.

그 장소에 가보아도 이음매조차 발견할 수 없었다. 정말로 여기에 구멍이 뚫려 있었는지 의심이 갈 정도로, 그저 바닥이었다.

"잠깐…… 갑자기 빠져버렸잖아."

마두가 눈이 동그래졌다.

탐색 개시 5초도 안 지나서 나뉘어 버렸다.

시작부터 성대하게 넘어진 꼴이다.

"……."

아무래도 이 전개는 예상 밖이었는지, 하비도 말을 잇지 못했다.

미리야는 무심코 뮤라를 보았다.

동료가 떨어지는 것을 막지 못한 그녀는 어떤 표정을 짓고 있을까?

갑자기 무너질지도 모른다. 아니, 일단 목적을 제쳐두고 떨어진 두 사람의 수색을 해야 할지도 모른다.

그런 생각이 빙글빙글 머리를 돌고 있었는데.

"……흐트러졌네. 꼴사나운 모습을 보였어."

뮤라가 한 번 고개를 끄덕이고, 작게 고개를 좌우로 흔들고 고개를 들었다.

그 얼굴은 아무렇지도 않아 보였다.

사람에 따라서는 박정하게도 보일 정도로.

"잠깐, 동료가 떨어졌는데요?!"

실제로 에이린이 그것을 탓하는 것처럼 소리를 냈다.

그러나, 뮤라는 오히려 미소를 보였다.

"괜찮아. 린은 나랑 비슷할 정도로 강하고, 무엇보다도 타이치가 함께 있는걸."

"……아아, 타이치가 있는데 안 된다면 무슨 짓을 해도 안 된다고, 린이 말했었지."

"그런 거야."

숲에서 나눈 대화를 떠올린 하비에게 뮤라가 긍정했다.

그것은 전폭적인 신뢰라고 부르는 것이었다.

지금까지 짧지 않은 시간을 함께 지내온 그녀들이 입을 모은 것이다.

만난 지 며칠밖에 안 되는 자신들은 알 수 없는 일도 있을 테니, 에이린은 순순히 물러났다.

"남 걱정을 하는 것보다 우선은 우리들, 이로군."

말하면서, 마두는 지팡이를 꺼내 조용히 마력을 가다듬기 시작했다.

그녀의 시선은, 성의 입구에서 이어지는 대형 홀을 보고 있었다.

광대한 현관홀은 바깥에서 빛이 닿는 범위 말고는 어둠이 삼킨 것처럼 전혀 안 보인다. 그 정도로 넓다는 것이다.

그 어둠 속에서, 철컹철컹 금속이 스치는 소리. 질질 무언가를 끄는 소리가 다가온다.

그 무렵에는 모두 전투태세를 갖추었다.

이윽고 모습이 보였다.

몇 개체의 스켈레톤과, 좀비.

"환영식, 이라고 봐야 할까요?"

"그런 것치고는, 조촐한 것 같아."

에이린이 손바닥에 『수쇄탄』을 만들었다.

미리야는 활을 당겨 조준했다.

"얼른 정리하고 앞으로 가자."

스릉, 뮤라가 검을 뽑고 걷기 시작했다.

자연체. 산책이라도 가는 것처럼 느긋하지만, 틈이 전혀 없었다.

전투에 관한 기술 전반에 대해서는 뮤라 쪽이 훨씬 위. 그렇게 말한 타이치의 말은 틀림없었던 모양이다.

"미리야는 좀비 쪽을 부탁해. 나는 스켈레톤을 해치우지."

말하자마자 하비가 땅을 박차고 뛰쳐나갔다.

그 등을 지원하는 것처럼, 뮤라가 서서히 가속했다.

두 사람을 추월하는 화살과 물의 구슬.

마두가 마술을 발동하자, 갑자기 마물들이 선 바닥이 함몰되어 밸런스가 무너졌다.

힘차게 휘두르는 창. 원심력이 실린 창날이 스켈레톤의 머리를 분쇄했다.

두 번째 공격으로 늑골 바로 아래의 뼈를 베어내 두 동강이 난 스켈레톤에게 돌려차기가 작렬하여, 상반신을 날려버렸다.

쏘아져 나간 화살이 좀비의 머리에 박히고, 목을 찢으며 날아갔다.

『수쇄탄』이 좀비의 몸통에 작렬하여 상체를 부숴버렸다.

한순간에 네 마물을 처리하고, 남은 것은 두 스켈레톤과 좀비 하나.

이윽고 좀비는, 땅에서 돋아난 돌의 창에 꼬치가 되어 때까치가 보존한 먹이 같은 모습이 되어 처리됐다.

나머지 스켈레톤도 각각 머리와 다리가 파괴되어 행동불능에 빠졌다.

일곱 정도로는 발을 묶지도 못한다.

마음만 먹으면 일곱 정도는 일격으로 섬멸할 수 있는 역량을 가진 자가 다섯 명이나 있는 것이다.

당연한 결과였다.

마물의 무리가 침묵한 것을 확인하고, 각자 전투태세를 풀었다.

"그러면, 어떻게 움직일까?"

하비가 창을 어깨에 지고, 옆에 선 뮤라에게 물었다.

"……그렇네. 타이치와 린은 지하로 갔어. 두 사람과 합류하는 걸 우선할지, 우리들은 우리들끼리 위로 갈지. 둘 중 하나겠지만."

"타이치 군과 린 양에게 문제가 없는 건 알겠지만, 무슨 일이 일어날지 알 수 없는 이런 던전에서 분단되는 건 좋지 않은 사태야."

"효율을 중시한다면, 두 사람에게 지하를 맡기고, 우리들이 성의 상부를 탐색, 이겠죠."

"효율을 중시하는 건 좋지만, 흩어지는 건 악수 같다는 기분이 들어어."

뮤라가 선택지를 말하자, 미리야, 에이린, 마두가 각자의 생각을 말했다.

"나는 이른바 고용된 몸이야. 기본적으로 방침은 그쪽이 정해야 한다고 생각해."

고용주가 지시를 내린다. 그것은 일시적이라지만 고용자와 피고용자의 관계를 맺은 이상 기본이 되는 행동 지침이다.

특히 모험가로서 의뢰인과 함께 행동하는 경우, 고용주의 명령이 위험하거나 쓸모없는 살상을 강요하는 경우를 제외하면 그 지시를 따르는 것이 당연한 일이다.

"알았어. 일이 빨리 진행되는 편이 좋겠지만…… 그 이상으로 확실함을 중시하고 싶어. 일단 분단된 타이치와 린과 합류를 노리자."

뮤라로서는 어느 쪽이든 좋았다. 합류할 수 있다면 좋고, 상부의 탐색부터 끝내는 것도 좋다.

방침이 정해진 참에, 뮤라는 주위를 한 번 빙글 둘러보았다.

차가움마저 느껴지는, 깎아낸 돌을 쌓아 올린 벽. 그 어느 곳에선가 느껴지는 마력.

몸을 찌릿찌릿 찌르는 것 같은 압도적인 증오가 담긴 마력이 아까부터 끊임없이 뮤라를 때리고 있었다.

이것의 발생원은 어디일까? 이 정도로 농밀한 감정이 담긴 마력을 접한 것은 처음이었다.

둘러보며 찾아봐도, 특정할 수 없을 것 같았다.

"……불쾌한걸."

강한 반항의 의지를 담아서, 한순간만 강하고 짙은 마력을 가다듬어 아무렇게나 사방으로 뿜어내봤다.

하비 일행의 시선이 무심코 모일 정도의 농밀하고 강렬한 마력.

그 마력의 방출은 그녀의 실력 일부를 알려주는 것이었다.

뮤라의 위압에 밀렸는지 악의의 마력은 한순간 자취를 감추었지만, 금방 돌아왔다.

이 정도로 입 다물지는 않는 모양이다.

뭐, 뮤라로서도 이 정도로 어떻게 될 거라고 생각하지는 않았다. 그냥 분풀이에 지나지 않았다.

"……과연 대단한 마력이네. 터무니없어."

"네……. 역시, 그녀는……."

미리야와 에이린이 소곤소곤 무슨 이야기를 했다.

내용은 듣지 못했지만, 신경 쓸만한 일도 아니다. 뮤라는 개의치 않았다.

그때 조금만 더 물어봤다면 마음의 준비도 할 수 있었을 텐데. 나중에 후회하게 된다고 생각하지 못했으니까.

"……가자."

하비의 호령에 맞춰, 다섯 명은 지하로 이어지는 길을 찾기 위해 움직였다.

◇◆◇◆◇◆◇◆

뭐가 어찌됐든, 쉴 곳이 필요하다.

그렇게 중얼거리면서 발을 계속 앞으로 움직였다.

얼마간 걸어가자, 시간이 얼마나 지났는지 정확하게는 모르겠지만 짧지 않은 시간을 헤맸다.

린이 한쪽 팔을 잡고 있어서 걷는 속도는 느리지만, 그래도 걸어간 시간을 생각하면 겉에서 보고 파악한 성의 가장자리를 한 바퀴 이상 돌았을 만한 거리에 이르렀을 것이다.

어떤 원리인지는 상상도 안 되지만, 역시 공간이 일그러져 있는 모양이다.

외길의 복도가 쭉 이어지고 있다. 창이 있거나 촛대가 있거나 그림이 있거나 갑옷이 있거나.

경치 자체는 별 다를 바 없지만, 그러한 것이 있을 때마다 경계를 할 필요가 있으니 그나마 낫다.

때로는 장식된 갑옷이 알맹이가 없는데도 공격을 해온 일도 있었다.

그럭저럭의 빈도로 마물이 나타나는 것도 좋다. 언데드 마물이 나타나면 타이치는 도망치지 않고 반드시 쓰러뜨렸다.

타이치로서도, 이 장소에는 공포를 느낀다. 그렇지만, 그 이상으로 린이 무서워하니까 오히려 냉정해지고 있다는 것이 솔직한 심정이었다.

그렇지 않았다면, 변화가 희박한 장소를 계속 걷다가 머리가 어떻게 되어버렸을지도 모른다.

때때로 멈춰 서서 린이 진정하는 것을 기다리기도 하지만, 이제 슬슬 차분히 앉아서 쉬게 해주고 싶다고 타이치는 생각했다.

어딘가에 문이 있으면 좋을 텐데…….

더욱 계속 걸어가기를 몇 분. 눈앞에 갈림길이 보였다.

"……너무 편의적이지 않아?"

무심코 그런 말을 해버렸다.

갈림길 같은 건 지금까지 한 번도 안 나왔다.

그것이 타이치가 혼잣말을 중얼거린 직후에 나오다니, 작위적인 것을 느끼지 않을 수 없었다.

자신도 모르게 경계심이 올라가 버리지만, 나타난 이상 어쩔 수 없다.

돌아갈 생각도 안 들었다.

한쪽은 그대로 직선의 복도. 그리고 오른쪽 벽은 중간에서 수직으로 꺾여서 뻗은 직선 복도.

어느 쪽으로 가야 할까? 그렇게 망설인 것은 한순간이었다.

명백한 유혹이지만, 지금까지 한 번도 찾아오지 않았던 변화. 수상한 것과 동시에, 환영해야 할 일이다.

"무슨 일이야……?"

눈을 살짝 떴지만, 타이치만 보려고 하는 린.

"갈림길이야. 지금까지 한 번도 안 나왔던 게 지금 나왔어. 기왕 나왔으니 그쪽으로 가볼까 생각하는데."

"…………응."

내키지 않는 것이리라. 듬뿍 뜸을 들이고서 린이 수긍했다.

일방통행을 계속해도 사태가 진전되지 않는다는 것을 린도 역시 깨닫고 있었다.

무슨 일이 일어날지 알 수 없는 방향으로 나아가는 것은 사양하고 싶다.

그렇지만 무언가 바꾸지 않으면 계속 이대로 빙글빙글 돌기만 하게 된다. 그것은 다시 말해서, 이 공포의 시간이 끝나지 않는다는 것이다.

린의 양해를 얻고서 타이치는 오른쪽으로 발을 옮겼다.

갈림길을, 유혹에 따라 나아간다.

산발적으로 앞길을 가로막으려는 언데드들을 그야말로 한 방에 해치우면서, 나아간다, 나아간다.

15분 정도 지났을까? 문득 왼쪽 벽에 기다리던 것이 보였다.

무심코 눈을 의심해 버렸다. 정말로 그런 건가?

다가가자 저절로 확실하게 알 수 있었다. 기다리고 기다렸지만, 믿어도 되는지 알 수 없는 나무문이다.

"……린."

"응……."

끝까지 말할 것도 없다.

타이치가 무슨 말을 하고 싶었는지, 린이 무슨 말을 들었는지.

여기까지 오면 모든 것을 말하지 않아도 알 수 있다.

경계는 게을리하지 않고, 린을 등 뒤로 감싸면서 타이치는 문을 조금씩 열었다.

끼이이……. 문이 열리는 소리가 돌 복도에 울린다. 장소의 분위기가 영향을 주고 있는 건지, 타이치와 린의 귀에는 그것이 실제 음량보다도 상당히 큰 소리로 들렸다.

문 너머에는 너댓평 정도의 자그마한 방. 침대가 둘 있고, 작은 테이블에 의자 두 개. 키가 작은 3단 서랍장.

정말로, 아무 특색도 없는 방이었다. 이 이상하다고 말할 수밖에 없는 던전 안에서는, 이 평범함이 오히려 부각된다.

"……."

이렇다 할 언데드의 기척은 느껴지지 않는다. 실피도 이곳에는 적이 없다고 말한다. 실피가 그렇게 말한다면 틀림없으리라.

어째서 이런 방이 있는지 의문이 끊이지 않는다. 그렇지만 생각해 봤자 알 수 있을 리 없다.

"실피, 부탁해."

"네~에."

그 목소리에 호응하여 녹색의 강한 빛.

모습을 드러낸 마스코트 사이즈의 실피가, 허리에 왼손을 대고서 앞으로 몸을 숙이며 오른손 검지를 세웠다.

"4대정령을 귀신 퇴치에 쓰다니, 타이치도 배짱이 좋다니까."

"그렇지 뭐."

미안한 기색도 없는 타이치를 보고 볼을 부풀린 실피였지만, 금방 그 표정을 웃음으로 바꾸며 오른손을 위로 향했다.

실피가 뿌리는 상냥한 빛이 방을 뒤덮었다. 의지하는 것 자체가 기쁜 실피에게, 누가 뭐래도 타이치의 부탁은 시시하더라도 거절할 수가 없다.

그 빛에 닿은 린이 안심한 것처럼 타이치를 붙잡은 힘을 살짝 풀었다.

“이제 괜찮아, 린. 내 결계를 깰 수 있는 언데드는 이 성에는 없으니까.”

물론 두 사람은 성의 전모를 밝혀낸 것이 아니다.

그런데도, 실피는 단언했다.

보통은 안심시키기 위한 립서비스라고 생각할 것이다. 그러나 실피의 말이라면 그렇지 않다. 그녀의 결계를 깰 정도의 적이라면, 타이치도 결사의 각오가 필요할 것이다.

“고마워, 실피.”

드디어 안심이 됐는지, 린은 그렇게 대답하고 타이치의 팔을 놓았다.

좋아하는 사람의 모습을 보고 타이치도 작게 안도의 숨을 내쉬었다.

“있지. 타이치, 린.”

뭔가 뜻을 품은 것 같은 음색에, 두 사람이 의문을 품었다. 실피는 씨익 웃었다.

“사이, 좋은걸?”

“……………………?!”

찰싹 밀착해 있던 팔과 팔. 린은 미약하게지만, 타이치에게

체중을 싣고 있었다.

이렇게 말하면 두 사람이 어떤 상태인지 알 수 있으리라.

이제 이곳은 안전지대. 린에게 타이치에게 매달려 있을 이유는 없다.

그러나, 그 이유는 이미 두 사람에게 아무래도 좋았다. 대단히 아무래도 좋았다.

얼굴을 붉히고, 모험가로서 신체능력을 대단히 쓸모없이 사용하여 둘이 동시에 재빨리 거리를 벌렸다.

"으응~? 그렇게 찰싹 달라붙어 있었는데, 새삼스럽지 않아?"

젊은이를 놀리는, 섬세함이 부족한 친척 아저씨 같은 상태였다.

"시, 실피!"

"뭔데에?"

린의 항의에 실피가 고개를 가웃 기울인다. 대단히 귀엽지만, 지금은 노린 것 같다는 말밖에 안 나온다. 그리고 그 순간, 린은 이미 다 늦었다는 것을 짐작해 버렸다.

"계속 달라붙어 있었잖아. 자랑하는 것도 아니고 참~."

"~~~~윽!"

린이 머리에서 김을 뿜었다.

"있지, 두 사람."

불쑥 다가온 실피에게 뭐라 말할 수 없는 압력을 느끼고, 타이치와 린은 동시에 물러섰다.

"벌써, 키스는 했어?"

"어?"

"하?"

그 물음에 두 사람이 굳어졌다.

실피가 뭐라고 했지?

키스라고, 했을 거다.

키스란 것은 입맞춤이다. 입맞춤이라는 것은, 입을 맞추는 것이다. 입을 맞춘다는 것은, 키스이다.

타이치는 어쩐지 열이 난 것 같은 머리로 그런 생각을 했다. 아무래도 상당히 혼란에 빠진 것 같았다.

"어라? 안 했어?"

실피는 진심으로 뜻밖이라는 표정으로 고개를 갸웃거렸다.

부르면 언제든지 응답해주는 실피였지만, 언제나 타이치 곁에 있는 것은 아니라 자주 어딘가에 훌쩍 다녀온다. 어떤 원리인지는 모르지만 타이치가 부르면 한순간에 곁으로 돌아올 수 있다는 것이다.

어쨌거나, 실피는 타이치와 린의 모든 것을 아는 게 아니다. 오히려 배려를 해서 실피가 보지 않는 상황이라는 것을 몇 번이나 만들어줬지만, 아무래도 두 사람은 이렇다 할 진전이 없는 모양이다.

팔짱을 끼고 우우음 소리를 내는 실피가 문득 손뼉을 쳤다.

"그러면, 나는 지금부터 어디 좀 다녀올게. 종 한 번 정도."

"조, 종 한 번이라니……."

린이 새빨개진 얼굴로 마구 당황했다.

어쩐지 의미심장한 시간이다.

타이치는 영상 재생의 일시정지 버튼을 누른 것 같은 모양새였다.

"괜~찮아~. 이 자리에 없어도 결계는 유지할 수 있으니까!"

훌쩍 밝고 힘차게 말하는 실피. 안에 약간 품은 뻔뻔함은 일부러일까? 아니면 그냥 본성일까?

"나를 누구라고 생각하는데?"

4대정령이 그렇게 말하자 반론은 막혀버렸다.

"그러면…………."

다녀올게. 아마도 그런 식으로 이어지려던 실피의 말이 중단됐다. 실피는 얼굴을 침대 반대편 벽으로 돌렸다.

계속 즐거운 기색으로 싱글거리던 표정도 지금은 본래대로 돌아왔다.

그 격차에 아무래도 의문을 느끼고 두 사람은 실피의 말을 기다렸다.

"……누군가가, 이 결계 안에 들어오고 싶어 해."

"어?"

"뭐?"

들어오고 싶어 한다는 것은 어떤 뜻일까?

"무슨, 할 얘기가 있대."

적의는? 확인하자 실피는 그것을 부정했다. 타이치와 린은 얼굴을 마주보았다.

자력으로 깰 수 없는 결계를 치는 상대라면, 그 역량 차이는 생각할 것도 없이 알 수 있을 것이다.

그래도 찾아왔다는 것은, 위험도 각오하고 있다는 것이리라.

"실체는?"

"없어. 아마 영체 같아."

타이치는 한순간만 생각했다.

"실피."

"응. 묘한 시늉을 하면 해치울게."

적의가 없다. 그 말을 완전히 믿을 셈은 없었다.

적의를 숨기고 있을 뿐이라는 것도 충분히 생각할 수 있었다.

"그러면, 안에 들일게."

실피가 벽에 손을 내밀었다. 돌 벽을 통과하여 모습을 보인 것은 차림새가 좋은 중년 남성. 언뜻 보기에도 살아 있지 않은 걸 알 수 있다. 몸이 반투명하고, 다리가 중간에서 흐릿하게 사라져 있으니까.

◇◆◇◆◇◆◇◆

강하게 바닥을 찬다. 쭉쭉 좀비의 모습이 커졌다.

좀비는 움직임이 완만하다. 최대의 무기는 두 가지. 하나는 해치우는데 시간이 필요한 끈질김. 평범한 생물이라면 노릴 수 있는 실혈사는 당연하게도 좀비에게는 안 통한다. 해치울 거라면 일격으로 해야 한다.

또 하나는, 독이나 바이러스나 산 따위가 포함된 공격이었다. 좀비의 공격은 모두 회피가 기본이다.

상위종이 되면 의사를 가진 것처럼 움직이는 것도 있지만, 여기 있는 좀비는 초급편. 그저 본능에 따라 눈앞의 생물을 공격할 뿐이다. 체액이 묻으면 금방 부패하지만, 그것만 조심하면 E랭크 모험가라도 사냥하는 것은 가능하다.

간격에 재빨리 뛰어든다. 좀비는 간격으로 들어온 다음에 움직이려고 했다.

썩은 팔이 붙잡으려고 하기 전에, 왼손을 좀비에게 내밀었다.

『집열섬.』

초고열이 왼손에서 뿜어져 나와 통로가 격렬하게 빛났다.

시간을 따지면 1초 정도의 공격. 좀비는 형체도 없이 타올라 버렸다.

순간적으로 고열을 방사하는 화염계통의 근접 전투용 마술 『집열섬』. 지속 시간과 사거리에 단점이 있지만, 맞으면 절대적인 파괴력을 발휘한다. 언데드라면 맞으면 즉사한다.

언데드 대다수가 적용되는 것인데, 불에는 약하다.

뮤라로서는 상대하기 쉬워 좋았다.

『집열섬』을 뿜어낸 왼손을 되돌리면서 몸을 회전시키고, 근처에 있던 스켈레톤에게 뛰어들어 베어낸다. 일검으로 검을 든 팔을, 이검으로 도끼를 가진 팔을. 마지막으로 몸을 숙여서 양다리를 벤다. 지탱하는 것이 없어져 조각나면서 스켈레톤이 쓰러졌다.

담당한 마물을 정리한 뮤라는 검을 칼집에 넣었다.

"끝났어?"

"그래. 그쪽도 끝난 모양이네."

활을 접으면서 다가온 미리야에게 뮤라가 대답했다.

일단 로비에서 이어지는 문을 닥치는 대로 열어봤는데, 계단으로 이어지는 문은커녕 숨겨진 계단조차 보이지 않았다.

문은 로비의 한가운데에서 좌우의 벽에 각각 10개씩 존재하고 있었다. 이웃한 문의 간격으로는 생각하기 어려울 정도로 각각의 방이 넓었다.

공간이 일그러져 있다는 것을 금방 예측할 수 있었다. 그 수수께끼도 신경 쓰이지만, 그것을 해명하는 것보다 먼저 할 일이 있다.

단서가 없는 이상, 일단은 닥치는 대로 가능성을 없애야 한다.

그리고 지금 통산 20개째의 방 안에 있던 언데드들을 섬멸한 참이었다.

마물을 쓰러뜨린 순간 하비와 마두, 에이린이 방에 흩어졌다. 뮤라와 미리야는 주변을 경계한다.

"……이 방도, 꽝인 것 같아요."

조사를 마치고 뮤라와 미리야 곁으로 돌아온 에이린이 고개를 좌우로 흔들었다.

거의 같은 타이밍에 하비와 마두도 돌아왔다. 그들의 얼굴을 보니, 결과 따위 물어볼 것도 없었다.

"그러면, 다음으로 가자."

그냥 폐허였던 고성이 이계로 변한 던전이다. 간단히 뭔가 발견할 수 있다고는 생각지 않았다.

뮤라는 선두에 서서 방의 문에 손을 댔다.

지금의 포진은 선두가 뮤라, 중위가 미리야, 후위가 마두와 에이린. 맨 뒤가 하비였다.

이 안에서 거리를 가리지 않고 대응력이 가장 높은 뮤라가 선두를 맡는다. 중거리에 뛰어난 활의 사용자인 미리야가 뮤라를 지원하고, 마두와 에이린이 그 후위에서 파티의 틈을 없애며 화력과 방어를 담당한다. 그리고 가장 체력이 강인한 하비가 백어택에 대응하는 모양새다.

처음에는 하비와 뮤라의 역할이 반대였지만, 현재의 형태가 더 좋았다.

무언가 계기가 필요할 것이라고 생각하면서 문을 열었다.

예를 들어서 키 아이템을 입수한다는 것이 하나의 가능성으로 타당하리라.

문 너머를 보고, 뮤라는 무심코 입가를 끌어올렸다.

예를 들어, 또 하나의 가능성으로 중간 보스처럼 쓰러뜨리는 것 자체가 키가 되는 강대한 적을 쓰러뜨리는 것.

"……이쪽이, 알기 쉬워서 좋네."

한 걸음. 두 걸음. 세 걸음.

걸으면서 검을 뽑았다.

로비 한가운데에 그림자가 셋. 모두 인간과 비교도 안 되는 거체.

붉은 비늘의 악어와 사람을 더한 것 같은 모습. 희번득 빛나는 파충류의 눈. 좌우의 견갑골에서는 검은 뿔이 뻗어 있다. 손에는 검고, 날 길이가 좌우비대칭인 삼지창.

창을 사용한 근접 전투 능력은 물론이고, 개체에 따라 마술도 구사하며 붉은 비늘은 어중간한 칼날 따위의 공격을 가볍게 튕겨내 버린다. 신장은 아마도 3미터 전후인 것 같고, 단순한 키의 높이만 따져도 뮤라의 2배에 가깝다. 가녀린 뮤라와 나란이 세워놓고 보자니 위압감이 비교도 안 된다.

틀림없는 아크 데몬. 그 강함은 불평할 것 없이 A랭크. 적대했을 때를 위해서 지식을 쌓아두었다.

어째서 이 정도 마물이…… 라고 생각하기는 하지만, 대답이 안 나오는 의문에 사고 리소스를 나누는 것도 소용없다는 걸 깨닫고 뮤라는 생각을 그만두었다.

세 아크 데몬을 쓰러뜨리는 것이 무슨 계기가 되는 것이 아닐까? 이 장소는 아직 현관 로비다. 위치를 봐서 가장 초반인 이 장소에 이 정도의 거물이 있다. 던전이 의지를 가졌다면 로비에서 이어지는 모든 방을 공략한 뮤라 일행을 위협으로 본 것이 아닐까?

등 뒤에서 놀라는 기척이 뮤라에게 전해졌다.

"아…… 아크 데몬……."

이 정도 마물과 만난 것이 처음인 걸까? 에이린의 목소리였다.

아크 데몬들은 여유와 함께 강렬한 기백과 살기를 보냈다.

뮤라가 보기에는 오랜만에 만나는 강적. 무심코 검을 쥐는 손에 힘이 들어가는 것을 깨닫고 숨을 한 번 내쉬었다. 동시에 손의 힘을 풀었다.

"이 수준의 적과 전투한 경험은?"

등 뒤에 시선을 보내지 않고, 뮤라는 네 사람에게 물었다.

"……솔직히, 거의 없다."

하비는 약간 씁쓸하게 말했다.

실력으로는 지지 않는다고 해도, 경험치라는 것은 상상 이상으로 커다란 요인이다.

네 사람의 실력은 의심할 필요가 없는 것이다. 그렇지만, 그것과 경험치는 비례하지 않는다. 엘프 마을에는 아크 데몬 같은 강적이 적을 것이다. 딱히 그것을 탓할 생각도, 탓할 필요성도 느껴지지 않는다.

누구나 무언가를 시작할 때 경험치가 부족한 상태에서 시작하는 것이다. 경험치 부족을 트집 잡는 것이 얼마나 무의미한지 알아야 하리라.

그런 의미에서 뮤라는 경험치가 풍부하다고 할 수 있으리라. 훈련 상대인 린이 일단 이기고 지는 걸 알 수 없는 상대이며, 심지어 레미아가 상대라면 지금의 뮤라로서는 아직 한참 따라잡지 못한다. 게다가 타이치 따위는 애초에 비교 대상도 못 된다.

그런 상대와 훈련 단계부터, 쉽게 풀리지 않는 전투를 경험하고, 마월트 회전에서는 미겔이라는 거의 격이 같은 적과 말 그대로 목숨을 건 살육을 펼치고 헤쳐 나왔다.

그보다 전에는 아즈파이어를 공격한 마물의 무리를 토벌할 때, 레미아, 린과 함께 싸워도 당해내지 못했던 적과의 사투도 경험했다. 그 전에는 그라미라는, 린과 둘이서 덤비지 않으면 이길 수 없는 적하고도 싸웠다.

모두, 타이치와 린이 이 세계에 오고 나서 일어난 일이다. 격동이라고 할 수 있는 짧은 기간에 경험치라는 에센스가 응축되어 있었다.

상당히 짙은 시간이었다고 가볍게 돌이켜보고, 뮤라는 깔끔하게 각오를 정했다. 일일이 주저하고 있으면 타이치와 린을 따라잡을 수 없다. 앞으로도 계속 함께 있기를 바란다면, 실력도 물론이지만 정신적으로도 강해질 필요가 있었다.

"그래. 그러면, 내가 한 마리 맡을게. 나머지 둘, 부탁해."

너무나도 간단히.

혼자서 하나를 맡는다고 말했다.

다시 말해서 하비 일행 넷이서 둘을 쓰러뜨리면 된다는 것이다.

"자, 잠깐, 괜찮은 거야?!"

마두의 목소리가 거칠어졌다. 터무니없는 일인데.

"폼으로 수라장을 헤쳐 나온 게 아냐."

그 말만 하더니, 뮤라는 경쾌하게 오른발 왼발 순서로 땅을 박차고 가볍게 뛰어올라 순식간에 모습을 감추었다.

'……빨라!'

미리야가 그런 감상을 품은 다음 순간.

파앙! 날카로운 작렬음이 공기를 뒤흔들었다.

상단에서 내리친 공격을 아크 데몬이 창으로 받아낸 소리다.

칼날과 자루가 소리와 불똥을 내면서 스쳤다.

반동을 실어서 뛰어 피하고, 구축한 마술을 뿜었다.

『화염파.』

아무런 조짐도 없이 바닥이 터지고 폭염이 솟았다. 붉은 불꽃에 그을린 아크 데몬의 적의를 강제적으로 모았다.

"네 상대는 나야."

과거에 연습했던 좌표 지정의 마술. 뮤라가 생각하는 기준으로는 정밀도가 부족했던 그것도 지금은 거의 습득하고 있었다.

지금은 신체강화 마술은 이동할 때만 사용하고 이미 해제하고 있지만, 강화 마술을 사용하면서도 문제없이 제어할 자신이 있다.

검을 물리고, 뮤라는 현재 상태 파악을 위해 머리를 회전시켰다.

아크 데몬은 약하지 않다. 불평할 것 없이, 흑요마와 나란히 랭크 A의 마물이다.

그러나 뮤라에게는 격이 낮은 상대. 지게 되면 「태만」하다는 엄격한 평가를 받게 될 것이다.

평범하게 싸우면 이길 수 있다.

전력 평가에 현재 상황을 가미한다.

한창 고성 탐색을 하는 중이다. 그리고 지금은 나아가기 위한 단서도 붙잡지 못했다. 이 싸움이 길게 이어지면 체력과 마력을 낭비한다.

대답은 나왔다.

어설프게 힘을 억눌러 체력이 깎여나갈 바에는.

'처음부터, 전력전개!'

뮤라는 웃음을 짓고, 마력을 활성화시켰다. 이어서 온몸의 신경을 순식간에 장악했다. 이 시간은 1초도 걸리지 않았다. 거의 틈이 없는 강화 마술의 행사.

"하앗!"

분위기를 띄우고자 단숨에, 최대한의 강화 마술을 시행했다.

뮤라 정도의 실력자가 전력으로 신체강화 마술을 시행하면 어찌 되는가?

『보아아아아아!!』

뮤라가 뿜어낸 강력한 기백에 이끌리는 것처럼, 아크 데몬이 흥분한 소리를 질렀다.

그렇다. 대부분의 상대에게 강적으로 인식되어, 강제적으로 이쪽에 의식을 집중시키게 된다.

제어 가능한 한계의 마력 강화를 하면서, 더욱이 마술 행사를 위해 마력을 가다듬은 뮤라.

떠오른 웃음과 다르게, 눈을 감고서 바늘구멍에 실을 꿰는 것처럼 고도의 제어를 한다.

자신의 실력에 대해서 보여준 자부심. 그것이 결코 그저 큰소리가 아니라는 것을 말없이 표명하는 뮤라였다.

"이렇게 기합이 들어간 마력을 보면, 이쪽도 포기하고 덤비는 수밖에 없네."

방금 전까지 당황하던 모습이 어디 갔는지, 순식간에 차분해진 마두가 공격적인 웃음을 지으며 말했다.

"그렇네. 위축되어 있을 상황이 아니야."

"그래. 엘프 마을을 대표하는 전사의 이름이 운다."

"이쪽은 두 사람이 하나만 맡으면 된다는 거니까요……. 발을 동동 구르고 있는 사이에 멋진 모습을 빼앗겨 버렸으니까 만회해야죠."

미리야도.

하비도.

에이린도.

각자, 각오를 굳히고 전투태세를 갖추었다.

"부탁한다."

『타이달 웨이브!』

『풍월륜!』

발치를 휩쓰는 해일을 일으키는 물 속성 마술과, 주위를 대상으로 무수한 바람의 칼날로 찢는 바람 속성 마술.

뮤라가 맡긴 두 아크 데몬에게 물과 바람의 상급 마술이 덮쳐들었다.

두 마리의 무자비한 시선이 네 사람에게 쏟아진다. 노린 그대로 주의를 끄는데 성공했다.

"간다! 엘프 마을의 전사로서 부끄러움 없는 싸움을!"

미리야의 호령과 함께 네 명 또한 전투를 개시했다.

◇◆◇◆◇◆◇◆

"우―으……."

"어머나……."

린은 새파란 얼굴이 되어 정신을 잃고 말았다.

진짜 유령을 눈앞에서 보는 것은 아무래도 자극이 강했던 모양이다.

『처음 뵙겠습니…… 흐음?』

단정한, 고급스러워 보이는 차림새를 제외하면 어디든지 있을 법한 중년 아저씨가 난처한 기색으로 턱을 쓰다듬었다.

『무슨 일이 있으신 건지요?』

"아니, 이 녀석은 귀신같은 그런 거 엄청 거북해 하거든."

『그러셨군요. 이거 미안한 짓을 했습니다. 그렇지만, 이쪽도 기회를 놓칠 정도로 여유가 있는 것이 아니기에, 부디 용서해 주시기 바랍니다.』

정신을 잃을 정도니까 어지간하지 않겠다고 이해한 아저씨 유령은 고개를 끄덕이고, 익숙한 기색으로 우아하게 인사했다. 어디에나 있을 법 하긴 하지만, 틀림없는 신사였다.

타이치는 자기 무릎을 베개 삼아서 눈이 핑핑 돌아가는 린의 머리를 쓰다듬으며, 마음속으로 미안하다고 중얼거렸다.

린이 정신을 잃을 가능성도 있다는 걸 알고 있었다.

알고 있었지만, 그래도 이야기를 들어야 한다고 느낀 것이다.

그것은 역시, 실피가 친 결계에 대해서 용감하게도 접촉해 왔다는 그 사실이 컸다.

일단 린을 무리하게 깨울 필요는 없다. 깨워봤자 유령이 눈앞에 있다는 사실은 그녀에게 다시 쇼크를 줄 것이다.

"어서 와."

실피는 중년의 유령에게 말을 걸었다.

그가 무심코 주춤거리는 자세가 된 것은, 실피드라는 존재가 말을 걸었다는 사실 탓이었다.

『이거야 원. 4대 정령님의 목소리를 듣게 될 줄이야. 오래 살고 볼 일이군요.』

"아니, 아저씨는 죽어 있잖아."

무심코 태클을 걸어버리는 타이치에게 씨익 웃는 중년 유령. 일부러라는 걸 깨달았다.

그 느긋한 대화를 보고 있던 실피는 어깨를 으쓱거리고 좀 길게 숨을 내쉬었다.

"그러면."

실피가 손을 마주쳤다. 실체가 없어서 손뼉을 쳐도 소리는 안 나지만, 바람을 다스리는 왕이지 않은가? 작아도 공기를 파열시켜서 짝 소리를 냈다.

"내 결계에 잘 왔어, 유령 씨. 오늘은 어떤 용건이지?"

다소 익살을 부리면서 얼른 본론에 들어가려는 실피. 중년 유령은 당당한 태도로 가슴에 손을 대고 허리를 깊숙하게 숙였다.

거창한 것이 아니다. 실피가 어떠한 존재인지 알고 있는 타이치는 실피에 대한 흐트러짐 없는 대응에 오히려 감탄했다.

"익숙한 기색이네."

『이 모습이 된 뒤로 정령님을 뵐 기회가 몇 번 있었습니다.』

정령은 그 격에 상관없이 목숨이 있는 것 모두보다도 상위의 존재. 그의 태도도 이해가 된다.

숙인 허리를 되돌리면서, 그 눈은 타이치와 실피를 보았다.

『다시 한 번 인사드리겠습니다. 엘레멘탈 실피드 님, 소환술사 타이치 님. 저는 슬라이만 렝그스트라트라고 합니다.』

님이라고 부르는 것에 조금 낯간지러운 타이치.

『두 분과 동료께서 계시는 이 성…… 렝그스트라트 성의 본래 주인입니다.』

이 성에 이름이 있다는 것을 몰랐던 타이치는 고개를 갸웃거렸다.

"후응. 여기는 렝그스트라트 성이라고 하는구나. 몰랐어."

성의 겉모습을 떠올리고 타이치가 중얼거렸다.

『모르시는 것도 무리가 아니지요.』

슬라이만이 웃었다.

『200년 전의 전쟁으로 이 성은 역사에서 퇴장했습니다.』

"200년 전……?"

들어본 적이 있는 숫자다.

과거에 가르겐 제국과 시카트리스 황국 사이에서 일어난 전쟁.

"이런…… 알아버렸어……."

기억의 바다에서 해당하는 단어를 끄집어낸 타이치는 씁쓸한 기억에 표정을 찌푸렸다.

"피투성이 광상곡, 이네."

『그러합니다.』

실피가 눈을 감고, 슬라이만이 고개를 숙였다. 한순간 침묵이 내린다.

그것을 깬 것은 타이치였다.

"어라? 하지만 이상하지 않아?"

그렇게 말하고, 타이치는 슬라이만을 보았다.

"그거 분명히, 국경 부근에서 일어난 거 아니었어? 이 근처는 국경이랑은 멀잖아?"

당시는 상황이 상황이다 보니 그렇게까지 자세히 설명을 듣지 못했지만, 그 다음에 시간이 생겼을 때 실피에게 조금 더 자세한 경위를 들었다.

그 이야기를 떠올리고 생긴 의문을 말했다.

"그래, 맞는 말이야. 타이치."

『좋은 질문이십니다.』

아무래도 타이치가 느낀 의문은 이야기의 핵심이었던 모양이다.

『버서커 이야기는 전선에서 멀리 떨어진 제 성에도 전해졌습니다. 그러나 머나먼 하늘 아래의 일이라고, 강 건너 불구경을 한 벌을 받은 것이겠죠.』

슬라이만의 얼굴에 그늘이 졌다.

『이 성은 가르게니아와 최전선을 잇는 중계지점 역할을 하고 있었습니다.』

차근차근 말하는 옛날이야기에, 타이치는 어쩐지 불길한 예감을 씻을 수 없었다.

『가르게니아에서 물자나 병사가 오고, 배웅하고, 혹은 전선에서 제도로 귀환하는 병사를 받아들여 휴양시키고, 전투는 없었습니다만 어엿한 전쟁의 참가자였습니다.』

그 역할이라면, 직접적인 영향은 없을 것이다. 200년 전, 대체 이 땅에서 무슨 일이 있었을까?

『전쟁이 시작되고 반년……. 전선에서 소대가 귀환했습니다. 그것이 시작이었습니다.』

"지연 발증…… 버서커화한 거구나."

실피가 씁쓸하게 말했다. 슬라이만이 긍정했다.

『성의 병사들은 순식간에 영향을 받았고, 사용인이나 저항할 수 없는 인간을 유린했습니다. 사흘밤낮, 밤낮을 가리지 않는 악몽이었습니다.』

"콜록, 콜록."

타이치는 제대로 공기를 들이쉬지 못하고 사레가 들렸다.

『저에게는 아들이 있었습니다. 제 자식이지만, 아주 잘 자란 아들이었지요. 그 아들은 전쟁이 시작되기 3개월 전에 혼인하여 처와 정답게 지내고 있었습니다. 반년 뒤에는 손자가 태어날 예정이었지요.』

버서커는 가리는 것이 없다. 3대 욕구 중에서 성욕과 식욕이 엄청나게 강화되고, 또한 파괴충동에 지배된다. 그 아들의 눈앞에서 처가 유린되고, 함께 목숨을 잃었다고 한다. 말하기도 꺼려질 정도로 무참한 죽음이었다고 한다.

"……."

"타이치……."

말이 안 나오게 된 타이치의 손에 실피가 작은 손을 올렸다.

『그러나 과거의 일입니다. 동정해주시는 것만으로도 충분합니다.』

그렇다. 과거는, 바꿀 수 없다. 잃은 시간도 잃은 목숨도 돌아오지 않는 것이다.

『그렇지만, 만약 제 아들을, 그 처를 가엽게 여겨주신다면…… 힘을, 빌려주십시오.』

슬라이만의 말에 타이치는 고개를 들었다.

『이 성에서 피어오르는 원념이 담긴 마력을 깨달으셨습니까?』

"그래."

고개를 끄덕인다. 마력에 감정이 담기는 경우는 있지만, 이 정도는 좀처럼 없다.

아마도.

『아시겠지만, 이 원념은 무참하게 목숨을 잃은 자들의 것입니다. 그들은 구제받지 못하고 있습니다.』

타이치는 수긍했다.

예상대로였다. 그 이야기를 들은 다음이라면 납득도 된다.

『죽음을 납득하지 못하는 것도 이해가 됩니다……. 그러나,

저로서는 죽어서까지 현세를 원망하는 그들이 가엽다고 생각합니다……. 편히 보내주고 싶다고, 생각합니다.』

지구에서도 생물이 살아가는 세계가 『이승』이고, 사후의 세계가 『저승』이라고 생각한다.

생전에 했던 행위의 선악에 따라, 저승에서 천국에 갈지 지옥에 갈지 변한다는 이야기는 어린애들도 알 정도로 유명하다.

현세에 남아 있는 영은 요컨대 저승으로 가지 못한 존재.

이세계 아르티아에서도 천국이나 지옥이라는 개념이 통하는지는 불명이지만, 죽은 자가 평안하게 잠들기를 바라는 것은 같은 모양이다.

"……우리가 할 수 있는 일이 있어?"

지구와 달리, 이 세계는 판타지다.

영감이 없었던 타이치에게 미디어에 등장하는 영능력자는 믿어도 되는지 아닌지 판단이 안 되는 존재였다. 거짓말이라고 단정할 근거는 없었지만, 정말이라고 확신할 수 있는 근거 또한, 없었다.

그러나 지금은 다르다. 이렇게 목숨이 없는 존재의 모습을 보고, 목소리를 듣고, 의사소통을 하고 있다.

마력이라는 것에 접촉하여 그것이 가능해진 걸지도 모른다. 어쩌면 마술을 쓸 수 있으면 누구든지 슬라이만과 이야기를 할 수 있을지도 모른다.

그러나, 이곳에 도달할 수 있는 것은 한줌의 사람뿐.

다시 말해서 그는 200년이나 고뇌의 나날을 보낸 것이다.

그 소원을 내칠 정도로 타이치는 비정해질 수 없었다.

『가능합니다. 그렇다기보다도 당신들밖에 하지 못합니다. 소환술사님.』

슬라이만은 확실하게 말했다.

과연 어떤 이야기가 나올지, 타이치는 자신도 모르게 대비하고 말았다.

◇◆◇◆◇◆◇◆

눈을 뜨자, 린은 타이치의 무릎을 베개 삼고 있었다.

타이치는 그 자세 그대로 꾸벅꾸벅 졸고 있었다. 자신이 무릎을 점령했기 때문에 눕지 못한 모양이다.

어째서 이렇게 됐지? 뭔가 상당히 충격적인 것을 본 기억이 있다. 그러나 그때 일은 잘 기억나지 않았다.

타이치의 얼굴이 바로 가까이 있다. 린은 얼굴을 붉게 물들이고 그의 배에 얼굴을 묻었다. 잠들 때까지 타이치가 머리를 쓰다듬어 줬다는 걸 알면 어떤 반응을 보일까?

일본에 있을 무렵의 타이치는 운동을 하지 않았으니까 딱히 단련된 것도 아니었다. 그러나 지금은 옷 너머의 감촉이 조금 단단하다.

촉각에 호소하는 그 감각은, 린에게 타이치가 남자다워졌다는 인상을 주기만 한다. 뭐, 한창 나이의 소녀가 한창 나이의 소년에 대해 농밀한 스킨십을 하는 시점에서 그녀의 마음은 말할 것도 없다.

조금 지나쳤던 걸까? 린은 마음속으로 몸부림치며 굴러다녔다.

이 방에 오는 동안, 타이치에게 계속 매달려 있었다.

게다가 자기 가슴을 밀어붙이는 짓까지 했다.

창피함에 얼굴이 타오르긴 하지만 딱히 후회는 없다.

물론 이 성의 탐색은 그녀에게 무서운 것이었다. 만들어진 귀신의 집 따위 비교도 안 되게 리얼하다. 과거 뮤라가 「귀신 같은 건 있다」고 말했는데, 드디어 이 눈으로 보게 된 것이다.

한편으로 이득이라고 생각한 것도 사실이다. 타이치와 단둘이 되는 것은 오랜만이다. 하물며 시야크에서는 뮤라가 타이치와 데이트를 했다. 그것이 필요한 임무였다는 것은 알고 있다. 머리로는 이해하고 있어도, 감정이 미처 납득하지 못했다.

그런 가운데, 그야말로 땅에서 솟아나온 것처럼 단둘이 되는 상황. 함정에 걸린 결과라는 것은 모험가로서 한심함을 느껴야 하겠지만, 그것들을 모두 뭉뚱그려서 생각하면 행운이라고 해도 지장 없었다.

이 기회를 놓치면 안 된다. 그런 생각을 하면서 어리광을 부린 것이다.

하긴…… 정말로 무서워서 여유 따위 전혀 없었으니 어리광을 부리지 않을 수 있었는지 물어보면 그렇지도 않다.

"우우……"

린이 작은 소리로 신음했다. 변명을 아무리 거듭해도, 창피한 것은 창피한 것이다.

공포 때문이라고는 하지만, 자기가 이렇게까지 어리광을 부렸다는 사실은 린의 머리에 분명하게 불을 붙였다.

이렇게 대담해질 수 있었던 이유는 알고 있다. 그것은 강력한 라이벌의 출현이다.

동료인 뮤라의 존재. 그녀가 있기 때문이다.

일본에서는 그에게 그런 소문이 돈 것을 들어본 적이 없었다. 타이치는 그럭저럭 인기가 있었기 때문에 「어쩌면」 하고 생각한 것도 한두 번이 아니다. 결국은 모두 기우로 끝났지만.

다만 그것에 대해서는 린이 알지 못하는 것뿐이다. 타카시와 전력 차이는 압도적이지만, 타이치에게 마음을 주고 있는 여자애는 전혀 없는 게 아니었다. 그저 이세계에 와서 나타난 라이벌이 너무나도 지나치게 강력했다.

그건 그렇다 치고.

린에게는 첫사랑의 라이벌. 게다가 상대는 끝도 없이 강대하다. 지금은 익숙해졌지만, 처음 만났을 때 그 미모에 압도당한 것은 지금도 기억에 선명했다.

아름다움으로 이길 것 같지 않다. 요리도 지고 있다. 요리 말고 다른 가사는…… 근소한 차이로 뮤라가 이긴다.

여성스러움을 따져보면 연패. 타이치에 대한 마음의 강함과, 뮤라보다도 쌓아온 시간의 길이가 린이 앞서고 있는 점이다.

지금은 친구라고 할 수 있을 정도로 친해진 뮤라지만, 이것만큼은, 양보 못한다.

오히려 뮤라이기 때문에 양보 못한다.

그와 사이좋게 지내는 것을 보고, 질투는 한다. 지금은 겉으로 드러내지 않고 있을 수 있지만, 앞으로는 어떨까? 그것은 린 자신도 모른다.

이 세계에 와서 보다 마음이 강해진 것 같다고 생각한다. 너무나도 애절하고 괴롭다. 이런 기분을 맛보게 되었으니 오히려 행운이리라. 진심으로 좋아하게 된 남자가 없는 채 연인이 차례차례 바뀌고, 그때마다 몸을 겹치게 됐다는 친구도 있다.

그것도 좋을 것이다. 부정할 생각은 없고, 할 권리도 없다. 다만, 린은 그것과 다른 연애를 하고 싶었다.

"으음."

"?!"

타이치의 목소리가 들리자, 린의 어깨가 움찔 뛰었다.

덤으로, 풀썩하는 소리와 침대가 튕기는 감각. 고개를 들자 타이치가 드러누워 있었다. 아무래도 깨어날 정도는 아니었는지, 아직 푹 자고 있다.

린은 몸을 일으켰다. 바깥의 날씨를 확인할 수 없으니 정확한 시간은 모르지만, 린이 의식을 잃고서 깨어났더니 이번에는 타이치가 자고 있었다. 그걸 생각하면 꽤나 잠들어 있었을 거라고 생각된다.

"……."

타이치는 잘 자고 있다. 그 자는 얼굴을 바라보면서 생각한다. 언제가 되면 사이가 발전될 수 있을까?

자신과 타이치는 사실 미묘한 관계였다.

타이치와 그런 관계가 되면, 린에게는 첫 남자친구가 된다. 상대가 타이치니까 더더욱 하나하나의 단계도 소중히 하고 싶다. 가능하면 타이치가 말해주기를 바라는 것은 린 나름대로의 여심이었다.

"……!"

문득 깨닫고 보니, 타이치의 얼굴과 거리가 상당히 가까워졌다.

그러나, 눈을 뗄 수 없다.

마치 거기에 시선이 박힌 것 같았다.

마치 새로운 마법에 걸린 것 같았다.

린의 눈은, 타이치에게. 정확하게는 타이치의 얼굴 일부에 빨려 들어가서 헤어나올 수가 없었다.

린은, 스윽 눈을 감았다.

생각한다.

생각한다.

떠올린다.

떠올려 본다.

후회는, 안 한다.

"있지, 타이치."

눈을 떴다.

남자를 녹여 버리는 나긋한 목소리가 나온다는 것을, 린은 깨닫지 못했다.

"다음은, 깨어 있을 때야."

키에 비해서는 작은 손이.

얇은 손가락이.

타이치의 볼을 만졌다.

"타이치가, 해줬으면 좋겠어."

린의 눈동자에 비치는 타이치의 얼굴이 서서히 커다래졌다.

"그래 주면, 기쁠 거야……."

방을 비추는 옅은 등불이 부드럽게 흔들린다.

그 빛에 비춘 두 그림자가, 하나로 겹쳐졌다.

◇◆◇◆◇◆◇◆

아크 데몬과 서로 노려보면서 몇 분이 지났다.

저쪽에서는 하비 일행과 두 아크 데몬의 격렬한 전투 소리가 들린다. 밀어붙이고 있지는 않지만, 밀리지도 않는다. 팽팽한 싸움이 되고 있는 모양이다.

말로 의사소통을 할 수는 없지만, 악마가 뭔가 생각하고 있다는 것은 뮤라도 어쩐지 알고 있었다.

과연 A랭크의 마물이라고 해야 하리라. 뮤라가 전력으로 마력 강화를 한 것을 깨달았는지, 아크 데몬에게서 방심이나 자만이 남김없이 사라졌다.

천천히 틈을 찾고 있다고, 뮤라는 느꼈다.

실제로는 움직이지 않는다.

그렇지만 뮤라에게는 아크 데몬이 공격하는 궤도가, 아크 데몬 또한 뮤라의 공격 궤도가, 예측이라는 형태로 보이고 있었다.

그것을 막고, 피하고, 반격하고.

칼날을 물리적으로 나누지 않는 공방이 펼쳐지고 있는 것이다.

그 공방은, 현재 상황에서는 거의 호각.

실제로 싸워도 승률이 높을 것이다. 아크 데몬에게서 느껴지는 압력을 과거의 강적에게 빗대어 보면 이길 수 있을 것 같았다.

그러나 그것은 편하게 이길 수 있다는 것과 같은 뜻이 아니다. 뮤라가 선택을 두 번 정도만 잘못해도, 지금은 존재하는 어드밴티지가 한순간에 메워질 것이다.

차분하게 대비를 하자, 뮤라도 틈을 찾지 못하여 공격하지 못하고 있었다. 섣불리 파고들면 뼈아픈 공격을 맞을 것 같았다.

그렇지만, 언제까지나 이러고 있을 수는 없다. 그토록 기세 좋게 미리야나 마두에게 큰소리를 친 것이다. 꼴사나운 싸움 따위 보일 수 없다. 무엇보다도, 뮤라의 평가는 린의 평가로도 이어지니까.

'틈이 없으면 만든다.'

간단하지는 않다.

'만들어 내겠어!'

정했으면, 이쪽에서 먼저 파고든다.

한순간에 아크 데몬에게 접근하여, 스피드를 교묘하게 위력으로 변환하여 옆으로 휘두르는 검을 내뻗는다.
하비 이상의 파괴력을 가진 혼신의 일격이 방어를 웃돌아, 아크 데몬의 창을 밀어내고 그 거체를 몇 걸음 후퇴시켰다.
자신보다도 왜소한 엘프에게 밀리자, 아크 데몬은 분노와 경악이 뒤섞인 표정을 지었다.
파워가 없다.
스피드가 없다.
스펙이 부족하다.
그게 어쨌다는 건가?
그런 것은 테크닉으로 메우면 된다.
없는 것을 한탄하기보다, 먼저 할 일은 얼마든지 있다.
더욱이 파고들어 휘두른 검으로 벤다.
『부오아!』
못한다. 그렇게 말하듯 창을 휘두른 아크 데몬. 미스릴 검의 일격으로 끄떡도 안 하는 창의 강도는 경탄해 마땅하다.
'뭐, 이 녀석의 힘으로 휘두를 거면 나름대로 강인함이 필요하겠지.'
파워와 무기의 경도를 생각하면 범상치 않은 위협이지만.
'접근전으로 상대하지 않아도 되지.'
오른손에 숨기듯 대기시키고 있던 왼손을 뻗었다. 그 왼손을 예상 못했는지, 아크 데몬의 움직임이 한순간 둔해졌다.
『폭사섬!』
돌 바닥이 모래로 변해서 아크 데몬에게 쇄도했다. 사정 거리는 5미터도 안 되지만 모래 알갱이 하나하나는 지구에 존재하는 권총의 탄환에 필적하는 위력.

불 속성의 근접용 마술『집열섬』의 흙 속성 버전이다.

그렇지만 단단한 비늘을 뚫을 거라고는 뮤라도 생각하지 않았다. 애당초 대미지를 노리지도 않았다. 대미지가 될만한 눈 따위는 당연히 지킬 거라고 생각한다.

모래 장막에 휩싸인 아크 데몬. 장막에서 살짝 보이는 흑색 창을 검으로 때린다.

귀에 울리는 금속음과 함께 창이 뮤라가 보기에 오른쪽으로 흐른다.

그 결과를 확인하기 전에 뮤라는 하늘 높이 뛰어올랐다. 공중에서 빙글 몸을 회전시키고 천장에 발을 댔다.

바로 아래쪽에, 모래를 떨쳐내는 아크 데몬의 모습.

그것을 보고, 미스릴 검을 역수로 고쳐 쥐고는 불꽃을 둘렀다.

"하아아아앗!"

치열한 기합을 목소리와 함께 뿜어내고, 천장을 찼다.

자유낙하에 맞추어 가속하며 아크 데몬과 거리를 좁힌다.

이걸로 처리한다.

그렇게 생각했지만, A랭크의 마물은 역시 쉽게 풀리지 않는다.

조금만 있으면 접촉하는 타이밍에서 아크 데몬이 퍼뜩 위로 고개를 들었다.

뮤라와 아크 데몬의 시선이 격돌했다.

"……읏!"

다가오는 뮤라에게 망설임 없이 입을 벌린다.

"?!"

아크 데몬이 공격을 위해 입을 연다. 그 의미를 뮤라는 알고 있었다.

등골에 흐르는 불길한 감각에, 뮤라는 공중에서 몸을 틀었다.

『브하아!』

뿜어낸 것은 얼음 자갈이 무수히 포함된 냉기 브레스.

"칫!"

진심으로 혀를 차는 뮤라.

브레스의 사선과 변경된 자신의 낙하 궤도, 그리고 서로의 속도를 순식간에 계산한 결과, 최소한이라도 왼팔에 가볍지 않은 대미지는 피할 수 없다는 것을 알았다.

솔직히 겁먹은 기분이 없는 건 아니다.

그러나 이대로 간다고 결심한다. 희생하기로 정한 왼팔에 불꽃의 장막을 만들었다.

영하의 바람과 얼음 자갈이 불꽃의 장막을 꿰뚫고 왼팔을 격렬하게 때렸다.

격통에 표정이 일그러지지만, 한순간.

아크 데몬의 등을 상당히 깊숙하게 베어냈다. 등에 있는 뿔마저 식칼로 야채를 베는 것처럼 쉽사리 잘라 버렸다.

『브오아아아!』

그것은 비명이었으리라. 보라색의 피를 뿌리면서, 아크 데몬이 외쳤다.

“……큭!”

한편 뮤라도 그걸 신경 쓸 겨를이 없다. 착지의 충격마저 팔에 울린다.

곧장 아크 데몬과 거리를 벌리고, 왼팔을 관찰했다. 냉기로 감각을 잃고, 자갈에 맞은 팔은 피투성이가 되어 움직이지 않는다.

상처는 상당히 깊다.

그렇지만 피해라는 관점에서 전투중이라는 것을 생각하면 가벼운 편이다. 자세를 바꾸지 않았으면 온몸으로 받았을 것이다.

아크 데몬에게 얼음 브레스는 비장의 수.

모으는 시간이 거의 필요 없고, 만약에 직격당하면 격이 높은 강함을 가진 뮤라조차도 한 번에 전투불능이 될 정도의 공격력을 자랑한다.

겉보기에 수수하다는 것과 달리, 위력은 초일류다.

“하지만, 비장의 수니까.”

격통이 흐르는 왼팔을 감싸지만, 뮤라는 웃었다.

쉽사리 쏠 수 없기에 비장의 수인 것이다.

A랭크 모험가를 거의 즉시 일격에 전투불능으로 만드는 기술인데, 아무런 대가도 없이 쏠 수 있을 리 없다.

쏘려면 남은 마력치의 80퍼센트가 필요하다. 물론 위력은 쏟아 부은 마력의 양에 비례하며, 쏜 다음에는 잠시 움직임이 둔해진다.

확실하게 직격을 시킨다는 대전제로, 강대한 적대자를 반드시 처치할 경우에 쓰는 기술인 것이다.

결국, 빗나가면 위기에 빠지는 것은 아크 데몬 자신이니까.

거기까지 알기 때문에, 뮤라는 왼팔을 희생해서라도 베는 것을 선택했다.

"지식이라는 건 역시 무기네."

스파르타 방식으로 주입된 갖가지 지식은, 때로는 뮤라에게 무형의 은혜를 내렸다.

당시를 돌이켜보면 괴로웠다. 그 말밖에 안 나오지만, 지금은 레미아에게 감사밖에 안 나온다.

"왼팔을 못 쓰는 나랑, 등에 상처로 넘어간 당신이랑, 형세는 어느 쪽이 우위일까?"

아크 데몬이 인간의 말을 이해할 수 있었다면, 뻔뻔스럽다고 생각했으리라.

그녀의 말투는 명백하게 브레스의 대가를 알고 있는 거였으니까.

뮤라는 훗 웃더니, 검을 수평으로 겨누고 아크 데몬에게 겨누었다.

그 칼끝의 주위에 다수의 불꽃 창.

『플레임 랜스』의 속도는 그렇게 빠르지 않다. 그렇지만 움직임이 둔해진 아크 데몬에게는 위협적이다.

"이걸로 막을 내리자."

『그그그……!』

불꽃 창의 끝이 모두 자신을 향하는 것을 보고.

그 창을 회피할 수 없다는 것을 깨닫고.

아크 데몬은 증오에 가득 찬 소리를 냈다.

『구오기아아아아!!』

그러나. 이대로 죽는 것은 사양이다.

아크 데몬은 마지막까지 저항하기로 정한 모양이다.

뮤라를 증오하는 것을 관두고 반격으로 전환하는 속도는, 적이지만 뮤라도 본받아야 한다고 할 정도로 훌륭했다.

마지막 힘을 짜내는 것을 알 수 있을 정도의 냉기. 커다란 체구 앞에 나타난 거대한 얼음 덩어리.

뮤라는 아크 데몬의 술법이 완성되는 걸 기다리지 않고, 『플레임 랜스』를 쏘았다.

마력이 줄었기 때문인지, 등의 대미지 때문인지, 아크 데몬의 술법 구축이 늦었다.

완성 직전이었지만, 완전한 상태가 되지 않은 얼음 덩어리에 뮤라의 마술이 격돌했다.

아크 데몬의 마지막 저항이 한순간에 녹아내리고, 수증기가 되어 뮤라와 악마를 가두었다. 백은의 연기가 파문처럼 퍼지고, 촛대에서 흔들리는 어슴푸레한 불에 비추어 반짝반짝 빛난다.

갠 밤하늘이 생각나는 그것을 날려버리는 기세로, 뮤라는 아크 데몬에게 다가갔다. 다량의 수분을 포함한 연기 속을 파고들었기 때문에, 뮤라에게는 약간 자잘한 물방울이 붙어 있었다.

나부끼는 머리칼은 그 수분으로 한층 아름답게 보였다.

뮤라가 오른손에 든 검은, 두르고 있는 불꽃으로 검신이 적열에 물들어 있었다. 검신에 닿은 안개를 한순간에 흩어버릴 정도의 고열이다.

"핫!"

수증기를 빠져 나오자, 놈은 이제 눈앞이다. 뮤라는 재빨리 검을 휘둘러 아크 데몬의 오른쪽 어깨부터 왼쪽 허리까지 깊숙하게 베었다.

『브기아아아!』

지금까지하고는 다른, 커다란 비명이 흘렀다. 단말마다.

검은 창이 손에서 떨어져 바닥에 떨어졌다.

"……후우."

숨을 한 번 내쉬고, 뮤라는 검을 다시 겨누었다. 손에 익숙한 검의 무게가 안도감을 준다.

이걸로 해치우지 못했을지도 모른다. 자포자기의 반격이 왔을지도 모른다. 자만해서, 방심한 참에 반격을 받아 지고 만다. 그렇게 되면 창피해서 죽지도 못한다.

린을, 그리고 타이치를 볼 낯이 없다.

『아아아아…… 아아…….』

아크 데몬은 그 모습을 유지할 수 없게 된 모양이다. 비바람에 노출된 바위가 풍화되어 무너지는 것처럼, 거대한 몸이 자잘한 입자로 바뀌었다.

이윽고 아크 데몬이 있던 곳에는, 자잘한 모래산이 있을 뿐이었다.
그것을 가만히 바라보고 더욱이 조금 시간이 경과.
부활할 가능성이 없는 것을 확인하고, 검을 역수로 고쳐 쥐며 딱히 보지도 않고 철컥 칼집에 넣었다. 납검 따위 셀 수도 없이 해왔다.
이제 와서 왼손의 보조가 필요한 동작이 아니다. 평소에는 지금까지의 습관으로 왼손을 쓰는 것뿐이다.
그런 사소한 것 따위 전혀 집착하지 않고, 뮤라는 아크 데몬이 죽은 장소를 보고 있었다. 아크 데몬은 저런 식으로 죽는다. 보통은 부활하지 않지만, 이곳은 상식이 자기 할 일을 포기한 이공간. 「그건 말도 안 돼」라고 생각되는 일이 일어나도 신기할 것 없었다.
가장 우려한 것은 언데드로 소생하는 것이다. 그것이 일어나지 않았으니까, 일단은 괜찮을 것이다.
"윽…… 얼른, 치료하고 싶네."
전투중에는 흥분 때문에 그렇게 신경 쓰이지 않았던 왼팔의 아픔이, 이제 와서 강해졌다.
이대로는 아무리 그래도 괴롭다. 정신력으로 억누르고 있지만, 그렇다고 내버려둘 수는 없고 내버려두고 싶은 생각도 안 들었다.
"어디, 저쪽은……."
왼팔의 치료를 하려면, 어느 정도 차분한 상태가 좋다.

그것을 찾기 위해서도, 하비 일행의 전투가 끝났다면 좋을 텐데.

뮤라가 그쪽을 돌아보는 것과, 아크 데몬의 단말마가 울려 퍼지는 것이 동시였다.

『기아아아?!』

미리야가 쏘아낸 맹렬한 기세의 화살이 아크 데몬의 오른쪽 눈을 꿰뚫은 참이었다.

또 하나는 이미 소멸했다.

뮤라와 거의 같은 타이밍에 승패가 정해졌다.

군데군데 찰과상이 있는 것 말고는, 눈에 띄는 대미지는 없어 보였다. 지치기는 한 모양이지만.

큰소리를 치고서 큰 부상을 입은 건 자기뿐이다. 그 점에 느끼는 바가 없는 것은 아니지만, 아크 데몬을 상대하면서 왼손 하나로 넘어간 것이다.

오히려, 그 상황에서 비장의 수를 주저 없이 사용한 아크 데몬에게 찬사를 보내야 할 정도였다.

그러면, 어딘가 쉴 수 있는 장소를 찾기 위해서 그들과 이야기를 할 필요가 있다.

강적을 쓰러뜨리고, 방심 없이 경계하고 있는 네 사람을 향해서 뮤라는 걸어갔다.

제45화 고성 탐색 후

울려퍼지는 발소리 둘.

걷기 시작한지 1시간은 지났을까?

충분히 휴식을 취하고, 발의 피로도, 마음의 공포도 씻어낸 타이치와 린은 다시 성 안을 걷고 있었다.

마음의 공포는 린뿐이었지만, 일부러 지뢰를 밟으러 가는 취미는 타이치에게 없었다. 당연히 그것을 말하지는 않는다.

린의 모습도 상당히 변화했다.

휴식 전에는 필사적인 양상으로 타이치의 팔에 매달려 있었지만, 지금은 타이치의 옷자락을 쥐는 정도로 머물러 있다.

그건 그거대로 남자를 죽이는 태도지만, 타이치에게는 직접 부드러운 것을 들이미는 것보다는 나았다.

"원념과, 정령의 폭주……."

타이치는 아까 들은 이야기를 떠올리고 입에 담았다.

"슬라이만 씨, 였지?"

고개를 끄덕이는 타이치.

현재는 유령인, 본래 이 성의 주인 슬라이만.

그 유령이 나타난 순간에 기절해버린 린은 타이치와 슬라이만이 나눈 말을 모른다.

타이치에게 이야기 내용을 들었기 때문에 내용 자체는 이미 파악하고 있지만.

거기서 나눈 감정에 대해서까지는 모른다.

뭐, 들은 이야기를 린에게 공유할 때 되도록 냉정하려고 하는 타이치가 오히려 부자연스러웠기 때문에, 상당히 온화하지 못한 마음이었던 모양이다.

그것도 그럴 법 하다.

전해들은 이야기 내용은, 전해들은 것에 지나지 않은 린의 감정도 크게 휘저었다.

그 역사의 일로 목숨을 잃고, 유령이 되어서까지 현세를 헤매고 있는 장본인에게 직접 이야기를 들은 타이치의 감정이 얼마나 흐트러졌는지는 생각하고도 남았다.

아무리 그래도 그것도 지금은 어느 정도까지 진정됐기 때문에, 그 이야기를 하는 지금 타이치의 마음이 술렁거리는 기색은 보이지 않는다.

"그의 아들이, 소중한 자를 눈앞에서 빼앗기고, 자기도 죽었다. 그렇지만, 그때 품은 부정적인 감정이 그를 원령으로 이 땅에 묶어두고 있다."

이른바, 지박령이라는 것이리라.

사람은 감정의 생물이다. 이 말은 레미아도 했었다.

그 프레이즈 자체는 특별하지 않지만, 레미아가 말했을 때 강하게 납득한 것을 기억한다. 같은 말이라도 누가 말하는 가는 중요하군. 이렇게도 느꼈다.

"사모님은 마술을 쓸 수 있었지만, 저항하는 것이 허망하게 살해당해버렸어. 죽을 때까지 계속 느낀 원한이 이유로, 돌아가시고서도 이 성에 계속 머무르고 있다고 했지?"

"그래. 그렇게 말했어."

죽을 때 강한 감정을 품어서 지박령이 됐다. 그런 이야기는 일본에서도 들었다. 때때로 본 심령 특별 방송에서도 익숙한 테마다.

하물며, 이 세계는 마술과 정령, 엘프 등, 지구에서는 환상이라고 하는 것이 현실에 존재하는 땅.

지박령이 실재해도, 전혀 신기할 것 없다.

"그 지박령, 남편 쪽도 뭐가 작용한 건지는 모르지만 정령의 힘이 깃들어 있어……."

린은 어려운 표정으로 턱에 손을 대고 타이치에게 대답했다.

린이 말한 것처럼, 지박령에게 정령의 힘이 깃드는 이유는 슬라이만도 알지 못한다고 했다.

그렇지만 실제로, 지박령에게는 정령의 힘이 깃들어 있었다. 정령이 힘을 내려주고 있는 건지, 정령이 힘을 빼앗긴 것인지까지는 불명이지만.

"정령에게서 힘을 빼앗다니, 인간, 이 아니라 보통 생물은 무리지."

실피와 계약한 타이치이기 때문에 알 수 있다. 실피는 존재의 차원이 육체를 가진 생물보다도 위에 있다. 정령 쪽에서라면 모를까, 이쪽에서 간섭할 수 있다는 생각은 안 들었다. 그렇기에, 그 정령은 지박령에게 힘을 주고 있는 것이 아닐까? 하고 예측을 세웠다.

그 정령이 있다고 생각되는 장소는 지하 최심부.

장소는 알고 있지만, 그곳에서 어마어마할 정도의 에너지가 파동으로 언제나 뿜어져 나오고 있기 때문에, 그저 유령에 지나지 않는 슬라이만은 다가가는 것도 못한다고 했다.

애당초, 그곳에는 범상치 않게 견고한 봉인의 술법이 되어 있어서 슬라이만은 만에 하나도 침입할 수가 없을 거라고 했었다.

"……그리고, 정령이 연관되어 있다면 타이치밖에 못해. 라는 이야기도 납득할 수 있어. 나는 그저 걸림돌이니까."

약간 분한 기색이었지만, 그래도 분별력있는 표정으로 린이 말했다.

그런 부분은 승부의 세계에서 다투어 온 그녀이기에 되는 것이리라.

당해낼 수 없는 건 당해낼 수 없다. 결코 포기한 것은 아니지만, 그건 그렇다 치고 현시점에서는 미치지 못하는 자신을 인정하는 강함이었다.

"그렇긴 한데, 그걸로 린의 역할이 다 없어진다는 건 좀 성급하지 않아?"

분명히 정령의 힘을 얻은 슬라이만의 아들의 망령은, 타이치가 대처하는 것이 최선이리라.

그렇지만, 그밖에는?

타이치의 몸은 하나밖에 없다. 특히 정령의 힘이라는 힘을 얻은 상대에게 대처하면서 다른 곳에 신경 쓸 여력이 있을까?

그 밖에도 전력이 나오지 않는다는 확증 따위 없다.

타이치 혼자서 가능할 수도 있을지 모르지만, 상대가 상대인 만큼 심심풀이로 할 수 있는 일도 아니리라.

"그럴까? ……응, 그렇네."

납득했는지, 린이 수긍했다.

린에게 역할이 생기면, 타이치에게 어리광을 피우기만 할 수는 없다.

타이치는 역할이 있다고 말했다. 린이 무서워하는 걸 알면서도, 숨어 있어도 된다고 하지 않았다.

그것을 엄격하게 느끼는 반면, 안이하게 「도망」을 허용해주지 않은 것이 린은 기뻤다.

그렇기에, 그것에 응답하고 싶었다.

괜찮아, 할 수 있어— 자신에게 말하는 린. 일본과 달리 좀비나 유령이 존재하는 것이다. 비과학적이긴 해도, 비현실이 아니다.

무섭기는 무섭다. 그렇지만, 그것을 변명 삼아 언제까지나 못한다고 불평만 할 수는 없었다.

지금의 린에게는 대항 수단이 있으니까.

"응, 왔다."

타이치의 시선 끝.

그 어둠 너머에서 뭔가를 끌고 오는 소리.

들은 기억이 있다. 휴식을 하기 전에는, 들린 순간에 눈을 감고서 타이치에게 매달려 도피했다.

"—윽."

눈을 돌리지 않는다.

좀비의 모습이 린의 시야에 들어왔다.

그로테스크하고, 호러 운운 이전에 원시적인 공포를 느꼈다.

눈을 감아 버리고 싶다.

그러나, 그러지 않는다.

"……타이치, 내가, 할게."

목소리는, 유감이지만 떨리고 있었다. 의연하게는 못했다. 그렇지만 의사 표시는 할 수 있었다. 계속, 타이치에게만 맡겼지만, 한 걸음 앞으로 나섰다.

"알았어. 그러면, 부탁할게."

타이치는 아무것도 묻지도 않고, 그저 린에게 맡기며 한 걸음 물러섰다.

이제 매달릴 수는 없다. 그렇다, 그거면 된다.

다행히 적은 하나뿐. 앞으로 나아가기에는 딱 좋았다.

여기서 나아가지 않고, 언제 나아간단 말인가?

『파이어 볼.』

마력을 지팡이에 담는다. 평소처럼 마술이 발동한다.

들어 올린 지팡이를 휘두르자, 불덩이가 공기를 가르고 날아갔다.

정확하게 날아간 불덩이가 좀비에게 명중한 순간, 업화가 좀비를 휘감았다.

순식간.

린이 상상한 것보다 훨씬 빠르게, 좀비가 무너져 내렸다.

불꽃이 잦아든다.

불타오른 좀비는, 잔해가 연기를 피울 뿐이었다.

"오오, 효과 엄청 좋네. 역시 언데드한테는 불 속성이구나."

타이치의 경우는 풍압으로 갈아버리거나, 무수한 바람의 칼날로 찢어버리거나 한다.

바람의 마법으로도 충분히 대처할 수는 있지만, 역시 특효 속성은 효율이 다르다.

분명히 썩은 고기가 타오르는 냄새가 피어오르고 있겠지만, 타이치와 린은 이 땅에 들어선 순간부터 언데드의 냄새하고는 인연이 없었다.

두 사람을 얇은 바람의 장막이 감싸고 있었다. 방어력을 가진 것이 아니다. 두 사람 곁으로 다가오는 냄새를 차단하기만 하는 것이었다.

그렇잖아도 린이 거북해하는 환경인데, 냄새 공격도 있으면 그녀의 정신이 더욱 마모될 것이다.

타이치도, 린 정도는 아니지만 호러에 특별히 강한 것은 아니다.

다만, 타이치는 린보다도 전환이 빨랐다.

이곳이 지구가 아니라는 것. 지구에서는 이야기 속의 존재였던 정령이나 드래곤이 존재한다는 것. 마법, 마술 같은 초상현상을 스스로 다룰 수 있는 것. 적으로 나타나는 존재에 대한 대항 수단이 있다는 것. 무엇보다도, 린이 무서워한다는 것.

그것들에 따라서, 앞에 나선 것에 지나지 않았다.

"……해냈어."

손바닥을 보며, 작게 중얼거린다. 그 손을 꼭 쥐었다. 린은 여자치고 키가 큰 편이지만, 손은 부드럽고 작다. 그 작은 손에는 분명한 손맛을 쥐고 있을 것이다.

"그럼, 다음부터는 린한테도 맡길게."

타이치가 말했다.

"맡겨줘."

린이 응답했다.

여기서부터가 본무대. 클라이맥스.

그곳을 향해, 듬직한 전력이 복귀했다.

"그러면, 지하 계단을 찾자."

"응."

이제 타이치에게 매달릴 필요는 없다.

걷기 시작한 두 사람 사이에서, 물리적인 연결은 없어졌다.

그것은 분명히, 린이 한 걸음 앞으로 나아간 결과였다.

◇◆◇◆◇◆◇◆

"오른쪽일까? 왼쪽일까?"

린의 말에 깊은 의미는 없으리라. 타이치는 「글쎄?」 하고 응답했다.

"아래쪽일까? 아니면, 위일까?"

"우~응."

타이치는 고개를 갸웃거렸다.

"어느 쪽이든, 이 무한 루프를 탈출하지 않으면 어떻게 할 수가 없겠어."

"……그렇게 생각하겠지."

하아, 한숨을 쉰다. 린은 쓴웃음을 지었다.

린이 전투를 타이치에게 맡기지 않고 스스로도 제대로 한다고 정하고서 잠시 뒤. 전투에도 단계를 밟아서 참가하게 됐으니, 두 사람 사이에 흐르는 분위기는 틀림없이 밝아져 있었다.

아까도 좀비와 스켈레톤, 레이스를 포함한 열 마리의 무리를 린이 불 속성 마술로 섬멸했다.

극단적으로 말하면, 타이치 혼자서도 대응 가능한 것은 틀림없다. 타이치도 전투를 한다고 말한 린도 다 아는 일이다.

그렇지만, 두 사람 사이에 실력 차이에 따른 격의 따위 존재하지 않는다. 설령 타이치가 쿼드 매지션이고 린이 소환술사라는 적성이었다고 해도 서로서로 의지하는 것은 변함이 없었을 거라고 타이치는 생각했다. 그리고 그것은 린도 마찬가지였다.

서로의 존재는 두 사람에게 정신적 지주라는 부분이 크다.

린이 의욕이 생겼다. 거북함을 극복하고자 전향적이 됐다는 것은 타이치도 실력을 도외시하고 듬직함을 느낀다.

발걸음이 가벼워진 것을 느끼면서, 휴식도 취하며 계속 걷기를 잠시.

5시간은 지나지 않았을 것이다. 그렇지만 짧지 않은 시간이 지난 것은 틀림없었다.

경치에 변화는 없다.

때때로 모퉁이가 있지만, 다른 길로 이어지는 갈림길도 없다.

몇 시간 전에 휴식하는데 사용한 방이 나타난 것은 슬라이만이 원인이었다. 그냥 유령이긴 하지만 본래 이 성의 주인이었다.

지하의 얕은 곳이라면 다소 영향을 줄 수 있다고 한다. 그래서 휴식할 수 있는 장소를 제공하여 이야기를 할 자리를 마련했다고 말했다.

방에 들어간 지 얼마 안 지나서 접촉을 해온 것도, 스스로 이 이계에 간섭한 결과였기 때문이다.

휴게소에서 이어진 통로는 안쪽으로 조금 나아가자 금방 막다른 길이었다. 그 방을 만들기 위한 용도로만 만들어진 통로였던 모양이다.

슬라이만은 이 이계에 영향을 끼치는 것이 가능하긴 했지만, 휴게실을 만드느라 에너지를 상당히 소비했는지 그 이상의 협력은 불가능하다고 했다. 그를 의지할 수는 없다.

"어떡하면 바꿀 수 있을까?"

"극단적으로는, 이 바닥을 부숴볼까?"

"힘으로 밀어붙이는 거구나. 타이치니까 할 수 있는 일이야."

"최종수단이야."

"그것도 그렇네. 알고 있어."

타이치와 린은, 문득 뒤에 의식을 기울였다.

그것도 한순간이었다.

두 사람이 의식을 뒤에 기울였다고 다른 사람이 인식할 수 없을 정도로 한순간이었다.

그 찰나, 타이치와 린 사이에 대화가 사라진다.

뚜벅.

뚜벅.

두 사람의 발소리가 울린다.

"또 길을 돌아가볼래?"

"나아가는 느낌이구나."

"응. 되돌아가는 건 의미가 없었지."

"좋은 생각이라고 생각했는데."

이미 린이 냈던 안을 실행한 다음이었다.

뭔가 바꾸고 싶다는 생각으로 행동을 해봤지만, 눈에 띄는 성과는 얻지 못했다. 휴게소로 이어지는 분기도 발견되지 않았다. 본래의 무한 루프로 돌아와 버렸다.

진전이 없는 상황을 바꾸고 싶지만, 성과에 도달하지 못했다.

그러나.

타이치 일행이 끌어낸 것인지는 모른다.

명확한 의도가 있는 것일까?

어쩌면 단순히 행운일까? 아니면 변덕일까?

그 중 어느 것인지는 알 수 없다.

그렇지만 아무래도, 계기가 이쪽으로 찾아와준 것일지도 모른다.

"있지, 타이치."

"응?"

"이제, 괜찮지 않아?"

"……."

뭐가 「이제 괜찮은」 것일까? 그 말이 의미하는 것을, 타이치는 즉시 감지했다.

"……그렇네. 하자."

"응. 좋을 것 같아."

"좋아. 그럼 일단 70 정도로."

그 자리에서 꾹. 몸에 힘을 준다. 지금 그 대화의 의미를 아는 것은 이 자리에서 두 사람뿐.

처음 들으면 무슨 이야기인지 알 수 없을 것이다. 하물며 그 정도로 큰 목소리도 아니었다.

"실수했네."

"?!"

이렇게, 거리를 좁혀서 물어보려고 하는 건 예상하고 있었다.

상대의 기척은 확실하게 타이치의 감각에 닿고 있었다.

돌아보고 직접 확인한 것은 아니지만, 그렇게까지 커다랗지도 않다. 손바닥 사이즈 정도로 작지는 않지만, 인간과 비교하면 명백하게 작았다.

타이치가 마력 강화를 행사한다.

린이 타이치에게서 한 걸음 물러선다.

타이치가 돌아보는 것과 동시에 바닥을 찬다.

순식간에 호흡이 딱 맞는 두 사람의 일련의 동작에는 낭비가 없고, 훈련이 되어 있었다.

린의 지각도 따라잡지 못할 정도의 속도로 타이치가 뛰쳐나갔다. 다음 순간에는.

"잡았다."

표적을 확보하고 있었다.

타이치가 목덜미를 붙잡은 것은 어둠보다도 검은 아기 고양이였다.

"냐?! 놔라냥!"

말했다.

고양이가 말했다.

……그렇지만, 타이치도 린도 그렇게까지 놀라지는 않았다.

엘프도 그렇고 드워프도 그렇고 정령도 그렇고. 이 세계 아르티아는 존재 자체가 픽션 같은 것이며, 무엇보다도 타이치와 린은 픽션의 최고봉이랄 수 있는 마법, 마술을 쓸 수 있는 것이다. 무슨 일이 일어나도 「새삼스레」라는 생각밖에 안 들었다.

버둥버둥 다리를 움직이며 저항하는 고양이. 찰싹찰싹 고양이 펀치를 하는 것으로밖에 안 보여서, 필사적인 고양이에게는 미안하지만 흐뭇해질 수밖에 없다.

온화한 것은 겉보기만 그렇고, 고양이 펀치의 위력은 고블

린 정도는 일격으로 처리해 버릴 정도였지만, 마력 강화를 한 타이치 앞에서는 의미 따위 존재하지 않는다.

몇 번이나 맞았지만 미약한 타격도 안 느낀다.

"우냐앙……."

저항이 전혀 의미가 없는 걸 깨달은 고양이는 풀썩 고개를 떨구고 말았다.

◇◆◇◆◇◆◇◆

안쪽에서 신호를 보내자, 방 밖에서 어떤지 살피고 있던 미리야가 한 번 고개를 끄덕였다.

그리고 뒤를 돌아보았다.

"이곳은 안전해. 자, 얼른 들어와."

"그래. 고마워."

미리야가 재촉하자, 뮤라가 방에 들어갔다. 뮤라가, 그에 이어서 미리야가 방에 들어오는 것을 보고, 맨 뒤를 맡고 있던 하비는 방에 안 들어오고 문을 닫았다.

끼익. 문이 미약하게 삐걱거렸다. 그곳에 기대서 적습을 경계하는 것이리라.

먼저 들어와 있던 마두가 방 안의 경계를 담당하고, 에이린이 뭔가 물색하고 있었다.

그곳은 주방이었다.

과거에는 갖가지 음식이 있었을 이 장소도, 지금 금이 간

빈 병이나 녹슨 식기밖에 없다. 냄새도 거의 안 나니까, 뭔가를 참으면서 치료하지 않아도 되는 것은 다행이다.

시야 구석에서 에이린이 물동이라고 생각되는 장소에서 뭔가 하고 있지만, 지금 뮤라는 그것을 신경 쓸 여유가 없었다.

뮤라의 표정은 평소와 다를 바 없지만, 이마에 떠오른 비지땀이 고통을 참고 있다고 이야기하고 있었다.

하아. 한숨을 내쉬더니, 장비를 풀었다.

"윽!"

아픔에 소리를 내지 않도록 앙다문 어금니가 빠득, 소리를 냈다.

가슴 보호대를 재빨리 풀고, 왼쪽 소매가 너덜너덜해진 셔츠를 벗었다.

명장이 도예가 인생의 집대성으로 만들어낸 백석 도자기라고 표현해도 지장 없는 소녀의 여린 피부가 드러났다.

10대라는 이유만으로는 도저히 설명이 안 되는 아름다움. 이것도 엘프이기 때문이다.

물론, 나날의 단련이 그녀의 프로포션을 날카롭게 조이고 있다는 것은 말할 것도 없다.

이 정도의 상처를 입고서 우는 소리 한 마디 없는 뮤라의 정신력에 놀라면서도, 에이린이 그녀에게 다가갔다.

"이걸 쓰세요."

대야를 내민다. 그 안에는 보기에도 청결한 것을 알 수 있는 투명한 물이 넘실거리게 담겨 있었다.

에이린이 물가에서 뭔가 한다 싶었더니, 물을 준비한 모양이다.

잘 보니, 물이 담긴 대야도 금속이 아니다.

이곳에서 깨끗한 물 따위 바랄 수 없다. 또한 이 정도 물을 들고 다니는 것도 비현실적이다. 더욱이 이 정도 시간이 지난 장소에 깨끗한 대야도 존재하지 않는다.

둘 다, 에이린이 마술로 준비했으리라.

물이 있는 건 고맙다. 특히 뮤라에게는 물 속성이 없으니까.

"고마워."

대야를 옆에 두고서, 다친 팔을 씻어낸다. 대야의 물이 순식간에 붉게 물들었다.

짐에서 재빨리 깨끗한 천과 붕대를 꺼내고, 더욱이 치료용 아이템을 옆에 두었다.

쓰라린 환부를 견디면서 상처를 씻고, 다음은 소독 겸 치료다. 팔 전체가 상처투성이라서, 물로 헹궜을 때도 알고 있었지만 치료할 때 고통도 장난이 아니다.

포션의 뚜껑을 열었지만, 그때 무심코 움직임을 멈춰 버렸다.

"……에잇!"

움직이는데 다소 용기가 필요했다.

한순간 주저한 다음, 뮤라는 언뜻 귀여운 기합 소리를 냈다.

그렇지만, 하는 짓은 그 목소리에 어울리지 않는다.

중상이라는 말밖에 안 나오는 깊은 상처에 포션을 골고루 바르고 있는 것이다.

어차피 아프다면, 차라리 단숨에 지나가는 편이 좋았다.

"~~~~~~으윽!!

예상대로 쓰라림이 장난이 아니다.

몸부림치고 싶은 것을 필사적으로 견디고, 격통이 지나가기를 그저 기다렸다.

드디어 그것이 사라진 것을 확인하고, 뮤라는 굳게 감고 있던 눈을 떴다.

"……훗………… 하아……."

가까이 있던 벽에 기댔다.

그대로 질질 바닥에 떨어졌다.

역시 좀 초췌했다. 어느샌가 눈가에 떠오른 눈물을 손가락으로 닦았다.

깨닫고 보니 왼팔은 상당히 편해져 있었다. 마법약은 역시 효과가 강하다. 아까 그 고통도, 참아낼 만한 가치가 있었던 것이다.

이거라면 흉터도 안 남으리라.

험가로서 살아온 이상, 몸에 사라지지 않는 상처가 생기는 것도 어쩔 수 없다고 생각은 하고 있다.

그렇지만, 상처가 남지 않는다면 전혀 나쁠 것이 없다는 것 또한 당연했다.

일단 옷을 입기 전에 끝내버리려고 붕대를 집었다.

미모와 빼어난 스타일이 어우러져서 상반신을 지키는 것이 가슴에 감은 천뿐이라는 선정적인 모습이지만, 안타까운 팔

의 상처와 손에 든 붕대가 요염함 같은 건 지우고 있었다.

"이리 줘. 제대로 못 감을 거 아냐."

마두가 붕대를 감으려는 뮤라의 오른손에 살며시 손을 올리면서 곁에 무릎을 짚었다.

"붕대 감는 법 정도는, 확실하게 배웠는데……?"

평소라면, 마두가 무슨 말을 하는지 뮤라도 깨달았으리라.

그렇지만 지금 그 대답은 엉뚱했다.

그만큼, 초췌해져서 머리 회전이 둔해졌다는 것이다.

"그런 거야 알고 있어. 오른손만 써서는 감기가 힘들 거 아냐."

"……아아, 확실히 그렇네. 그러면 부탁할 수 있어?"

내민 붕대를 받은 마두가 처치를 시작했다.

격통에 노출되고 있었던 데다가, 그것을 견디고 있던 뮤라는 아무래도 이쯤 돼서 긴장의 실이 풀려가고 있었다.

흐릿해지는 눈으로, 붕대를 감는 마두의 손놀림을 보았다. 한손으로는 이렇게까지 깔끔하게 못 감았으리라.

부탁하길 잘한 것이 틀림없었다.

이윽고 뮤라의 의식이 어둠에 가라앉았다. 저항할 생각은 전혀 일어나지 않고, 공중에 떠오른 것 같은 감각에 몸을 맡기고 눈을 감았다.

의식을 잃은 뮤라를 보고, 마두는 한숨을 쉬었다.

그것은 무리를 하는 뮤라에 대해 질색하는 것이기도 했고,

나이에 비해 비교가 안 되는 강한 정신력을 가진 것에 대한 전율이기도 했고, 자신보다도 높은 경지에 대한 질투이기도 했다.

붕대를 감으면서, 마두는 조금 전 일을 떠올렸다.

생각보다 훨씬 적은 피해로 아크 데몬을 처리할 수 있었다.

무너져서 모래가 되어 가는 악마를 보며, 그래도 완전히 적이 침묵할 때까지는 긴장을 풀지 않는다. 언제든지 마술을 구축할 수 있도록 마력을 가다듬는다.

이윽고 완전히 모래가 되는 아크 데몬.

이곳은 때때로 재생 능력을 가진 언데드도 나오는 던전이다.

어쩌면, 하고 염려했지만 관찰해봐도 재생할 기색은 없었다.

강적이었다. 신체적 대미지는 적게 억누를 수 있었지만, 마력이나 체력 소모는 상당했다.

"괜찮아. 모래가 되면 완전히 쓰러뜨린 거야. 재생도 안 하는 것 같네."

등 뒤에서 목소리.

마두 일행은 넷이서 두 아크 데몬을 담당했다.

그런 자신들에 비해, 혼자서 아크 데몬과 싸운 소녀.

그녀의 목소리에서는 전투 전의 긴장된 분위기는 느껴지지 않았다.

다시 말해서 선언한 것처럼 뮤라는 혼자서 아크 데몬을 쓰러뜨린 것이다.

그녀가 무사한 것을 기뻐하며 돌아보았다.

"……잠깐?!"

그리고 무심코 엉뚱한 목소리를 내고 말았다.

온몸에 거의 상처는 없다. 그렇기에, 그 피투성이 왼팔이 눈에 띈다.

"어, 어떻게 된 거야! 그 팔!"

미리야가 흐트러진 목소리를 내면서 달려갔다.

"이거? 아크 데몬이 작전을 잘 썼어. 비장의 수를 초반에 주저 없이 썼지. 내 예상이 완전히 빗나갔어."

꼴사납네. 쓴웃음을 지으면서 뮤라는 보기에도 안타까운 왼팔을 살짝 들며 어깨를 으쓱거렸다.

예상을 벗어난 전술에 당했다고 말하면서도, 왼팔 하나로 피해를 억누르고 아크 데몬을 처치했다는 사실을 마두는 받아들였다.

넷이서 몰아붙인 자신들과 거의 같은 시간에, 혼자서 이겨 낸 것이다.

한심하다. 그렇게 말하는 기색의 뮤라에게 더욱 뭐라고 말하려던 미리야를, 하비가 말렸다.

"그건 됐어. 일단 치료를 해야겠지."

"……그렇네. 아픈 건 틀림없어. 치료를 하게 해주면 고맙지."

지금은 대화보다도 할 일이 있다.

뮤라는 그것을 순순히 긍정하고 협력을 요청했다.

"그, 그렇네요. 일단은, 차분해질 수 있는 장소를 찾아야죠!"

에이린이 기합을 넣었다.

하비와 에이린의 말에 그럴 때가 아니라는 걸 인정하고 미리야는 그 이상 말을 하지 않았다.
그 다음, 전력이 된다고 말하기 어려운 뮤라를 감싸듯 전진하여 이 주방에 도착했다.
상처가 붕대 안으로 완전히 숨은 것을 확인하고, 마두는 남은 붕대를 잘라 풀리지 않도록 단단히 묶었다.
이걸로 일단 처치는 괜찮을 것이다.
과연 마법약이다. 치료하기 전에는 그렇게 피가 나왔는데, 붕대는 약간 빨갛게 번지는 정도였다.
입고 있는 로브를 벗어서, 정신을 잃은 뮤라에게 덮었다.
다음은 그녀가 눈을 뜨면 다시 마법약을 쓰고 붕대를 다시 감으면 될 것이다.
"일단락됐나요?"
"응, 그렇네."
에이린의 물음에 수긍하고, 마두는 깊은 한숨을 내쉬었다. 마두의 말을 들은 에이린이 문으로 갔다.
정말이지 무모한 짓을 한다. 마두의 거짓 없는 진심.
그러나 한편.
1대 1 전투로, 기습적인 비장의 수를 썼는데도 피해를 왼팔 하나로 억누르고 아크 데몬을 쓰러뜨린 그 전투 능력에는 경악하지 않을 수 없다.
"눈을 뜨면 설교를 하고 싶어."
근처에 있는 의자에 앉아 있던 미리야가 투덜거렸다.
그것도 무리가 아닌 마음이리라.

"그렇지만, 그 아크 데몬을 1대 1로 쓰러뜨리는데 필요한 대가가 왼팔뿐이라면, 나로서는 싸게 먹힌 거라고 느껴지는데."

뮤라의 피부가 가려진 것을 알고 주방에 들어온 하비가, 대화를 듣고 소감을 말했다.

분명히 그럴지도 모른다. 혼자서 이길 수 있느냐고 묻는다면, 마두는 확실하게라고 말하지 못한다. 그것은 그녀뿐이 아니라, 다른 세 사람도 같으리라.

실력은 그렇게 떨어진다고 생각하지 않는다. 그렇지만, 싸우는 힘은 딱히 파워의 강함, 마력의 강함뿐이 아니라는 것을 마두도 잘 알고 있었다.

차원이 다른 파워, 스피드, 마력을 가진 게 아닌 한.

"어쨌거나, 무사해서 다행이야."

"그렇네요. 아직 확증은 없습니다만……."

"그래. 만약 그렇다면 여기서 그녀를 잃을 수는 없어."

"그것도 중요하지만, 그 이전에 지금은 그들의 동료를 맡고 있는 상황이니까, 만에 하나가 일어나면 면목이 없어."

"만약 그런 일이 일어나면, 엘프를 대표하는 전사란 것도 웃기는 말이죠."

"정말 그렇다. 다시 한 번, 긴장을 하지. 이번 같은 일이 몇 번이나 일어나서는 당해낼 수가 없어."

동료들의 대화가 귀에 들어왔다.

그렇다. 동료를 맡고 있는 몸으로서. 엘프 마을을 대표하는 전사로서. 그리고 무엇보다도, 뮤라라는 존재가 가진 가능성에 대해서.

그 세 가지 의미에서, 마두 일행이 기합을 다시 넣을 필요가 있었다.

"마두?"

한 마디도 안 하는 그녀에게 의문스런 표정을 짓는 하비.

그러고 보니 생각에 잠긴 나머지 대화에 참가하지 않았다.

말을 걸자, 마두는 마음을 가다듬고 대답했다.

"……더 이상 한심한 모습을 보이지 않기 위해서도, 일단은 여기서 쉬는 게 좋겠어. 어쨌든지 잠시 그녀는 안 일어날 테니까."

"그렇게 하자. 한 명이 경계, 한 명이 대기, 그 밖에는 휴식. 그걸 로테이션으로 돌리면 될까?"

"이견 없다."

"저도 그래요."

"나도 괜찮아."

미리야의 제안을 거부하는 자는 없었다.

일단 가장 체력이 있는 하비가 경계를 담당하고, 그 보조를 하기 위해 에이린이 대기, 미리야와 마두가 휴식하기로 했다.

뮤라의 온화한 숨소리를 들으면서.

◇◆◇◆◇◆◇◆

아기 고양이를 문 어미 고양이처럼 목덜미를 잡고 들어 올린 타이치. 검은 고양이는 네 발을 중력에 맡기고 있었다.

"어디서 온 거야?"

무릎을 굽히고 시선을 맞추며 고양이에게 묻는 린. 일단 행군은 중단이다.

홱. 고개를 린에게서 돌리는 고양이.

그 리액션을 보니 말을 알아듣는 건 틀림없다.

"에이이잇."

"가르르르르르릉…… 헉?!"

빈 손으로 목덜미를 간질여주자 조건 반사로 고양이가 기뻐하는 소리를 내고, 그리고 퍼뜩 눈을 부릅떴다.

"채, 책략을 썼다냥?!"

키득키득 웃는 타이치와 린에게 항의하는 소리를 내지만, 리액션을 한 다음에는 그다지 의미가 없었다.

"버, 버겁다냥……! 설마 냐를 이렇게까지 몰아붙이다니냥!"

"아니, 우리는 거의 아무것도 안 했는데?"

"이렇게 되면 필살의 마안이다냥!"

"마안?"

과연 말하는 고양이다.

그런 비장의 수를 가진 건가? 무심코 대비하는 타이치와 린.

"먹어라냥!"

고양이는 동공을 확장시키고, 으르렁거리는 소리를 질렀다. 아기 고양이라 그런지 성장한 고양이와 비교해서 톤이 높다.

이건, 혹시, 위협인가?

슬프게도, 사랑스런 외견 탓에 박력이 전혀 없다.

"에이이잇."

"가르르르릉…… 헉?!"

또 같은 전개. 잠시 지나 아기 고양이는 어색하게 눈길을 돌렸다.

뭔가 사고친 느낌을 씻어낼 수가 없다.

"지긋~."

"……."

"지긋~."

"우우음……!"

"지긋~."

"아, 알았다냥! 불편하니까 그만해라냥!"

이 고양이가 장난을 친다면 어울려주면 된다. 처음에 농담이 통할 것 같다고 느낀 것도 하나의 이유인 것은 틀림없지만.

타이치는 삭 손을 놓았다. 조금 갑자기였지만, 역시 고양이답게 유연한 움직임으로 착지하여 타이치와 린에게서 1미터 정도 거리를 벌렸다.

"미안했다냥. 농담이 지나쳤다냥. 사과할 테니까 용서해줘라냥."

"아니, 그건 괜찮은데."

그렇게 새삼 사과를 받을 정도도 아니다.

사과보다도, 오히려 물어보고 싶은 게 잔뜩 있었다.

"오랜만에 사람을 만나서 조금 들떠버렸다냥."

"오랜만?"

"그래냥."

아무래도 타이치와 린 말고도 전에 이곳을 찾아온 자가 있었나 보다. 정말로, 물어보고 싶은 게 잔뜩 있었다.

"의문이 잔뜩 있는데, 괜찮을까?"

"냐아가 대답할 수 있는 건 전부 대답한다냥."

흔쾌히 승낙했다. 본론에 들어갈 때까지 상당히 긴 서론이었다.

"그러면 나부터."

"냥."

"나비는 어디서 왔어?"

"냐는 계속 이곳에 있다냥."

"계속?"

"다른 땅에서 온 게 아니다냥. 이 성이 냐의 하우스냥."

어째선지 영단어가 섞인다.

그런 건 소환 마법진에 짜여 있던 언어 번역 로직이 멋대로 해석해서 타이치와 린의 지식에서 적당한 뉘앙스를 끌어내어 변환했기 때문이다. 당사자들의 컨트롤을 벗어난 것이니 어쩔 수 없다.

그렇게 들을 생각이 없어도 들려버리는 것이다.

"이곳에 살고 있어?"

"그래냥."

폐허……라기보다 던전. 이 고양이에게서 느껴지는 역량이 올바르다면, 잔챙이 언데드 정도라면 격퇴는 간단하고 지지 않겠지만, 그래도 의문이 남는다.

"밥은 어떡하고?"

"냐는 뉴타입인 냐니까 밥 같은 거 없어도 멀쩡하다냥."

대체 어느 우주세기냐?

"냐한테도 적이 보인다, 같은 거 말하는 거야?"

"무슨 소리냥?"

고개를 갸웃거리는 검은 고양이. 역시 뜻이 안 통했다. 우연의 일치였겠지.

"그러면 다음 질문. 평소에는 뭐하고 있어?"

"잔다냥."

"자?"

"그래냥. 할 일이라고는 스켈레톤 해체냐, 냄새 풍기면서 다가오는 좀비를 소각하는 것 정도밖에 없다냥. 심심하니까 기본적으로 잔다냥."

스켈레톤을 해체할 수 있는 파워와, 좀비를 태워버리는 불 속성의 공격, 아마도 마술.

역시 여기서 살아남을 정도의 전투 능력은 가지고 있는 모양이다.

"오랜만에 사람을 만났다고 했는데, 그 전에도 사람이 꽤 왔었어?"

"아니냥. 안 온다냥. 마지막으로 사람을 본 게 언제였는지 기억도 안 냔다냥."

"어, 하지만 오랜만이라고……."

"그래냥. 냐가 냐가 된 뒤로 두 번 정도 봤다냥."

"두 번이라. 꽤 적네."

"그래냥. 적다냥."

여기서, 린과 검은 고양이에게는 인식의 차이가 발생했다.

린은 고양이의 수명을 떠올리고, 몇 년이나 십 몇 년 사이에 두 번밖에 만나지 않은 건가라는 감상을 품었다. 그렇지만, 목에 생선 가시가 걸린 것처럼 위화감을 씻을 수 없다.

한편 검은 고양이는 전혀 다른 인식을 가지고 있었다.

그리고, 린과 고양이의 이야기를 듣고서 타이치는 뭔가 걸리는 걸 느꼈다.

린과 얼굴을 마주보자, 그녀도 같은 것을 느낀 모양이다. 서로 고개를 끄덕인다.

"야 고양아."

"뭐냥?"

"너, 고양이 전에는 뭐였는데?"

"우냐앙?"

얼굴을 씻는 동작을 한 다음, 검은 고양이는 앞발을 혀로 핥았다. 아주 약간 틈을 두고서.

"냐가 전에는 뭐였냐고냥?"

검은 고양이는 고개를 갸웃거렸다.

"보통 고양이는 말을 못해."

"그래냥. 그런 건 당연하다냥."

"고양이는 마물이거나 그래?"

"마물이었던 기억은 없다냥."

"그러면, 말할 수 있는 이유는? 마술을 쓸 수 있는 이유는?"

"신경 쓴 적 없다냥. 말할 수 있으니까 말하는 것뿐이다냥. 쓸 수 있으니까 쓴다냥."

"……그렇, 구나."

타이치 일행과 검은 고양이의 대화가 맞물리지 않는다.

"저기, 이름은 뭐야?"

"이름? 냐한테 이름 같은 건 없다냥."

근거 따위 전혀 없다. 그렇지만, 느낀 의문이 안쪽에서 점점 확신에 가까워지는 걸 느꼈다.

이 검은 고양이는 자신의 아이덴티티를 거의 기억 못한다. 알고 있는 건 자신이 고양이라는 것뿐.

그리고 고양이인데도 사람의 말을 다루고, 마술을 쓸 수 있다.

상황증거라고 말을 하면, 더할 나위 없이 모여 있는 것 같았다.

"……카리나, 렝그스트라트."

조용히, 타이치가 흘린 이름에.

움찔. 검은 고양이의 귀가 움직였다.

"……갑자기 무슨 말이냥?"

그 리액션은 미약한 것이고. 그렇지만 타이치와 린에게는 대단히 커다란 리액션이었다.

"남편이, 조금 고양이가 거북했었지. 하지만 당신이 고양이를 데리고 놀 때의 미소에, 남편이 끌렸어."

"…………"

아기 고양이는 묵묵히 타이치의 말을 들었다. 갑자기 누구 이야기를 하는 건지 짐작도 안 간다. 그렇지만, 의미불명이라고 내칠 수는 없었다.

"그래서, 오랜 연애랑 소동 끝에 무사히 남편이랑 맺어졌어. 금방 임신도 해서 행복했었지. ……그럴 때, 사건이 일어났어."

"……"

린도 아기 고양이도, 타이치의 말을 듣고 있었다.

"성을 습격한 놈들에게 살해당하고, 남편도 그 뒤를 따르는 것처럼 살해당했지."

"우, 우우…… 뭐냥…… 무슨 말이냥……"

"여기서는 낮도 밤도 알 수가 없지."

타이치는 아기 고양이에게 대답하지 않고 계속 말을 이었다.

그 말이 맞았다.

해가 떴는지, 졌는지. 이 언데드의 소굴에서는 그것마저도 알 수가 없다. 아니 애당초, 이곳은 외계와 시간의 흐름이 같다는 보증도 없다. 이 땅에 발을 들인 타이치와 린마저도 시간 감각이 애매해져 있었다. 계속 이곳에 있으면 어떻게 될까?

하물며, 한 번 죽고, 완전히 죽지 못해 영혼인 상태로 이 땅에 머물러 버린다면.

그렇잖아도 인간이었던 무렵하고는 육체가 다르다. 이미 인간에 대한 상식 따위는 조금도 통하지 않는 사례라는 것은 명백하다.

생전의 자아가 의식 바닥에 가라앉아 버렸다. 그런 일이 일어날 가능성은 충분히 있었다.

"어느 정도 시간이 지났는지도 모른다고, 했었지."

"그, 그랬다냥……."

타이치의 이야기를 듣는 것을 본능적으로 무서워하는 것이리라. 검은 고양이는 자신도 모르게 뒤로 물러났다. 그러나 타이치는 물러서지 않는다.

"200년."

"……냥?"

"200년이 지났어."

타이치가 고개를 끄덕이고, 고양이의 눈을 똑바로 보았다.

"……괴로웠구나. 미련도 남겠지. 카리나 씨. 카리나 렝그스트라트 씨."

검은 고양이의 눈이 크게 뜨였다.

"우, 우우…… 우우우…………."

그의 말을 믿는다면, 그 이름을 가진 인물이 죽은 지 200년.

차례차례 쐐기가 박히는 구멍. 그 중 어느 것이 계기였는지는 말한 타이치도, 말을 들은 당사자도 모른다.

순간, 뇌리에 강한 빛이 번쩍였다. 그런 느낌이었다.

이미 사람들에게 잊혀지고, 스스로도 잊고 있었을 이름이니까.

검은 고양이는 비틀비틀 뒤를 향해 걷다가, 다리가 꼬여 넘어졌다.

고양이라서 신체적인 대미지는 없다. 그렇지만, 마음에 받은 대미지는 어느 정도일까?

"나, 는………… 여기……… 이건…… 무슨……."

말투가, 변했다.

그 모습을, 타이치와 린은 마른 침을 삼키며 지켜보았다.

"나는…… 우우………… 200년이나…… 그때, 어째서……."

말에 두서가 없고, 그저 생각나는 그대로 말하는 검은 고양이— 카리나.

머릿속을, 어느 정도의 것들이 맴돌고, 그것을 어떤 마음으로 받아들이고 있는 걸까?

상상도 못하겠다.

마음 따위 이해해 줄 수 없다.

타이치와 린이 할 수 있는 것은 그저 지켜보는 것뿐이었다.

◇◆◇◆◇◆◇◆

"우…… 응……."

의식이 부상했다.

뮤라는 평소의 버릇대로 옆에 있는 검을 손에 집었다.

아무리 그래도 여관에서는 이러지 않지만, 야영을 할 때는 언제나 이렇다.

야영중일 경우의 뮤라는 의식의 각성도 대단히 빠르다.

쉴 때는 깊게 쉬고, 깨어날 때는 재빨리 일어난다.

침대 위 같은 곳처럼 휴식을 취할 수 없는 곳이기에 익힐 필요가 있었던 기술이다.

그러나 지금은 의식의 각성이 늦다.

몸은 야영중이라고 인식하고 있지만, 머리가 따라잡지 못한다.

그러고 보니, 어째서 잠들었을까?

잘 준비를 한 기억이 없다.

그러면, 뭘 하고 있었을까?

어렴풋하게 안개가 낀 기억의 바다를 더듬었다.

"……그렇, 구나."

잠에 취한 머리가 급속하게 맑아졌다.

떠올렸다.

아크 데몬과 전투를 벌여 이기긴 했지만 부상을 입었다.

방치할 수 있는 상처가 아니라서, 치료를 하기 위해 일단 휴식을 취하기로 했다.

그렇잖아도 참고 있던 격통이, 치료로 피크에 이르러서 긴장과 함께 의식이 끊어져버린 것이다.

"……."

예쁘게 붕대가 감긴 왼팔을 보았다.

쓸 수 있는 건 오른팔뿐. 한 손으로는 이렇게 못한다.

"눈을 떴군."

오른쪽에서 목소리가 들렸다.

두 사람 정도 거리가 있고, 하비가 벽에 등을 기댄 채 앉아 있었다.

"그래……. 신세를 진 모양이네."

"신경 안 써도 된다. 너는 아크 데몬을 혼자서 사냥했다. 그에 비하면, 대단한 일도 아니야."

이런 성가신 던전에서 중상을 입는 것은, 뮤라로서는 그냥 넘어갈 수 없는 사태였다. 설령, 아크 데몬이라는 강적을 혼자 쓰러뜨렸다는 전과가 있어도, 그것을 모두 지워버릴 정도다.

뮤라의 가치관으로는 그렇지만, 아무래도 하비에게는 그렇지 않은 모양이다.

정말로 신경 쓰지 않는 것 같았다.

그러면 그거면 된다. 신경 안 쓴다고 한다면, 뮤라로서도 그 이상 무언가 생각할 필요도 없다.

상대의 가치관을 부정할 정도로 어리석지는 않다.

모두 다 그런 건 아니지만, 다른 사람의 가치관을 부정하는 사람은 자기 가치관을 부정하면 격노한다. 레미아가 한 말이었던가?

"눈, 떴구나."

마두가 찾아왔다.

"상태는 어때?"

말하면서 하비 옆에 앉았다.

"덕분에 상당히 좋아졌어."

붕대에 약간 피가 번져 있다. 상처가 심했다고 생각하기 어려울 정도로 소량의 출혈이다. 아무래도 포션이 효과가 좋았던 모양이다. 눈물이 나올 정도의 격통을 참은 보람이 있었다.

"그래. 다행이네."

"그 모습을 보니까 피도 멎은 모양이군. 나중에 붕대를 다시 감는 편이 좋다."

"그래, 그렇게 할게."

순순히 수긍했다.

피는 멎었고, 상처도 상당히 아물었으리라.

가볍게 팔을 올렸다 내리거나, 팔꿈치를 굽히고 펴보고, 손을 쥐었다 피기도 해본다.

움직임에도 지장은 느껴지지 않는다. 아마 전투도 가능할 거라고 판단했다.

그렇지만, 고작 그걸로 완치되진 않는다.

다시 한 번, 이번에는 중급이나 초급 포션을 쓰고 청결한 붕대로 바꿔 감는 편이 빨리 나을 것이 틀림없다.

"지금 상황은?"

아까 도착한 주방에서 움직이지 않은 것은, 정신을 잃기 전에 본 풍경이 변화하지 않은 사실로 알아챘다.

하긴 정신을 잃은 사람은 옮기는 것이 힘드니까, 움직이지 않은 것도 지극히 당연한 판단이라고 할 수 있겠지만.

"그래, 우리들도 아크 데몬과 싸우느라 생각보다 지쳤어. 교대로 휴식을 했지."

"일석이조란 거네."

중상인 뮤라도 쉴 수 있고, 자신들도 쉴 수 있다. 그런 의미이리라.

돌아보니 지금은 에이린이 경계를 하고, 미리야가 그녀 근처에서 반쯤 긴장을 유지하며 대기하고 있었다. 과연, 한 사람이 경계 한 사람이 백업. 나머지 두 명이 휴식인 모양이다.

장명종이며 마술이 뛰어나다는 특징이 있지만, 엘프도 인간과 그리 다를 바 없다. 골렘이 아니니, 계속 긴장을 유지하는 것도 어렵다.

안전을 확보할 수 있다면, 적당히 휴식을 취해 육체와 정신을 휴식하는 것은 이치에 맞는다.

어느 쪽이든 뮤라는 정신을 잃은 것이다. 그들의 결정에 뭐라고 말할 필요도 없다.

"그래. 덕분에 나도 상당히 쉬었어."

무엇보다도, 뮤라도 상당히 회복했다. 상처도 그렇고, 육체적인 피로도 그렇고, 사용한 마력도 그렇고, 소모된 정신력도 그렇다.

만전의 상태는 아니다. 그렇지만 그 전투 다음이라는 걸 생각하면 상당히 나은 상태다.

로브 안에서 옷을 갈아입었다.

빌린 로브를 마두에게 돌려주고, 뮤라는 단숨에 일어서서 검을 왼손에 들었다.

칼집에 넣은 채, 적당한 속도로 한 차례 형태를 따라 휘둘러보았다.

평소에는 오른손으로 검을 휘두르지만, 왼손으로 들어도 다를 바 없다. 검이 없어도 싸울 수 있도록 수업을 쌓은 것과 마찬가지로, 오른손이 아니라도 검을 휘두를 수 있도록 단련을 쌓은 것이다.

평소와 비교해 어느 정도 움직임이 둔하다. 그렇지만 싸우지 못할 정도는 아니다. 오른팔이 무사하다. 왼팔은 평소처럼 마술을 메인으로 쓰게 된다.

격렬하게 움직이면 어느 정도 왼팔에 영향이 있을지 미지수지만, 전투 자체에는 그리 지장이 없을 거라고 생각된다. 그것이 뮤라의 결론이었다.

오른손에 검, 왼손으로 마술이란 것은 평소 뮤라의 스타일 그대로다.

그때 반사적으로 왼팔을 희생한 판단은 틀리지 않았다.

"……벌써 그렇게 검을 휘두를 수 있군."

뮤라의 연무를 보고 있던 하비가 중얼거렸다.

이제 털고 일어선 참 — 엄밀하게는 병이 아니라 부상이지만 — 인데, 다소 그늘져 있지만 움직임에는 약동감마저 있었다.

"뭐…… 이 정도로 우는 소리가 용납되는, 물렁한 단련은 안 시켜줬거든."

그 정도의 부상을 이 정도, 라고 말한다.

뮤라에게 스승이 있는 거라고 예측할 수 있는 말투.

그녀의 말을 들어보면, 그 스승은 상당히 엄격한 모양이다.

그리고 그렇기에, 이렇게 강하다고 할 수 있었다.

"……그래. 스승이 좋았구나."

"그래……. 대단히 엄격하고 수련이 싫어지는 일도 솔직히 있었지만…… 이렇게 실전에 나서면, 고마움을 잘 알 수 있어.”

뮤라의 그 말은 틀림없는 진심이었다.

물렁한 수련이었다면 여기까지 오지도 못했을 거고, 린과 타이치를 따라갈 수 없었으리라.

재능은 상당히 있었다. 문제는 그것을 충분히 다룰 수 있는지 없는지다.

레미아는, 재능을 남김없이 끌어낼 수 있는 훈련을 시켜준 것이다.

“그렇군, 납득했다.”

뮤라 정도의 젊음으로 이 정도 힘을 가졌다는 것이 그걸 증명하고 있었다.

수련 기간은 그렇게까지 길지 않았다. 그런데 이렇게까지 힘을 가졌으니, 그녀가 해낸 수련이 어느 정도 짙은 것이었는지 알 수 있다.

내던지고 싶었던 것도 진심이다. 그렇지만, 거기서 버티길 잘했다고 진심으로 생각했다.

왼팔의 확인은 충분하다고 판단하여 검을 허리에 찼다.

“그런데.”

그렇게 말하며, 뮤라는 하비와 마두를 돌아보았다.

“당신들의 거리, 상당히 가까운걸?”

느낀 것을 순순히 물어봤다.

아아. 마두가 납득하는 표정을 지었다.

“우리는 부부니까.”

"아하?"

거리가 가까운 것도 납득이 되는 대답이었다.

의문은 어째서 그것을 말하지 않았는가이다.

"딱히 숨긴 건 아니야. 하지만 전투를 하는데 우리가 부부라는 건 관계없잖아?"

그렇게 마두가 말하자, 분명히 그렇다고 뮤라도 수긍했다.

"최악의 경우 한쪽만이라도 살아남으면 되고."

"마을에 아이가 남아 있으니, 죽어줄 생각은 없다만."

"그건 물론이지만 말야. 이런 일을 하다 보면, 죽을 때는 죽으니까."

"……이 이야기는 평행선이니까 계속하지 않는다고 정하지 않았나?"

"아~ 그랬었지. 깜빡했어."

두 사람의 태도는 담담했다. 말다툼을 하지만, 분위기는 전혀 나쁘지 않다.

천연덕스레 말하는 것치고는 무거운 내용이었다.

한편으로, 뮤라는 두 사람의 말도 이해가 됐다.

이렇게 목숨을 거는 땅에 오는 이상, 삶에 대한 집착과 동시에 어떤 종류의 드라이함도 필요해지는 것이다.

사람이 죽을 때는 죽는 것이며, 그것을 인정하는 드라이함이 중요하다.

삶에 대한 집착도 당연히 필요하지만, 그것도 때와 장소를 틀리면 쉽사리 발을 잡아끄는 족쇄로 변화한다.

뮤라도 쉽사리 죽어주지 않는다고 생각하는 삶에 대한 집착은 있지만, 한편으로 모험가가 된다고 정한 이상은 각오도 끝나 있었다.

타이치와 린도 입에 담지는 않지만 그건 알고 있을 것이다. 하는 일이 목숨을 주고받는 것이니까.

그런 부분은 같은 길을 걷는 자로서 공통적으로 가져야 하는 인식이 필요하다. 그래야 나란히 서서 싸우기 쉬워지는 것이다.

알고 있다면 됐다. 뮤라 또한 그 이상 말할 셈은 없었다.

"아이가 있구나?"

두 사람의 대화 속에서, 하비의 한 마디만 굳이 꼽아 말을 이었다.

"그래! 사실은 둘이야!"

귀엽다니까, 마두가 웃었다. 하비도 살짝 표정이 풀어졌다.

감정 표현이 풍부한 마두는 알겠지만, 굳이 따지자면 쿨한 하비도 표정을 바꾸는 걸 보니 역시 아이를 가진 부모란 것은 다른 모양이다.

"미리야도 애가 둘 있어. 에이린은 아직 결혼을 안 했지만, 요즘 들어서 갑자기 매력이 늘었으니까 교제 요청이 굉장히 늘어났지."

"그래."

이야기를 들어보니, 하비와 마두의 아이는 누나와 남동생. 미리야의 아이는 딸이 둘이고, 전투 능력이 빈약한 남편은 마을의 중추에서 정치를 담당하고 있다고 한다.

교제 신청이라는 말을 들어보면 에이린은 아직 특정한 상대가 없는 것 같지만, 그것도 시간문제. 언젠가는 에이린도 가족을 가지리라.

'가족, 이라…….'

문득 그렇게 생각했다.

뮤라의 기억에 부모의 존재는 없다.

굳이 따지자면, 레미아가 부모이자 언니 같은 것이었다.

그러나 살아있는 이상, 부모라는 존재는 있을 것이다. 혹은, 「있었」을지도 모르지만.

아버지도, 어머니도. 얼굴도 모르고 이름도 모른다. 어떤 목소리였는지도 물론 모른다. 레미아는 알고 있을 가능성이 있지만, 어쩐지 그녀에게는 물어본 적이 없었다.

딱히 지금의 처지가 불행하다고 생각한 적은 없다. 때로는 그것을 담담하다고 말하는 자나, 부모가 없는 뮤라를 동정하는 자도 약간 있었다.

그렇지만 뮤라는 자기 기질에 감사마저 하고 있었다.

부모가 없다. 그것에 풀이 죽지 않을 수 있다.

뭐, 풀이 죽을 틈 따위 없는 나날이었다는 것은 부정하지 않지만.

그러고 보니, 타이치와 린에게는 각자 니시무라, 아즈마라는 성이 있다. 레미아도 마찬가지. 뮤라는 없다. 그냥 뮤라다.

딱히 그게 불편하지도 않고 신경 쓰지도 않았다.

딱히 해명할 생각도 없다.

정확하게는, 생각할 틈도 없었고 지금도 없다.

레미아에게 수련을 받는 나날은 바빴고, 그것은 뮤라 안에서 사소한 일을 한꺼번에 모두 뭉쳐서 단숨에 날려 버렸다.

타이치와 린과 만난 다음부터는 두 사람을 따라잡느라 벅차서, 사소한 것을 생각할 여유 따위 일절 없었다. 두 사람에게 보여줄 생각은 없지만, 뮤라는 상당히 필사적이다. 두 사람이 필요로 해주는 것이 구원이라고, 생각하기만 해도 무의미한 헛소리가 머리 한 구석에 떠오를 정도로는.

"왜 그래?"

하비가 말을 걸자 퍼뜩 정신을 차렸다.

"아무것도 아냐. 신경 쓰지 마."

아무래도 생각에 잠겨버린 모양이다. 대화 상대인 하비와 마두에게 실례되는 일이다.

뮤라는 그 이상의 생각을 끊어냈다. 생각해 봤자 소용없는 일이니까.

"그래? 갑자기 멍하니 있기에 무슨 일인가 했어."

"미안해, 정말로 아무것도 아냐."

"그러면 괜찮다만."

그 이상은 하비와 마두 두 사람도 딱히 언급하지 않았다.

어쩐지 그걸로 대화가 끊어지고, 각자 또 다시 쉬는 것에 전념했다.

지금 뮤라는 알 리 없었다.

자신의 뿌리와 마주보게 될 때가, 시시각각 다가오는 것을.

지금까지 흥미조차 없었던 그것에 대해서, 진지하게 생각할 필요가 생기는 것을.

◇◆◇◆◇◆◇◆

"도와줘……!"

카리나가 자아를 되찾고 얼마 정도 시간이 지나고.

명확해진 자의식을 인식하고서 처음으로 한 말이 도움을 청하는 말이었다.

눈물을 견디며, 드디어 짜낸 한 마디.

타이치와 린은 성인군자가 아니다. 그러나 이렇게 마음을 똑바로 내비쳐 오면, 응답하고 싶어진다.

모험가인 이상 대가는 있어야 한다.

그러나 검은 고양이— 아니 카리나는 이미 이 세상 사람이 아니다.

목숨을 잃고서도 영혼이 현세에 묶여 있을 정도의 미련을 품은 자의 부탁을, 아무렇게나 다룰 생각은 두 사람에게는 없었다.

그거야말로, 무상으로 받아줄 수도 있다……. 뿐만 아니라 그 소원을 이루기 위한 도움을 주고 싶다고, 진심으로 생각할 정도로.

그건 틀림없이, 어젯밤 슬라이만의 이야기에 대해 타이치가 품은 감상과 같았다.

"그 사람을, 구해줘!"

『그 사람』이 무엇을 가리키는지, 이제 와서 물어볼 필요조차 느끼지 않는다.

그녀의 남편이리라.

슬라이만이 자기 아들을 가리켜 굳이 「지박령」이라고 칭할 정도다.

"그 사람은, 계속 괴로워하고 있어. 이 성을 습격한 악몽을 막지 못한 것. 일하는 사람들을 구하지 못한 것. 렝그스트라트의 이름이 끊어져버린 것."

카리나의 눈동자에서, 봇물 터진 것처럼 감정이 고이더니 뚝 한 방울, 바닥을 적셨다.

"그리고…… 나와, 우리 아이를 구하지 못한 것……."

타이치는 생각했다.

자신이 카리나의 남편 입장이었다면.

린은 생각했다.

자신이 카리나의 입장이었다면.

분명, 지옥 같은 200년이었을 것이다.

"그 사람의 괴로움이…… 원한이…… 그날 희생된 사람들의 영혼을 붙잡고 놔주질 않아."

상상을 초월한다. 마음은 이해한다. 그런 흔해빠진 말 따위 허용되지 않는다.

"그리고, 자신의 원한이 그들을 붙들고 있다는 걸 알면서도, 현세를 원망하는 수밖에 없는 그 사람은 더욱이 그것에 괴로워하고 있어."

그야말로 그것은 부정의 스파이럴.

"그러니까……!"

카리나의 말은, 그 이상 나오지 않았다.

린이 살며시 검은 고양이를 품에 안고 상냥하게, 그러면서도 힘차게 끌어안았으니까.

어두운 통로에 린과 카리나의 오열이 희미하게 울렸다. 타이치는 몸을 옆으로 돌리고, 그녀들에게서 시선을 피했다.

그것을 그저 바라보는 것은 그다지 취향이 좋다고 할 수 없을 것 같았으니까. 물론 타이치 개인의 감각이지만.

조금씩 진정되는 타이밍을 재서, 타이치는 카리나를 보았다.

"알았어. 받아들일게."

두말없는 대답. 응답할 때까지의 시간이 받을지 말지 망설였기 때문이 아니란 것은 그 자리에 가라앉은 분위기를 읽으면 단번에 알 수 있다. 그렇기에 카리나는 눈을 홉떴다.

그리고, 이번에는 미안한 기색으로 눈을 깔았다. 자신의 불평을 부끄러워하는 것처럼.

"……미안해, 역시, 안 돼."

"……? 어째서?"

타이치는 굳이 가벼운 기색으로 고개를 기울였다. 카리나에게 별 거 아니란 뜻을 보이기 위해.

"그거야……."

카리나는 말하기 어려운 기색으로 말을 흐렸다. 그러나, 금방 결심하고 다음 말을 이었다.

"위험해. 아무리 이곳까지 올 수 있어도, 아무리 그래도 그 사람 상대는……."

그냥 단정하는 게 아니다. 언데드 던전, 렝그스트라트 성을 활보하고 살아남았다는 실적은 분명히 생각하는 모양이다.

이 성의 난이도를 심플하게 생각하면, 체감으로는 최소랭크는 B이상. 권장은 A다.

타이치와 린은 아직 만나지 못했지만, 아크 데몬이라는 강적이 있다. 그것 말고도 물리 공격을 무효화하는 마물이 있다. 쳐들어온 모험가의 체력, 마력과 함께 전투 지속 능력도 깎아낸다.

물리적인 장애물을 간단히 빠져나가는, 마술로만 쓰러뜨릴 수 있는 스피릿 계통의 백 어택이나 사이드 어택의 경계. 좀비를 벨 때마다 점점 상하는 금속제 무기. 시간 감각을 잃게 되는, 언제나 어두운 변함없는 광경.

무기의 내구 저하 속도와 정신적인 피폐함의 축적 속도는 일반적인 동굴형 던전이나 유적형 던전을 탐색할 때와 비교도 안 된다.

아크 데몬과 싸울 가능성이 있고, 살아있는 미궁이라고 표현해도 지장 없는 던전은 한 번 들어오면 간단히 나갈 수 없다.

살아서 돌아가려면 A랭크 이상이 필요하다고 해도 납득이 된다.

여기서 200년이나 머물러온 카리나이기에, 던전으로 변한 렝그스트라트 성의 난이도를 잘 아는 것이다.

그래서 카리나는 「위험」하다고 말한다.

A랭크 모험가조차 위험하다는 것은, 대체 무슨 소리일까?

"이 성에 남은 피 냄새, 그리고 수많은 사람들의 원념에 이끌려 모인 부정한 마력에 오랜 세월 시달려서, 그 사람은 마물로 변해버렸어."

부정한 마력이 지박령을 마물로 바꾼다. 있을 법한 이야기였지만, 실제로 일어나는구나. 타이치와 린은 묵묵히 이야기를 들었다. 들어본 적이 없는 이야기였다.

"그 사람의 강함은, 아크 데몬조차 손쓰지 못할 정도인걸? 아무리 당신들이라고 해도……."

그 다음 말을, 타이치는 손을 들어 막았다.

"하고 싶은 말은 잘 알겠어. 우리를 걱정해주는 거구나."

카리나를 안은 린이 상냥한 표정을 지었다.

"카리나 씨 남편이 어디 있는지 알려줘. 괜찮아. 우리는 강하거든."

"하지만……."

"이대로 내버려둬도, 아무것도 해결되지 않잖아?"

더욱이 망설이는 카리나에게, 린은 굳이 엄격한 말로 재촉했다.

"그건……."

"이대로 아무것도 하지 않아도 어떻게 된다면, 진작에 해결

됐잖아?"

"타이치도 말을 이었다.

"……."

"만약 안 된다면, 그 때는 도망칠 테니까."

"……정말이지? 약속이다?"

굳은 의지를 보이는 두 사람에게 카리나가 드디어 꺾였다.

린의 품 안에서 가볍게 뛰어내린 카리나는 두세 걸음 나아가, 각오를 다진 표정으로 돌아보았다.

"안내할 테니까, 따라와 줘. 내 발자국을 따라와."

여기까지 걸어온 감상은, 이 던전은 침입자를 제대로 나아가지 못하게 할 셈이라는 것.

시간, 현재 지점, 그밖에 몇 가지 요소가 있는지는 불명이지만, 그때마다 형태를 바꾸는 것이리라. 그것은 그야말로 살아있는 것처럼.

타이치와 린이 걸려든 것은 무한회랑. 직접적으로 목숨을 노리는 함정은 아니었지만, 목을 서서히 조이는 것처럼 징그러운 수였다.

성가시기 짝이 없는 이 성을, 잘 안다고 말하는 것처럼 카리나는 쑥쑥 나아갔다.

중간에 막아서는 스켈레톤 따위 말 그대로 한 방에 해치우고, 좀비가 나타나면 『파이어 볼』을 던져 순식간에 격퇴했다. 그렇게 싸웠어도 카리나는 팔팔했다. 괜히 200년이나 이 성 안에서 살아남은 것이 아니다.

무한회랑의 양상을 보이고 있던 통로는 이윽고 그 분위기가 바뀌고, 두 사람 앞에 내려가는 계단이 나타났다.

길을 따라 나아가기만 하는 느낌이지만, 그렇지 않았다.

카리나 말로는 특정한 시간 안에 특정한 바닥을 밟으며 나아가면, 이 내려가는 계단에 도착한다고 했다. 참고로 패턴을 바꾸면 올라가는 계단이거나 대형 홀로 행선지가 바뀐다.

그 패턴에 해당되지 않는 경우 이 통로를 계속 나아가기만 하게 되고, 도착하는 곳은 이 성에서도 다섯 손가락에 들어가는 난이도의 트랩 구역. 그곳에서 생환율은 대략 30번에 한 번. 처음 와보는 이가 죽기에는 딱 좋다고 중얼거린 카리나에게 크게 동의했다.

참고로 트랩 구역에서 생환할 경우는 내려가는 계단, 올라가는 계단, 대형 홀로 이어지는 세 갈래 길에 도착한다고 했다.

"이 계단은, 지하로 이어져 있어."

"그 앞은?"

"시체의 안치소였던 장소."

두 사람의 등골에 무언가가 흘렀다.

장례는 사후에 곧장 치르는 게 아니다. 장례식 준비가 될 때까지 시체는 일시적으로 안치소에 보관한다. 영안실 같은 장소일까?

"시체 안치소의 더욱 안쪽, 진혼의 방에, 그 사람이 있어."

카리나가 말하고서 계단을 내려가기 시작했다.

그것은 거대한 나선계단이었다.

거대한 원기둥 형태의 탑을 떠올리면 된다. 그 내벽에 계단이 있어서 아래까지 이어졌다. 그 중앙은 천장이 트인 커다란 홀이었다.

벽에는 같은 간격으로 횃불이 설치되어 있고, 계단을 미약하게 비추고 있었다. 바닥에서는 바람이 솟아오르고 있지만, 횃불의 불꽃에 흔들림은 보이지 않는다. 이 성 특유의 신기한 현상 중 하나일 것이라고 생각하여, 타이치와 린은 신경 쓰지 않기로 했다.

가장자리에서 들여다보아도 바닥이 안 보인다. 대체 얼마나 깊은 걸까?

저벅. 저벅.

신발이 바닥을 때리는 소리가 난반사되어 증폭된다.

“엄청 높은 계단이네.”

그럭저럭 계단을 내려왔는데도 도무지 바닥이 안 보인다.

“지쳤어?”

그런 생각은 전혀 안 하는 어조로 카리나가 물었다. 실제로 이 정도 걸었다고 지칠 정도로 타이치도 린도 약하지 않다.

“아니. 질렸을 뿐이야.”

그것은 틀림없는 진심이었다. 경치가 전혀 변하지 않는 것이다. 제대로 나아가고 있는지 의문이 드는 것도 무리가 아니다.

“괜찮아. 이제 절반은 왔을 거야.”

내려가기 시작한지 이미 20분. 지금 같은 페이스라면 아마도 이미 200미터는 내려왔으리라. 그래도 절반이라는 것은 깊이가 400미터나 있다는 것이다. 본래 이렇게까지 깊은 구멍이었을까?

"그렇지 않아. 본래는 몇 분도 안 걸려서 내려올 수 있었어. 던전이 되고 나서 변해버린 거지."

역시 던전화의 영향이군.

뭐 가만 생각해보면 이 세계의 문명 수준으로 지하 수백 미터의 구멍을 인력으로 파는 것은 극히 어려운 일이리라. 파기만 하는 거면 가능할지도 모르지만, 그것을 정비하는 것은 어렵지 않을까 싶었다.

참고로 파는 것만 따지면 타이치 혼자서 가능하다. 실피를 불러서 『토르 해머』를 두 발 때리면, 400미터의 수직 구멍을 만들 수 있을 것이다.

그렇지 않다면, 차라리 초상현상이라고 하는 편이 훨씬 납득이 된다.

내용이 없는 이야기를 하면서 더욱 계단을 내려갔다.

이윽고 타이치와 린의 예민한 감각이 위화감을 호소하기 시작했다.

"린."

"응. 느껴져. 다수…… 아니, 무수하다고 해야 할까?"

저벅, 저벅, 저벅.

두 사람이 말을 나누고 정확히 220초. 발소리가 바뀌었다. 드디어 계단 바닥에 도착한 것이다.

그곳은 원형의 방. 직경은 20미터쯤 될까? 계단 끝에서 방의 한가운데를 가로지른 곳에, 중후한 문이 하나.
계단을 내려오면서 느낀 무수한 마력. 그것은 그 문 너머에서 뿜어져 나왔다.
"이 앞이야?"
카리나가 수긍했다.
"그래. 시체 안치소. 이미 아는 것 같지만, 이 앞은, 몬스터 하우스야."
두 사람이 느낀 마력에 듬뿍 사념이 토핑되어 있었다.
이것이 부정한 마력이란 것일까?
타이치는 칼이 아니라 미스릴 검을 뽑았다. 좀비의 체액을 통한 부식도 쉽사리 막아내는, 마법은으로 주조된 검. 결코 흐려지지 않는 거울 같은 반짝임이, 희미하게 비치는 횃불의 빛을 반사했다.
문 너머에 있는 마물 개개의 강함은 그리 강하지 않다. 위협이 되는 것은 숫자다. 헤아리는 것도 귀찮을 정도의 기척이 느껴진다. 꾸물거리고 있으면 물량에 밀려버릴 가능성도 있다.
그렇게 되어도 타이치는 괜찮지만, 린은 그렇지 않으리라. 린은 인간의 범주에 들어가 있다. 무엇보다도 그녀는 호러 공포증이다.
"……린."
린과 카리나를 지킬 자신이 타이치에겐 있었지만, 자신을 지나치게 과신해서 나쁜 방향으로 굴러가 버리면 봐줄 수가 없다. 싸울 수 없다면 철저하게 수비를 하도록 하고, 눈이 닿는 범위에 있어주길 바랐다.

무서운 것을 극복하는 건 간단하지 않다.

무리일 것 같으면 물러나 있는 편이 좋다.

극복하고자 결심하고, 그것을 결심으로 끝내지 않도록 행동에도 반영했다.

그 기개 자체는 경탄스럽지만, 아직 절반이다. 여기서 리스크를 안고 나아가는 것. 리스크를 피해서 물러나는 것. 어느 쪽이든 용기가 필요하니까, 어느 쪽을 골라도 타이치는 지지할 생각이었다.

그저, 무리인데 괜찮다고 거짓말은 안 했으면 좋겠다.

그런 마음을 담은 타이치의 말을 듣고, 린은 몇 번 심호흡을 했다.

이윽고 마음이 진정됐는지, 지팡이를 쥐고 앞을 향했다.

"할 수 있어…… 아니, 하겠어."

린 정도 실력자라면 뒤쳐질 법한 강함의 마물은 문 뒤에 없다. 문제는 물량에 대한 대응이다. 공포에 질려 움직임이 둔해진다면, 이길 수 있는 상대에게도 이기지 못한다.

"……알았어."

다름아닌 린의 말이니까, 타이치는 그 이상 아무 말도 안 했다. 할 수 있다고 말했으면 한다. 아무리 괴로워도, 마지막에는 자신의 말을 실현시켜온 것이 린이다.

그녀의 말이라면, 믿을 가치가 있다.

"카리나 씨는?"

"내 몸은 내가 지켜."

여기 오기까지 그 태도를 보면, 그것도 납득이 된다. 어디에 그런 힘이 있는 건지, 작은 고양이 모습이면서도 상당한 실력자였다.

"가자. 전멸시킨다."

타이치는 몸에서 마력을 뿜어내면서, 문을 있는 힘껏 열었다. 녹이 슬어 있는 것 따윈 문제가 못 된다. 기세 좋게 열린 문이 쿠앙, 커다란 소리를 내고 벽에 부딪혔다.

도합 세 자리를 가볍게 넘어서는 시선이 일제히 타이치 일행에게 모였다.

"막 만난 참에 미안하지만, 이걸로 작별이야!"

경첩을 날려버리고 날아간 문을 넘어서는 속도로, 타이치는 중형견 정도 크기의 레서 데몬을 붙잡았다.

이곳에 와서 처음으로 만나는 마물이었다. 그러나 그런 건 아무래도 좋았다.

들어 올려서, 마치 공이라도 다루는 것처럼 레서 데몬을 던졌다.

스켈레톤과 좀비가 휘말려 들어 성대한 소리를 냈다.

『파이어 볼!』

타이치의 등 뒤에서, 몸을 스치는 것처럼 불덩어리가 날아갔다. 이 마력은 카리나 것이 아니다.

미약하게 바닥이 떨리며 폭발이 일어났다. 스켈레톤이 뼈의 파편을, 좀비가 썩은 고기 파편을 뿌리면서 파괴되었다.

이, 겉보기와 다른 위력을 가진 『파이어 볼』은.

돌아보자, 린이 지팡이를 타이치에게 흔들었다.

표정은 창백하다. 지금도 상당히 무서울 것이다. 좀비의 작은 무리하고는 싸웠지만, 이런 큰 무리를 상대하는 건 처음이다.

그래도, 제대로 선언한 것처럼 마술을 쏘아낸 린. 터무니없이 강한 심지였다.

"린! 무서우면 속공으로 해치우자!"

"말 안 해도 알아!"

섬멸시켜버리면 공포 따위 느낄 리 없다.

애당초 그 이전에, 겉보기에 기분 나쁜 걸 제외하면 언데드는 린에게 호구 같은 상대였다.

힘의 차이를 생각하면 평소처럼…… 아니, 그럭저럭 힘을 빼도 질 요소가 없다.

"팍팍 밀어붙인다!"

곧장 마술을 준비하기 시작한 린을 만족스럽게 보고, 타이치는 다음 사냥감을 향해 달려갔다.

비틀비틀 걷는 좀비를 지나치면서 일섬.

좀비는 두 걸음 정도 걷다가, 상반신이 주르륵 떨어졌다.

날카로운 참격이 벤 것마저 깨닫지 못하게 한다.

마침 스켈레톤이 내민 방패와 타이치의 돌진 타이밍이 딱 맞았다.

"귀찮구만!"

무기는 안 쓴다.

앞차기로 방패를 스켈레톤과 함께 찬다.

산산이 흩어지는 뼈. 회전해서 날아간 방패가 다수의 스켈레톤을 휩쓸었다.

타이치는 전체를 둘러보았다. 무리 중심에 뛰어든 타이치가 가장 마물들의 주의를 끌고 있었다.

그렇지만 모두는 아니다. 린과 카리나를 향해 가는 언데드도 있다.

그 싸움은 불평할 부분이 없었다.

카리나는 과연 고양이라고 말해야 할 것처럼 가벼운 몸으로 훌쩍훌쩍 좀비와 스켈레톤을 피하고 있었다.

린은 불꽃으로 공격. 바람으로 방어하여 다가오지 못하게 한다. 아직 표정에는 공포의 색이 보이지만, 타이치에게 매달려 있었을 때를 떠올리면 훨씬 전진했다고 할 수 있으리라.

이거라면 안심이다. 적의 수를 줄이는 것에 전념하려고 하는데.

"……!"

발치에서, 흔들림.

뭔가가 온다.

그것은 확증이 없는 예감.

그렇지만, 타이치는 그 예감을 그냥 예감이라고 내치지 않았다.

『실피! 바람의 칼날!』

『아이아이 서!』

사념으로 부르자, 활기찬 목소리가 대답한다.
직후에 쥐고 있는 검에 분명한 감촉. 말은 적지만, 타이치의 의도는 분명히 실피에게 전해졌다.
"핫!!"
기합과 함께, 자신을 중심으로 그 자리에서 1회전하면서 검을 옆으로 일섬.
바람의 칼날은 10미터 가깝게 뻗었다.
수십에 이르는 언데드들이 한꺼번에 베여나갔다.
더욱이 나아가 검을 두 번, 세 번 휘둘렀다.
그때마다 무수한 마물이 쓰러진다.
단숨에 상당수를 줄인 참에 물러나서, 타이치는 린과 카리나 곁으로 돌아왔다.
전멸까지는 시키지 않았다. 그렇지만 이 장소에 발을 들였을 때 압도될 정도의 대군은 이미 보이지 않았다.
"……타이치?"
약간이지만, 적은 아직 남아 있다.
그러면 어째서 돌아왔을까?
타이치가 행동한 이유를 몰라 고개를 갸웃거리는 린. 그것을 보고 땅의 흔들림을 깨닫지 못한 걸 알았다.
"그렇구나……. 내 발치 부근에서만 일어났구나……."
작은 소리로 곱씹더니, 타이치는 앞을 보았다.
"적의 증원. 올 거야."
"어?"

린이 말하는 것과 동시에.

바닥의 광범위에 마법진이 나타났다.

"윽……!"

어째서 깨닫지 못했을까? 이런 대규모 마법진을.

아무리 거북한 언데드에게 정신이 팔려 있었다지만, 이 둔감함은 있을 수 없다. 린은 이를 악물었다.

씁쓸한 마음을 품는 린을 개의치 않고, 상황은 계속 변화한다.

마법진이 효과를 발동했다.

"골렘……."

차례차례 나타나는 돌로 만들어진 인형.

키는 2미터 정도. 폭이 제법 되어 상당히 듬직해 보였다.

그냥 마네킹일 리는 없으리라.

다시 말해서, 카리나가 말한 것처럼.

"언데드랑 관계는 없어 보이는데……."

어째서, 여기서 골렘일까?

타이치의 머릿속에 무언가가 걸렸다. 힌트가, 있었던 것 같았다. 그것을 떠올리려고 하지만 대답은 나오지 않았다.

"뭔가 있는 건 알겠지만…… 일단은 쓰러뜨릴 필요가 있을 것 같아."

린이 말했다.

분명히 맞는 말이었다.

스물을 넘어선 참에 마법진이 끊어졌다. 새롭게 만들어진 골렘 무리에서는 명확한 적의가 전달되었다.
골렘 하나가, 오른팔을 타이치 일행에게 겨누었다.
그 팔은 손목까지밖에 없고, 구멍이 뚫려 있었다.
그것이 무엇인지. 타이치와 린은 알고 있었다.
"……!"
주저할 틈조차 없다.
퍼엉. 작렬음.
타이치는 반사적으로 오른손으로 고양이를 끌어안고 뛰었다.
린 또한, 타이치와 완전히 같은 타이밍에 후퇴했다.
나중에 생각하면 충분히 방어도 가능했을 것 같다.
그저, 포구를 겨누었다는, 현대 지구에 살아가는 자이기에 느끼는 원시적인 공포에 반사적으로 몸이 움직인 것에 지나지 않는다.
고속으로 쏘아낸 돌덩어리.
바닥을 부수고 파편을 뿌리지만, 폭발까지는 하지 않는다.
날아오는 파편은 다소 있지만, 모두 요격할 수 있는 정도밖에 안 된다.
타이치는 왼손으로 지면을 뛰어올라, 몇 미터 뒤에 착지했다.
그 뒤에 바람 마술을 써서 속도를 늦춘 린이 사뿐히 내려섰다.
"저 골렘. 무장하고 있어."
린 말로는, 마력을 바람으로 바꾸어 그걸로 돌의 탄을 쏘아냈을 것이라고 했다.
설마 했던 충격.

제작자에게 그런 의도는 없을지도 모르지만, 타이치와 린이 보기에 그것은 총격과 다를 바 없었다.

"위력이 높군."

타이치가 말했다.

린도, 타이치도 알 리 없었지만, 안티 머테리얼 라이플에 가까운 위력이었다.

고속이라고는 하지만, 탄속은 총과 비교가 안 될 정도로 느리다. 다만, 탄환의 질량이 총탄하고 차원이 다르기 때문에 발휘된 위력이었다.

모든 골렘이 그것을 장비하고 있는 게 아니라, 대략 절반 정도다. 나머지 절반은 평범하게 손의 형태를 가진 골렘이었다.

"하지만 위력만 높은 게 아냐."

린이 말하는 것과, 총구를 가진 골렘이 팔을 겨누는 것은 거의 동시.

『염옥!』

그리고 린의 마술이 발동하는 것이, 총탄의 발사보다 미약하게 빨랐다.

총구를 가진 골렘들의 발치가 갑자기 함몰되고, 밸런스가 무너진다. 조준이 두 사람에게서 완전히 벗어났다.

흩어지며 쏘아낸 탄환은 모두 엉뚱한 방향으로 날아갔다. 소리 자체는 화려하지만, 위협은 날아오는 파편뿐이다. 그리고, 그런 큰 틈을 놓칠 리 없었다.

"핫!"

타이치가 오른팔을 내밀었다. 거기서 쏘아져 나간 바람의 탄환이, 총구를 가진 골렘 모두의 팔을 파괴했다.

원거리 공격의 수단이 완전히 망가진 골렘들은 타이치와 린에게 다가가서 싸우는 수밖에 없었다.

"단숨에 해치울 수 있지 않았어?"

왜 적을 남긴 걸까?

타이치라면 일격으로 전멸시키는 것쯤 식전 운동거리일 텐데.

"아니, 저 녀석들이 어느 정도 파워랑 방어력이 있는지, 재생은 하는지, 알아두는 편이 좋을 것 같아서."

골렘은 주위의 소재를 써서 재생하는 것도 있다. 또한, 술자에 따라 성능에 차이가 생긴다.

이제 안 나온다. 그렇게 잘라 말할 수 없다.

골렘의 총격이 어떤 위력인지는 알았다. 그것 말고 다른 요소도 알아두는 편이 이후 싸우는데 참고가 되지 않을까?

그런 지론을 전개한 타이치에게 린이 「그렇구나」 하고 수긍했다.

린이 적의 정보를 알아두는 것. 그것은 미리 말한 것처럼 중요한 일이다. 타이치가 언제든지 싸울 수 있다고 장담할 수 없으니까.

총구를 없앤 것은, 싸우면서 그런 정보를 정밀 조사하는 여유를 조금이라도 만들기 위해서.

"그런 거라면 납득!"

지팡이를 들어, 린이 두 발의 『수쇄탄』을 쏘았다. 특히 위력을 강하게, 그런 생각은 없이 평범하게 쏜 것이다.

쿵쿵 발소리를 내면서 다가오는 골렘 중에서 하나에 직격했다.

골렘 하나의 오른쪽 팔꿈치와 몸통에 작렬. 오른쪽 팔꿈치에 맞은쪽은 절반 정도 파헤치는데 성공했다. 그렇지만 몸통 쪽은, 어느 정도 함몰되는 것에 그쳤다.

그리고 예상대로.

"회복, 하는구나."

"응, 그렇네."

매달려 있기만 했던 골렘의 오른팔이 이윽고 재생을 시작했다. 그 속도는 결코 빠르지 않지만, 그렇게 느리지도 않은 정도. 함몰된 몸통과 타이치가 처음에 없앤 총구도 마찬가지였다.

"꾸물거리고 있으면 언제까지고 끝나질 않겠네, 이거."

"쓰러뜨릴 거면, 일격이야."

골렘을 쓰러뜨리려면 핵을 파괴해야 한다.

타이치는 하나의 품까지 고속으로 파고들어, 강화된 팔로 몸통을 질렀다.

그 골렘을 쓰러뜨렸는지 아닌지 확인도 안 하고 두 번째에 육박, 머리를 발차기로 파괴했다.

더욱이 또 하나, 머리를 이번에는 장저로 날려버렸다.

세 번째에 공격을 한 타이치는 다른 골렘의 공격을 받기 전에 백스텝으로 일단 린 곁으로 돌아왔다.

몸에 커다란 구멍이 뚫린 골렘과, 머리가 부서진 골렘 중에서 하나는 그래도 움직이지만, 또 하나의 머리를 부순 쪽은 앞으로 쓰러지더니 사지가 무너져 움직이지 않게 됐다.

"역시 핵을 부수면 움직이지 않나 봐."

"응. 핵이 있는 곳이 랜덤인 것도, 예상했던 대로일까?"

"방어력은 상당히 있는 편인데."

"아무 생각 없이 『수쇄탄』으로는 쓰러뜨릴 수 없을 정도의 방어력도 있어."

"그리고, 다음 탄 발사까지 틈이 있다."

"재장전에 시간이 걸리는 걸지도 몰라."

사용하기 편해서 린이 자주 쓰는 『수쇄탄』은 단일 개체 공격용 마술로서는 위력이 높은 편이다.

말단 쪽은 그거면 되겠지만, 몸통에 커다란 대미지를 주려면 그걸로는 안 된다는 걸 알았다.

랜덤으로 하나를 골라, 굳이 총을 재생시켜서 한 발, 두 발 쏘게 만든 결과, 돌 탄환의 다음 탄 발사까지는 길지는 않지만 짧지도 않은 인터벌이 필요하다는 것도 파악했다.

전초전인지, 단순히 시비를 건 것인지, 아니면 경고인지.

경고, 라는 선이 짙을 것 같았다. 덤으로, 전초전.

그렇지만 타이치도 린도, 그것을 받고서 물러설 만큼 귀여움은 가지지 못했다.

검증을 거듭하는 한편으로 적을 쓰러뜨리는 두 사람을 처음에는 놀란 눈으로 보고 있던 카리나였지만, 중간부터는 조금 기겁하고 있었다.

타이치도 린도, 그 시선을 완전히 묵살하고 해야 할 일에 몰두한 것이다.

갑자기 나타난 골렘. 그 팔에 탄환 발사기구를 가진 이레귤러였지만, 이 경우는 운이 나빴다. 경계 수준을 올린 타이치와 린이 정보를 차례차례 해체했다.

그 밖에도 공격력, 반응 속도, 연계 따위의 정보를 차례차례 채취하여, 완전히 조사된 다음에 남은 언데드와 함께 섬멸되었다.

◇◆◇◆◇◆◇◆

뮤라의 부상이 잘 회복되는 참이고, 하비 일행도 충분한 휴식을 취할 수 있었다.

질질 끌며 쉬어서 시간을 낭비하는 것 같은 사고는 다섯 명 모두가 가지지 않았다.

휴식이 끝나는 것과 동시에 탐색을 재개했다.

잠시 걸었다. 미리야가 뭔가 발견하고 다섯 명을 불렀다.

"뭔가 있나요?"

다가서는 에이린에게, 미리야가 바닥면을 가리켰다.

"……. 이건……."

"숨겨진 문, 이네."

에이린과 마두가 동시에 말을 흘렸다.

어두워서 잘 안 보이고, 보통 모험가는 발견하지 못했으리라.

그러나 여기 있는 다섯 명은 모두 보통이 아니다.

다른 바닥과 마찬가지로만 보인다. 그렇지만 바닥 돌의 경계가 부자연스럽다는 것을 미리야가 아닌 네 사람도 한 눈에 간파했다.

"흐음…… 훌륭한걸. 이 정도면 발견하기 어렵겠어."

뮤라가 그 자리에 쪼그려 앉아서, 이음매를 손가락으로 스윽 더듬었다. 한 변이 1미터 반쯤 되는 사각형이다. 무슨 기구로 열 수 있다면 좋겠는데.

"어떻게 여는 걸까?"

"……유감이지만, 그럴 듯한 건 없어."

가능하면 비틀어 여는 건 최종 수단으로 삼고 싶다. 그렇지만 정규 순서로 열 수 있을 것 같지가 않았다. 그럴 듯한 스위치 장치 종류가 전혀 안 보인다.

"내키진 않지만, 내가 열지."

"그것밖에 없겠네……."

"어떤 함정이 있을지 모르지만, 시간 낭비도 할 수 없으니까."

이 중에서 가장 근력이 있는 하비가 나섰다.

그것에 이견은 없었다.

더 찾아보면 발견될 지도 모르지만, 시간은 유한하다.

비틀어 여는 걸로 발동하는 함정이 있을지도 모르지만, 스위치 같은 걸 발견했다고 해도 그것이 함정일 가능성도 있다.

「어쩌면」이라는 갖가지 가능성은, 말을 하다 보면 끝이 없는 것이다. 어느 지점에서 타협할 필요가 있었다.

돌 뚜껑이 쓰러지는 소리가 바닥의 진동과 함께 울려 퍼졌다.

"타이치 정도는 아니지만, 기겁할 정도의 괴력이네……."

굳이 따지자면 뇌까지 근육일 것 같은 타이치와 달리, 하비는 파워뿐이 아니라 전사로서의 기량과 재빠름도 일급품이었다. 파워, 스피드, 기량의 삼박자를 갖춘, 대단히 밸런스가 좋은 전사였다.

"힘으로 밀어 붙일 수 있다면, 그게 심플하고 가장 좋잖아?"

"하긴, 그건 부정 안 해."

힘으로 상대를 밀어붙이는 것의 유용성은 전위에서 싸우는 뮤라도 잘 아는 것이었다.

"함정 같은 건 없네."

미리야가 열린 입구를 꼼꼼하게 조사했다. 열릴 때도 함정을 경계했지만, 아무 일도 일어나지 않았다.

비틀어 여는데 하비가 상당히 힘을 주었으니, 보통의 힘으로는 열 수 없다고 생각했던 걸까?

그거라면 그걸로 괜찮지만, 아무것도 일어나지 않는 편이 오히려 불안해진다는 것은 흔히 있는 이야기다.

"계단, 이네요……."

"드디어 찾아냈네……."

투덜거리는 에이린에게 뮤라가 응답했다.

계속 찾고 있던 것이다.

이 앞에 무엇이 있다고 해도, 내려가지 않는다는 선택지는 없었다.

아무것도 없다고 해도 「아무것도 없다」는 성과를 얻을 수 있다. 그런 의미에서는 나쁘지 않았다.

“함정도 없어 보여.”

“그래. 그러면 가자.”

미리야의 확인이 끝나는 것과 동시에, 뮤라는 허리의 단검을 뽑아 일어섰다.

검이 바람직하지만, 발치가 안정되지 않고 휘두르기에는 좁다. 단검으로 방어 중심 싸움을 고르면 안정될 것이다, 라는 판단이었다.

에리스테인의 공주님들에게 받은 단검이지만, 이 선택은 정답이었다. 애당초 가지고 있던 장검에 뒤쳐지지 않는 명품.

이럴 때는 메인으로 쓸 수 있는, 대단히 듬직한 서브 웨폰이었다.

뮤라를 선두로 계단을 내려갔다.

천장에는 때때로 거미줄의 잔해가 남아 있고, 발치의 구석에는 먼지가 쌓여 있었다.

그렇지만 중앙 부근의 먼지는 적었다.

“누가 쓰는 모양이네.”

“네, 매일은 아닌 것 같지만, 그럭저럭 빈도가 있을 것 같아요.”

누군가가 지나갔을 거야, 뮤라의 말이었다.

상당히 오래 썼다. 에이린의 견해였다.

그 견해에는 뮤라도 이견이 없었다.

때때로 희미하게 발자국이 보이는 것도, 에이린의 말에 신빙성을 올려주고 있었다.

딱히 적습 따위도 없고, 계단을 다 내려갔다.

그 앞에는 또 복도가 이어졌다.

"……."

뮤라는 단검을 허리에 되돌리고, 새삼 장검을 장비하더니 다시 발을 앞으로 움직였다.

그러면, 뭐가 나올 것인가?

과연, 뭐가 있을까?

잠시 걸었다.

그리 긴 시간은 아니었다.

복도의 벽 한 구석, 입구가 있었다.

"여기는……."

그곳은 넓은 정사각형의 지하실이었다. 벽에는 장식이 수수한 촛대가 몇 개나 붙어 있고, 촛불이 흔들리며 불타고 있었다.

기다란 자가 있으면 한 변이 대략 30미터나 된다는 걸 알 수 있으리라.

그곳에는 세월이 느껴지는 긴 테이블 몇 개와, 응급 처치만 해둔 부서지기 쉬운 의자가 다수. 그리고 지푸라기만 깔아놓은 조잡한 침대가 열다섯.

텅 비어 있었다.

사람의 모습은 보이지 않는다. 방의 광원이었으리라. 천장의 마도구 샹들리에에 마력을 주입해 새삼 불빛을 확보했다.
가까운 테이블로 다가가서, 비어 있는 컵을 손에 집었다. 안은 아직 젖어 있고, 희미한 쿠페의 향기가 났다.
"방금 전까지, 사람이 있었던 건 틀림없네."
"그렇군."
하비가 포크가 박혀 있는, 먹다가 만 말린 고기를 보았다.
역시 예상한 것처럼, 최소한의 짐을 가지고 아주 급하게 여기를 떠난 모양이다.
방을 한 차례 뒤져봤지만, 성과는커녕 숨겨진 통로도 없었다.
애당초 눈에 띄는 흔적을 남길 법한 얼간이가 이런 위험한 땅에 거점을 구축하고 유지하는 것 따위는 할 수 없을 것이다.
방의 상황을 보니, 적이 그리 멀리 떨어지지 않은 건 틀림없었다.
갈라져서 추적하는 것도 하나의 방법이지만, 그것을 채용하지는 않았다. 적의 전력이 불명인 이상, 전력의 분산은 자살행위다. 적의 모습이 보이지 않는 것뿐이지, 어딘가에 매복하고 있을 가능성도 부정할 수 없는 것이다. 이곳은, 적지였다.
"이것은……."
방 안을 찾아보던 마두가 소리를 냈다.
서랍 안쪽에 꾸깃꾸깃 뭉쳐놓은 양피지가 한 장 남아 있었다.
그것 말고는 아무것도 없었다. 이 서랍에 뭔가 수납할 때 안쪽으로 밀려들어간 것을 발견하지 못한 것이리라.
아무도 눈치 못 채고 범해 버린 실수였다. 양피지는 아니었지만, 마두도 한두 번 정도 경험이 있었다.

뭉쳐 있는 양피지를, 문자가 뭉개지지 않도록 조심해서 천천히 펼쳤다.

다행히 쓰여 있는 내용에 거의 영향은 없었다.

그것을 읽어 나갔다. 상당히 암호를 쓰고 있었지만, 그것도 당연한 일이리라. 표제에는 보고서라고 적혀 있었다. 이런 장소에 구축한 거점에서 기술된 보고서였다.

보면 안 되는 자가 보아도 쉽게 해독하지 못하도록 대책을 하는 것은 당연한 일이다.

지식과 두뇌를 상당히 가진 마두는 이윽고 읽으면서 암호 해독 방법을 파악했다.

그 터무니없는 것을 아무렇지도 않은 것처럼 흘리고, 새삼 읽어나가는 사이에 마두의 형태 좋은 눈썹이 점점 찌푸려졌다.

"뭘 발견한 건가요?"

그녀의 표정이 신경 쓰인 에이린이 다가갔다.

에이린의 말을 계기로 다른 이들의 시선도 모이게 됐지만, 마두는 그것도 깨닫지 못하고 양피지에 시선을 떨군 채 읽는 것에 몰두하고 있었다.

"……여기에 있던 건 터무니없는 녀석들이야."

양피지를 모두 읽고서, 마두가 고개를 들었다.

단정한 얼굴은 대단히 엄격한 색으로 물들어 있고, 거기에 적혀 있는 것이 얼마나 용납할 수 없는 일인지 말하고 있었다.

"뭐가 적혀 있었지?"

하비가 옆에서 들여다본다. 그가 읽는 것도 개의치 않고, 마두는 말을 이었다.

이야기를 들은 뮤라도, 미리야도, 에이린도, 표정이 험악해졌다.

이곳에 있는 건 연구자.

연구의 주제는, 정령에게서 힘을 추출하는 것.

정령이라는, 인간의 지혜를 초월한 힘을 가진 존재의 에너지를 이용하기 위해서.

힘을 억지로 추출하면, 정령은 말라 죽어 간다. 한계까지 짜낼 수 있을까? 양피지에는 그것에 대한 언급이 있었다.

개량을 시행한 새로운 주법으로, 지금 그야말로 한창 시험하는 와중이라는 것.

"이 기술, 최근에 시작한 게, 아니네요."

에이린이 짜낸 것처럼 말했다.

그렇다. 이 양피지 자체에는 기재된 내용이 없지만, 기술한 방식으로 짐작하면 어느 정도 시행착오를 반복해서 여기까지 도달한 것을 알 수 있었다.

마두가 말한 것처럼, 그것은 터무니없는 내용이었다.

"터무니없어. 어쩜 이렇게 무시무시한 일을……."

정령이 없어지면, 자연은 자연인 것을 거부한다.

정령이 없어져서 즉시 무슨 변화가 일어나는 것은 아니다.

그러나, 그 땅은 확실하게 멸망으로 나아가기 시작한다.

일단 처음 사라지는 건 마력이다.

마력이 고갈되기까지는, 이 땅은 간신히 현재 상황을 유지할 수 있다. 그러나, 이윽고 마력이 완전히 고갈되면 이 땅에 파멸의 낫이 박힌다.

기존의 풀이 수명을 맞이하고 그 생을 마치면, 새로운 풀이 나지 않는다.

얼추 같은 때에 바람이 약해진다.

땅을 뒤덮는 공기가 식어간다.

공기가, 흙이 건조되기 시작한다.

메마른 대지에서는 식물이 사라지고, 그것을 양식 삼고 있던 생물이 사멸한다. 더욱이 그것들을 사냥하여 생명을 유지하고 있던 존재도 목숨을 유지할 수 없다.

강이 마른다. 간신히 남은 연못이나 호수도, 수위가 내려가기 시작하여 오탁의 농도가 높아지고, 수생 생물에게서 목숨을 빨아들인다. 그리고 메말라 버린다.

바람은 그 땅을 싫어하는 것처럼 우뚝 멈추고, 그 자리에서 이동하지 않는 공기는 응어리져간다.

기온이 더욱 내려가고, 열대의 토지라도 영하가 된다.

그러나 갈라진 대지에서 알 수 있는 것처럼 물도 없고, 바람이 구름을 나르는 것도 아닌 땅에서는 추위의 상징인 눈이 내리지도 않는다.

그리고 정령이 사라지고서 생물을 거부하는 땅으로 바뀌기까지 필요한 시간은 대략 10년. 길다고 볼지 짧다고 볼지는 사람마다 다를 것이다.

그렇게 된 땅의 정식 명칭은 「죽음의 대지」다.

아무런 기교도 없다고 생각하리라.

그러나 기교 따위 필요 없다. 실제로 그 땅을 보면 알 수 있다. 죽음과 정체밖에 존재하지 않는 그 땅 앞에서는 네이밍 센스에 신경 쓸 여유 따위는 간단히 빼앗겨버린다. 중요한 것은 이름이라는 껍데기가 아니라 알맹이다.

되돌리고자 아무리 물을 가져오고, 지면에 영양을 주어도 의미가 없다.

사실 되돌릴 방법은 하나밖에 없다. 그저 아무도 그 방법을 모르고, 또 알고 있어도 아무도 실행할 수단이 없었다.

메마른 묘목이 사흘도 안 되어 말라 죽는다. 그것이 「죽음의 대지」로 변한 땅이니까.

과거 「죽음의 대지」에 관한 문헌을 읽은 기억을 끌어낸 뮤라는 진심으로 그렇게 중얼거렸다.

그와 동시에 의문을 느꼈다. 이 이야기 4대정령 중 하나인 실피는 알고 있는 것일까?

그녀가 보기에는, 동포가 인간에게 험한 꼴을 당하고 있는 것이다. 그것을 알았을 때 어떤 일이 벌어질지 두렵다. 타이치와 만나기 전이었다면 실피가 직접적으로 무언가를 할 수는 없었다.

그렇지만, 지금은 다르다. 타이치를 통해서 실피는 자신의 힘을 휘두를 수 있다.

실피가 분노를 느끼고, 그것에 타이치가 공감했을 경우 어떻게 되어 버리는 것일지 두렵다고, 순순히 느꼈다.

거기까지 생각한 참에 사고를 끊었다.

뮤라는 자연스러운 동작으로 방의 입구로 눈길을 돌렸다.

그녀의 눈은, 정령에 관한 것과 다른 이유로 냉혹한 색을 띠고 있었다.

문득 입구 쪽을 보면서 기척을 숨긴 뮤라를 네 명이 깨달았다.

갑자기, 단숨에 존재감이 희박해졌다. 눈앞에 있음에도 무척 고도의 기척 은폐 능력이다.

그녀는 척후나 도적이 본직이 아니다. 그렇지만 함정 간파나 자물쇠 따기도 다소 가능하다. 솔로 모험가로서 활약하고 있던 한때, 필요해서 일시적으로나마 익힌 기능이었다.

함정, 자물쇠 따기에 관해서는 정말로 벼락치기로 본직에게는 발끝만큼도 따라가지 못하지만, 기척 은폐에 관해서는 대단히 유용했기에 갈고 닦았다.

이 기술에 대해서는 본직과 비교해도 웃돈다고는 못하겠지만 손색이 없는 것이었다.

아무 이유도 없이 기척을 지우는 일은 없다. 그럴 필요가 있으니까.

하비 일행도 자기 기척에 주의를 기울였다.

엘프의 숲에서 사냥을 해온 경험이 있으니, 기척을 지우거나 숨기거나, 소리를 내지 않고 이동하는 것 따위는 특기였다.

애당초 엘프는 적성이 높은 건지, 종합적으로 그런 능력이 높은 경향이 있다.

오래 수련을 쌓은 네 사람은 모두 마을에서도 일류급의 수준이었다.

그런 네 명에게, 뮤라는 뒤쳐지지 않는다.

그저 단순하게, 뮤라의 수준이 빼어난 것이다.

젊지만 모험가로서 경험치는 일급품이다. 어디에 내놔도 부끄럽지 않은 수준이다.

던전 침입 당초에 파티가 분단되어 버렸지만, 그녀가 가까이 있는 것은 네 명에게 행운이라고 하는 수밖에 없다.

전투력뿐이 아니라, 이 정도의 힘을 가졌으면서 거의 얼굴도 알려져 있지 않다는 것은 불가해하다고 생각하지 않을 수 없다.

자기들의 목적을 이루기 위해서는, 그 자리에서만이라도 힘을 빌릴 수 있을 거라고 생각했다. 뭐 지금은 이 자리에서만 그러면 곤란하지만, 적어도 당초에는 그렇게 생각했다.

인간의 거주지에 나온 엘프도 나름대로 있다고는 하지만, 종족으로서 존재는 「자연을 공경하고, 함께 살아간다」는 점이 일관되어 있다.

그것은 이렇게 바꿔 말할 수도 있다. 「정령을 공경하고, 함께 살아간다」고.

종족으로서 공경해야 할 정령이 박해를 받고 있다. 그런 이야기를 듣고 감정이 고양되지 않을 리 없는 것이다.

뮤라를 아군으로 끌어들이면, 다른 두 사람의 설득도 쉬워지지 않을까?

그 속셈은 달성되어, 처음에 「받아들일 수도 있다」고 말한 것은 뮤라였다.

니시무라 타이치. 아즈마 린. 그리고 뮤라.

이 세 사람을 몰랐던 것은 바깥과 적극적인 접촉을 피하고 있던 엘프족이기에 어쩔 수 없는 일이었지만, 인간족의, 그것도 3대국가가 되면 달라진다.

지난번 내란에서 활약한 것을 계기로, 세 명의 존재는 서서히 밝혀지고 있었다.

3대국가라고 불리는 가르겐 제국 및 시카트리스 황국에는 나름대로 정보가 들어가 있었다.

그 3대국가에 국력이 뒤쳐지는 나라나 조직의 조사 능력으로는 이름마저 판명되지 않는다는 것은 충분히 있을 법한 이야기였다.

그렇게 된 이유는 간단하다. 가장 많은 정보를 쥐고 있는 에리스테인 마법왕국이 어느 정도 정보통제를 하기 때문이다.

그 밖의 조직에서는, 어쩌다가 그런 존재의 소문을 들었다 정도밖에 안 된다.

하긴 본인들이 다 내려놓고서, 적극적으로 밝히려 하지는 않지만 무리하게 감추려고 기를 쓰는 것도 아니니 널리 알려지는 것은 시간문제라고 할 수도 있겠지만.

그런 쓰잘데없는 사고를 끊어냈다.

뮤라가 손짓으로 모퉁이 앞을 가리켰기 때문이다.

누군가가 있는 모양이다.

일단은 눈앞의 문제부터 먼저 정리해야 한다.

방의 입구와 이어지는 벽에 등을 맡기고, 뮤라는 허리의 파우치에서 손거울을 꺼냈다.

아직 거울이 고급품인 이 세계에서, 평범하게 생활할 경우 사려면 나름대로 결단이 필요할 정도로는 비싼 물건이다.

왜 뮤라가 이걸 샀는가? 애당초 계기는 린이 가지고 싶어했기 때문이다.

가볍게 몸가짐을 고치는데 쓰고 싶다고, 손거울을 바라는 린을 고급 잡화점으로 안내했다. 그때 린이 어째서 몸가짐을 신경 쓰는지 이유를 알고서 뮤라도 구입한 것이다.

그 가게에서는 하위라고 해도 고귀한 신분에 위치하는 아가씨가 혼인 전의 수업을 겸해서 점원을 하고 있었다. 그녀가 린에게 이렇게 말했다.

"숙녀로서는, 마음에 둔 남자 분 앞에서는 언제나 아름답게, 그리고 귀엽게 있고 싶은 거죠."

라고.

그때 수줍게 웃는 린을 보고, 그녀의 뇌리에 누가 떠올랐는지 알았다.

논리가 아니다. 설명이 안 되는 초조함을 느끼고, 깨닫고 보니 뮤라도 대금을 지불했다.

보통 금전 감각으로 생각하면 비싼 것이리라. 그러나 린과 뮤라는 고액 자산 보유자. 손거울 정도라면 가볍게 낼 수 있는 정도였다.

그래서, 자신의 모습을 확인하고 필요하다면 단정하게 고치는데 사용하는 손거울이지만, 그것 말고 사용법도 있다. 그것을 가르쳐준 것은 타이치였다.

"이렇게해서, 이렇게. 이렇게 하면 고개를 내밀지 않아도 모퉁이 너머의 기색을 확인할 수 있어."

복도 모퉁이에서 벽에 등을 맡기고, 손거울을 통로 너머를 비추기 쉽도록 향하는 타이치. 시험 삼아서 해봤더니, 얼굴을 내미는 위험한 행위를 하지 않아도, 모퉁이 너머에 있는 거실의 모습을 확인할 수 있었다.

이런 사용법을 상상도 못했던 뮤라는 감탄했다. 타이치는 영화 같은 것에서 얻은 지식이었지만.

레미아의 집에서 배운 이 지식은, 절반은 잡담 같은 것이었다. 설마 활용할 수 있을 줄은 몰랐다.

손거울에는 이쪽으로 걸어오는 남자가 한 명. 계속 언데드나 악마를 상대해왔기 때문인지, 맨몸의 인간이라는 것은 대단히 자리에 안 어울리는 느낌이었다. 그렇지만 자리에 안 어울리는 건 자신들도 마찬가지라는 것을 깨닫고, 모든 사고를 구석으로 밀어놓았다.

"……있어. 이쪽으로 다가오고 있어."

엷은 핑크색 입술을 살짝 움직여서, 뮤라는 바로 뒤를 걷고 있던 미리야에게 말했다.

미리야는 작게 고개를 끄덕이고, 후속인 마두, 에이린에게 전달했다. 그 모습을 보면서 손거울을 되돌리고 검의 자루에 손을 댔다.

상대는 한 명, 이쪽은 네 명. 숫자로는 유리하다. 그러나 방심할 수는 없다. 이쪽을 향해서 오는 타겟은 상당한 실력이다. 발소리가 안 들리는 것이다. 과연 이쪽을 발견했을까? 발견하고서 다가오는 거라면 일이 성가셔진다.

거기까지 생각하고 머리를 가볍게 좌우로 흔들었다. 상대의 실력이 어떻다거나, 현시점에서 뮤라가 제어할 수 없는 것만 신경 쓰고 있는 것이다. 실전에서 상대의 역량을 모른 채 전투에 돌입하는 일은 드물지 않다. 그것이 모험가.

사고를, 전환한다.

접촉까지 앞으로 5초.

4. 3. 2. 1.

'제로!'

머리 속으로 카운트하고, 검을 뽑았다. 스르릉 소리를 추월하는 것 같은 스피드로, 뮤라는 방에 들어온 남자의 대퇴부에 검을 찌르려고 다가갔다.

"칫?!"

허를 찌르는 뮤라의 공격을 반사적인 도약으로 회피했다. 도약하면서 뮤라를 험악한 눈으로 보고 허리의 검을 뽑았다.

반응은 훌륭하다. 검을 뽑는 판단도 찬사를 받아 마땅하다.

그러나 물론, 회피에 도약을 고른 것은 악수였다.

"핫!"

"무슨?!"

남자의 오른쪽 어깨를 노린 화살이 날아간다.

도약한 상태, 다시 말해서 공중. 무방비하기 짝이 없다.

그 화살을 회피하기 위해서 남자는 억지로 몸을 비틀었다. 자세가 완전히 무너진다. 그것을 덮치는 뮤라의 하이킥. 몸의 회전, 뒤틀기, 탄성으로 생긴 힘이 모두 타점에 집약된 강력한 일격. 가슴을 노린 발차기를 양팔을 교차시켜서 막아내지만, 남자는 날아가서 벽에 등을 호되게 부딪쳤다.

벽에 약간 금이 갈 정도의 일격에, 폐에서 공기를 토해내는 남자.

주르륵 떨어지면서도 남자는 뮤라를 노려보고 오른손을 들려고 했다. 그보다도 두 박자 정도, 하비가 빨랐다.

최후미에서 재빨리 돌격하여, 목에 창날 끝을 가져다 댔다.

"그만하시지."

A랭크 모험가에 필적하는 뮤라와 하비, 미리야를 동시에 상대하여 그 공격을 모두 막아낼 수 있는 존재 따위 지극히 소수다.

이 남자는 그 소수가 되지는 못했다.

"크……."

무기를 놓고 양손을 들어 분한 기색으로 항복의 뜻을 드러내는 남자에게, 뮤라는 서는 위치를 남자의 정면으로 바꾸어 검을 보란 듯이 번뜩였다.

하비가 창을 겨눈 그대로, 선 위치를 옆으로 슬쩍 바꾸었다. 조금이라도 이상한 움직임을 보이면 한순간에 목을 꿰뚫을 수 있는 거리다.

번득이며 빛나는 검을 한 번 보고 남자는 뮤라를 보았다.

"……갑자기 공격하다니 인사가 거칠군."

그야말로 「기분 틀어졌다」는 감정을 드러내면서, 남자가 낮은 목소리로 중얼거렸다.

남자의 말을 듣고, 활에 화살을 메기고 당긴 자세 그대로 미리야가 코웃음쳤다.

"미움 받는 이유 정도는 짐작이 가잖아?"

"짐작? 무슨 소리지?"

평범하게 생각하면 그의 말도 지당하다. 밖에서 보면 뮤라 일행은 상대가 누구인지도 확인 안하고 공격을 한 거였으니까.

그러나, 물론 아무런 근거도 없이 공격한 것이 아니다. 이 방에 무엇이 있었는가? 무엇을 하던 자가 방에 있었는가를 이제 막 알게 된 참이다.

"당신들이 정령에 대해서 벌 받을 짓을 한다는 건 이미 알고 있어요."

"당신 동료가, 이걸 우리한테 선물해준 덕분이야."

에이린의 말을 이어 받은 마두가, 양피지를 살살 손가락으로 흔들었다.

정곡을 찔리자, 남자는 표정을 바꾸지 않으려고 버티는 것에 상당한 고생이 필요했다.

그러나 그 결과 고를 수밖에 없었던 침묵은 미리야의 말을 긍정하는 거나 마찬가지였다.

"네놈들의 소행은 밝혀졌다. 용납되는 일이 아니다. 알고 있는 걸 모조리 불어라."

"……."

"입을 다물 건가? 뭐 그래도 좋다. 싫어도 말하고 싶게 만들어주지."

하비가 빈 왼손의 검지를 남자에게 향했다.

그 순간.

마치 바늘처럼 가느다란 돌 침이 땅에서 솟아올라 남자의 허벅지를 파헤쳤다.

"우오아아아아아아!"

신경에 뼈까지 손쉽게 꿰뚫은 돌 침의 대미지에, 남자는 창피한 줄도 모르고 몸부림쳤다.

그 모습을 본 뮤라는 하비에게 탓하는 시선을 보냈지만 그는 전혀 동요하지 않았다.

"잠깐. 갑자기 그건 너무 성급하지 않아?"

"유감이지만, 정령을 이렇게까지 업신여기면, 용서 따위 못 한다."

하비가 으드득 어금니를 악물었다. 그가 이렇게까지 감정을 드러내는 것을 처음 본 뮤라는 눈이 동그래졌다.

"미안하지만, 이건 심상치 않은 사태예요. 어떻게든 정보를 캐내야 해요. 수단을 가릴 여유가 없어요."

기본적으로 온화한 기질의 에이린이 강한 어조로 하비를 긍정했다.

정령에 손을 댄 것이다. 엘프에게, 아니 세계에게 시비를 건 것과 같은 행위.

그것을 조금이라도 알고 있다면 결코 겉으로 드러내질 않을 거고, 자기들의 발자취를 남기지 않도록 세심한 주의를 할 것이다. 그리고, 최악의 경우에 잘라낼 꼬리도 분명히 준비를 했을 것이다.

그런 용의주도한 놈들을 좇을 필요가 있으니, 보통이 아닌 각오가 필요해진다. 그걸 위해서는 얻을 수 있는 정보는 모두 얻고 싶다. 그것을 이해 못하지는 않는다. 뮤라에게도 이 남자에게서 얻을 수 있는 정보는 중요하다.

따라서, 강하게 말하지 못하는 뮤라였다.

"……. 고문이 필요하다는 건 알겠지만."

내키지 않는다고 뮤라가 말했다.

"그러면 내가 하지. 무리하게 함께 할 필요는 없어."

"걱정 안 해도, 정보는 제대로 공유할 거야."

순서대로 하비와 미리야였다.

만났을 당초의, 이쪽 의견을 존중하여 협력을 청하는 모습은 어디 갔는지. 말대꾸를 허용하지 않는 강한 의지가 느껴졌다.

더 이상 말을 해도 물러날 생각이 없을 것 같다고 깨달은 뮤라는 한숨을 한 번.

"어쩔 수 없네. 망을 보고 있을게."

"그래. 맡기지."

무슨 일이 있어도 괜찮도록 검을 뽑은 채. 뮤라는 하비에게 심문 당하는 남자를 보는 것과 함께 주위의 기척을 살폈다.

그러는 김에, 부상을 입은 왼팔 상태도 살폈다. 역시 그 정도 고통을 감수한 보람이 있어서, 동작에 지장은 거의 없다. 영향을 신경 쓰지 않고 움직일 수 있게 되기까지 앞으로 조금일까?

하비와 때때로 마두도 가세해서, 엄격한 추궁을 하고 있다. 남자 쪽도 상당히 의연하지만, 저렇게 추궁하면 이제 슬슬 한계일 것이다.

"아, 알았다…… 쿨럭, 말한다…… 말해."

"처음부터 그러면 될 것을. 괜한 고생을 시켜주는군."

더욱이 잠시 지나서, 남자는 드디어 항복했다. 뮤라가 봐도 상당히 노력은 했다.

일절 손속을 두지 않은 하비. 한 번 정하면 무슨 일이 있어도 달성한다. 그의 뜻밖의 일면을 본 것 같았다.

"자, 불어."

"……우리들의, 조직은……."

"조직은?"

"……."

"……."

"……있지. 말한다고 하자마자 입을 다무는 건 아니지 않아?'

아무래도 짜증난 어조로 남자를 노려보는 마두.

조금 냉정함을 잃은 모양이다.

실제로 남자의 상태가 어쩐지 이상한 것을 깨닫지 못했다.

뭐 그것도 어쩔 수 없다. 터무니없는 일을 저지른 조직으로 이어지는 단서가 지금 그들의 눈앞에 있는 것이다.

그렇지만, 이건 가르쳐주는 편이 좋겠다.

"……잠깐, 두 사람."

"뭔데? 지금 방해하면 곤란해……."

"뭔가, 이상한데?"

"……이상해? ……이봐, 왜 그래?"

뮤라의 한 마디에 조금 머리가 식었는지, 마두의 시야가 넓어졌다. 남자의 상태를 깨달은 것이다. 하비 또한 추궁을 멈추고, 남자를 가만히 관찰했다.

남자가 고개를 숙인 채 잘게 떨었다.

미약한 변화지만, 잘 보면 알 수 있다.

어쩐지 괴로워 보이기도 했다.

대체 무슨 일일까? 갑작스런 변화에, 그의 몸에 무슨 일이 일어난 건지 아무도 알 수 없었다.

이윽고, 남자가 머리를 감싸고 그 자리에서 뒹굴기 시작했다.

"으아아아아악! 그만둬! 머리가! 머리가아!"

"이, 이봐!"

"잠깐! 무슨 일이야?!"

범상치 않게 괴로워하는 모습에, 하비와 마두가 놀라서 큰 소리를 냈다. 뭘 어떻게 하면 이렇게까지 괴로워하는지 전혀 이해할 수 없었다.

"사, 살려줘! 뭐든지 말할게! 그러니까! 죽고 싶지 않아!"

다 큰 남자가 눈물을 흘리면서 하비의 팔에 매달렸다. 방금 전까지 고문하고 있던 장본인에게 무심코 매달릴 정도의 괴로움이라는 것을 그 태도와 필사적인 모습이 더할 나위 없이 주장하고 있었다.

하비는 무심코 표정을 찌푸렸다. 남자가 쥔 팔이 아프다. 믿을 수 없는 힘이었다.

"뭐, 뭐야! 죽고 싶지 않다는 건 무슨 뜻이야!"

"으그으으으……."

이미 입에서는 신음 소리밖에 안 나온다.

하비의 팔을 붙잡은 손에서 힘이 급속하게 빠져나가고, 주르륵 무너진다.

"이건……."

한편, 방금 전까지 일어난 현상이 무엇인지 전혀 짐작도 안 가는 뮤라였지만, 문득 남자의 머리에서 느껴지는 희미한 힘을 깨달았다.

마력하고는 다른, 교묘하게 은폐된 어떤 힘. 그것을 느낀 것은 우연에 가깝다.

은폐가 어설펐는지, 뮤라의 감각이 날카로웠는지. 어느 쪽이 원인인지는 판단할 수 없다. 아주 짧은 한순간이었다.

이윽고, 늦었다는 것을 깨달았다.

남자는 흠칫 떨더니, 초점이 안 맞는 눈을 다섯 명에게 보냈다.

"……."

뚝.

어딘가 멀리서.

비현실적인.

무언가가 끊어지는 소리.

정수리에서 피가 뿜어져 나왔다.

안개처럼 흩어지는 붉은 방울.

무너지는 남자를, 하비, 마두, 미리야, 에이린이 멍하니 바라보았다.

머리가 갈라져 쓰러진 본래 인간이었던 것을 내려다보고, 뮤라는 크게 숨을 내쉬었다.

정령을 먹잇감으로 삼는 소행에, 정상참작의 여지는 없다.

경계 수준을 한 단계 끌어올렸다.

상대는 용의주도한 놈들. 봐주지 않고 꼬리를 자르는 것을 눈앞에서 보았기 때문이다.

잔혹하지만 당연한 귀결. 이 세상의 섭리 그 자체에 시비를 거는 것이다. 들키면 온 세계가 적이 된다. 그것을 알기 때문에 흔적을 남기는 일은 안 하리라. 만약 구성원이 입을 여는 사태가 일어나면 그 입을 영원히 닫도록 공작해 두는 것은 필수이리라.

문제는 그 방법이다.

뮤라는 전혀 본 적이 없었다.

아마도 발언이나 심리 상태 등과 비슷한 요소가 발동하는 키가 됐을 것이다.

그러나, 마술 같은 것으로 발생하는 것이 아니라고, 뮤라는 반쯤 확신하고 있었다.

마술로 재현한다고 가정해보자.

"……아니, 아니네."

즉시 부정.

뮤라는 그런 마술을 모른다. 비록 이론뿐이라도, 레미아에게 쓸 수 있는지 없는지를 가리지 않고 수많은 마술을 배웠다. 개중에는 술식 고안자의 정신이 의심스러울 정도로 역겨운 마술도 분명히 있었지만, 말이나 감정 따위를 발동 조건으로 삼는 마술은 배우지 못했다.

지식이 부족하다. 어쩌다가 떠올리지 못하는 일은 있어도, 그 레미아가 전혀 모르는 마술이라는 것은 있을 수 없다고 뮤라는 생각했다.

그러면, 다른 수단으로 검토.

지연 마술이란 선은 없다.

린의 특기인 『리벨레이션 스펠』은 영창을 마쳐 언제든지 발동할 수 있도록 마술을 대기시키고, 즉시 사용하지 않고 술자가 바라는 타이밍에서 임의로 발동시키는 것이다.

정체불명의 술법이 『리벨레이션 스펠』이라면, 어디에 있는지도 알 수 없는 구성원을 하루 종일 술자가 감시해야 할 필요가 있는 것이다. 그런 것은 생각할 것도 없이 실용성 따위 전무하다는 걸 알 수 있다.

더욱이 다른 수단…… 은폐된 설치형 마법진이라면 가능하다. 미리 효과를 설정한 식을 포함시켜둔 진을 그리고, 그것을 대상에게 새기면 된다.

몇 가지 키워드가 대상의 입에서 나온다.

혹은 굴복했다, 라는 감정을 감지한다.

그것을 기동 조건으로 대상의 뇌를 파괴한다.

그러나 그것도 이 남자를 처리하는데 쓴 수단이 아니다.

대기 상태라면 일절 흔적이 남지 않는 마법진이지만, 기동 준비에 들어간 순간에 마법진에 담긴 마력이 활성화된다. 기동부터 발동까지 약간 시간 지연이 있고, 마력을 감지하고서 효과에서 벗어나는 것도 결코 불가능하지 않다.

아무리 기동할 때 마력 발생을 억눌러도 제로로 만들 수는 없다. 은폐성이 뛰어난 마법진의 유일한 결점이라고 할 수 있었다.

그래서, 있을 수 없다고 판단할 수 있다.

그때 느낀 것은 정체 모를 힘. 적어도 마력은 아니었다.

처음부터 마술의 가능성이 없다는 걸 알고 있지만, 그래도 이론 무장을 해서 확신의 깊이를 늘리는 건 필요한 수순이었다.

뮤라는 자기 가설을 증명하기 위해 이 정도 사고를 몇 초도 안 걸리고 마쳤다.

이 시체가 일반적으로 알려지지 않은 힘으로 처리됐다는 인식을 새롭게 했다.

"어쩔 거야?"

남자의 시체를 내려다보던 하비가 물었다.

단서는 이제 아무 말이 없다.

여기에 그냥 서 있어도 아무것도 얻을 수 없다. 고작해야 시체를 뒤지는 것 정도밖에 못한다.

뮤라의 방침은 하비 일행이 남자를 심문하는 사이에 굳어졌다. 무사히 여기를 탈출하여 타이치와 린에게 이 사건을 이야기하고, 레미아에게 조력을 구해서 독자적으로 움직이면 된다.

"……참으로 마음에 안 들어. 이놈들의 소행도, 이 방식도."

뮤라의 물음에 대답하는 대신, 하비는 그렇게 내뱉었다.

말단의 꼬리를 잘라낸다. 조직을 지키는 데는 유효한 수단이지만, 그것은 곧 목숨을 가볍게 본다는 것과 같은 뜻이다.

상당히 어둠이 깊다는 것을 이 일로 깨닫는 것은 쉬운 일이었다.

"아마도, 조직 전체가 도주하고 있을 거야."

시체 감식을 하고 있던 미리야가 일어섰다. 같은 것을 생각하고 있던 뮤라는 고개를 끄덕였다.

모험가가 탐색하는 손길이 좀처럼 뻗지 않는 던전. 안전가옥으로 삼기에는 딱 좋은 곳이리라.

틀어박혀서 숨을 죽이고, 이 던전에서 살아가기에 곤란할 것 없는 실력이 있다면, 생활하는 준비만 게을리하지 않으면 선택지로서 상당히 좋다.

그런 조건 좋은 장소에, 조직의 인간이 이 남자뿐이었다고 생각하기는 어렵다. 상대는 자신들이 구린 자들이라는 자각이 있을 것이다.

이 던전처럼 몸을 숨길 수 있는 장소가 그리 많지 않다는 걸 생각하면, 아지트에 한 명만 있는 것은 비효율적이다. 몇 명 더 있다고 판단하는 게 타당하다.

그리고 입을 열려고 한 조직의 구성원을 가차 없이 처리하는 수완. 구성원의 후퇴 속도도 납득할 수 있다.

"지금부터 찾아도 늦을 가능성이 높네요. 그렇지만, 찾지 않으면 조금의 가능성에도 뚜껑을 닫아버리게 돼요."

그리고 에이린의 말도 맞았다.

"멤버 중 한 명이 여기 있다는 건, 피난 장소는 그리 멀지 않다고 생각할 수도 있어."

"마두 말이 맞다. 헛걸음이 될지도 모르지만, 조금 더 같이 다녀줘야겠어."

그가 무슨 목적을 가지고 이 근처를 걷고 있었는지는 불명이지만, 지금은 그것을 상상하는 것보다 걷는 것이 먼저다. 남자가 걸어온 방향으로 다리를 움직이기로 했다.

여전히 다를 바 없는 경치였지만, 지금까지와는 조금 다르다.

지금까지 존재했던, 던전 전체를 뒤덮는 증오가 담긴 마력이 이 근처에만 없다. 언데드 마물이 때때로 나오긴 하지만, 마력의 영향을 받는 건지 지금까지 나온 것보다 약체화되어 있었다.

"분위기가 다르네."

"이 던전답지 않아."

뮤라와 미리야가 말을 나누었다.

이곳을 아지트로 삼는 일당이 어떤 형태로 던전의 효력을 없애고 있을 가능성을 생각할 수 있었다.

어떻게 하면 그것을 실현할 수 있는지 상상도 안 되기에 경계해 마땅하지만, 뮤라 일행도 걷기 쉽다는 은혜를 그리워하고 있기 때문에 지금은 깊이 신경 쓰지 않는 방향으로 의견이 일치했다.

통로를 나아가, 다섯 명이 도착한 것은 댄스 홀 같은 거대한 방이었다.

정면 현관 홀조차도, 크기라는 의미에서는 가볍게 빛바랠 정도의 규모.

폭은 적어도 50미터. 안쪽으로는 100미터는 될까? 천장도 10미터 이상은 될 것이다. 어디까지나 「최소한」이니까, 실제로는 더욱 넓어 보였다.

샹들리에도 커튼도 융단도, 시간의 경과에 따라 풍화되어 이미 자취가 없지만, 영화를 이루었던 전성기에는 상당히 호화로웠을 것을 알 수 있는 구조였다.

홀 중간 정도까지 나아가서, 거의 동시에 5명은 입구를 향해서 돌아보았다.

돌바닥을 두드리는 발소리가 다섯 사람의 귀에 닿았다. 틀림없이 이쪽으로 다가오고 있다.

문은 들어올 때 파괴했다. 실내와 통로는 이어져 있었다.

"누군가, 추적하는 건가?"

"순찰을 나갔다가, 철수한 걸 모르는 다른 구성원?"

하비는 그대로, 뮤라는 전위로서 그와 나란히 서며 시선을 맞추지 않고 추측을 말했다.

"그런 것치고는, 묘한 발소리야."

"그렇네. 너무 불규칙해."

구두 소리처럼 들리는 그것은, 저벅, 저벅, 저벅. 리듬감 있게 울리지 않는다.

불협화음이라고 할까? 마치 까치발로 걷는 것 같았다.

임전태세를 유지한 채, 다가오는 발소리에 귀를 기울였다.

이윽고, 홀에 침입해온 누군가가 다섯 명의 망막에 비쳤다.

"아까 그……."

"……죽었을 텐데. ……아니, 지금도 죽어 있어."

나타난 것은 남자. 그것뿐이라면 딱히 아무래도 좋다.

문제는 그 남자가 아까 뮤라 일행의 눈앞에서 목숨을 잃었을 것이기 때문이다.

머리에서 대량의 피가 흘러나오고 뇌가 보일락말락한다. 부릅뜬 눈은 탁하고 초점이 맞지 않는다. 양팔은 그저 붙어 있을 뿐이라고 말하는 것처럼 힘없이 늘어져 있었다.

"벌써 언데드화한 건가?"

"그럴, 지도 모르겠어."

어쩐지 모르게 뮤라와 하비의 말이 어색하다. 이 던전이라면 있을 수 있는 일이지만, 아까 눈앞에서 살아 있던 남자가 이렇게 움직이는 시체가 되어 눈앞에 나타나자 그다지 기분이 좋지 않았다.

균형감각을 잃은 것처럼 때때로 비틀거리는 남자의 시체.

이어지는 눈싸움은 찰나였다.

"윽!"

"칫!"

바닥을 차고 뛰어서 피하는 뮤라와 하비. 두 사람이 서 있던 장소에 돌로 만들어진 삼지창이 박혔다.

겉보기에는 그렇게 화려하지 않다.

그러나, 마술에 대한 조예가 깊은 두 사람은 알 수 있었다.

이 마술은 화려함이 없기는커녕 가장 무서운 것.

"이건……."

하비가 시체를 노려보았다.

지금 그 마술은 발동이 거의 느껴지지 않았다. 믿을 수 없을 정도의 은밀성에 더해 상당히 빠르다.

더욱이 위력도, 뮤라와 하비가 즉시 회피를 선택할 정도로 높다.

선제공격, 기습공격, 암살, 견제.

온갖 장면에서 도움이 될, 대단히 우수한 마술이었다.

그리고 무엇보다도, 마술 그 자체는 『록 랜스』라는 흙 속성에서는 일반적인 중급 마술이었다.

“어떻게 된 거야?”

이 결과를 이해 못하는 마두는 빈틈없이 거리를 벌리며 중얼거렸다.

이 정도 마술을 다룰 수 있다면, 아까 싸웠을 때 왜 쓰지 않았을까?

발동하는 기척을 희박하게 만들어 쓸 수 있다면 충분한 견제가 되었을 것이다. 셋이 덤벼서 지지는 않았겠지만, 그렇다고 그리 쉽사리 구속할 수는 없었으리라.

그렇게 생각하여 가만히 관찰한다.

그런데 남자의 허리 부근에, 약간 검은 빛이 번득였다.

“위험해!”

소리를 높이는 뮤라.

“큭!”

둔탁하고 무거운 소리.

천장 부근에서 나타난 바위 덩어리가 추락했다. 목표가 된 미리야가 간신히 회피했다.

또다. 또 발동 순간의 마력 흐름을 인식할 수 없었다.

남자의 허리 부근이 한순간 검게 빛났다. 아마도 그것이 발동키. 겨누거나 조준을 정하는 기색도 없는 것이 신경 쓰이지만, 공격이 정확한 것은 틀림없다.

그런 것에 불평을 해도 상황은 변함이 없다.

『키아아아아아아!!』

인간의 성대에서 나왔다는 생각이 안 드는, 이것은 이미 목소리가 아닌 소리다.

불쾌한 소리에 모두 얼굴을 찌푸렸다.

그리고 시체는 그 자리에서 깊게 무릎을 굽혔다.

"온다!"

"좋다 그래!"

낮으면서도 압도적인 비거리로 단숨에 뮤라 곁까지 날아온다.

그 기세를 실어서, 팔을 내리친다.

상당한 속도였지만, 대처 못할 수준은 아니다. 게다가 검을 든 상대에게 맨손.

팔꿈치를 베어내 주리라 생각했던 뮤라는 그 생각을 반사적으로 머리에서 날려버렸다.

금속끼리 부딪히는 것처럼 딱딱한 소리.

"뭐라고?!"

하비에게도 시체의 돌진은 무모하게 보였으리라. 예상과 달리 뮤라와 겨루는 광경에 놀란 소리를 흘렸다.

"큭!"

예상 이상의 힘에 뮤라가 조금씩 뒤로 밀려났다.

미스릴 한손검과 겨루기를 하는 것은, 30센티미터 정도 뻗은 시체의 손톱이었다.

이 표현이 옳은지는 알 수 없지만, 시체로서 되살아났을 때 돋아난 것일까?

접촉한 부분에서 불똥이 튄다.

이 손톱은 미스릴 검과 겨룰 수 있는 강도를 가졌다.

그래도 미스릴보다 단단하지는 않은지, 조금이지만 칼날 끝이 손톱에 파고들었다. 그러나 이 손톱을 베어내려면 상당히 힘을 주어야 하리라.

수고에 비해 얻을 수 있는 효과를 생각하면, 욕심 부리지 않고 정확하게 대처하는 것을 단단히 의식해야 한다.

"먹어라!"

그때 옆에서 휩쓰는 일격.

하비의 창이 남자의 시체를 향해서 공기를 갈랐다.

시체는 뮤라를 밀어내는 것을 간단히 포기하고, 가벼운 동작으로 백스텝하여 떨어졌다.

그 용력과 무기로 펼친 일격은 받아낼 수 없다고 판단한 모양이다.

그리고 영악하게도, 시체 주제에 그냥 피하지는 않는다.

남자 주위에 다수의 모래 화살이 떠올랐다.

저것에 맞으면, 표적에 다수의 가는 구멍이 뚫린다. 치료를 하려면 그에 마땅한 술자가 필요하며, 대처하지 못하면 상처가 썩어 떨어진다.

다시 말해서, 지금 저걸 맞을 수는 없었다.

"내가 억누를게! 공격은 맡기겠어!"

뮤라가 재빨리 주문을 자아내, 모래 화살과 같은 수의 불덩어리를 만들어냈다. 닿기 전에 공중에서 요격해 떨어뜨린다.

"기다려 주세요! 모래에는 물이에요! 공격은 제가……!"

뒤에서 에이린이 다수의 물 덩어리를 쏘았다.

약간 늦게, 모래 화살을 쏘아낸다.

"알았어!"

생각할 틈이 없다. 뮤라는 에이린의 말에 따라 조준을 바꾸었다. 시체를 향해서 『파이어 볼』을 쏘았다.

"지원은 맡겨둬!"

미리야가 쏜 화살이 뮤라의 『파이어 볼』을 추월한다.

직후에 방어를 위한 버클러 정도 크기를 가진 돌 방패가 다수 나타나 뮤라와 하비를 지키는 것처럼 배치됐다. 이것은 마두였다.

모래 화살은 에이린의 물 덩어리로 모두 상쇄됐다. 직후에 강렬한 화살에 맞아 자세가 무너진 남자의 시체에 불덩이가 착탄, 폭발이 일어났다.

언데드에게는 불 속성이 효과적이다. 속성을 생각한다면 후방에서 미리야, 에이린, 마두가 지원하고 하비가 접근전, 뮤라가 중근거리에서 메인 어태커를 맡는 것이 좋으리라.

다섯 명이라는 이점을 살리지 않을 이유가 없다.

"……시체가, 재주 좋은 짓을 하는군."

"분명히, 귀찮기도 해."

검은 연기가 개고 시야가 열린다.

흙의 벽이 시체가 서 있는 장소를 빙 둘러쌌다.

『월』 계통 방어 마술. 흙 속성으로 쓰면 물리적으로 상대의 공격을 막아내는 돌 벽이 생긴다.

"어쩔 거지?"

"오래 상대하면 성가시겠어요."

돌 벽이 사르르 무너지기 시작하고 시체가 나타났다.

뮤라의 『파이어 볼』을 한 번에 다수 맞고서, 전부 막아낼 정도의 방어력이 있다는 것이 증명됐다.

"강력한 공격이 아니면 방어를 뚫을 수 없겠어."

"큰 기술은 틈도 많고 격렬하게 지쳐. 쓸 기회를 간파해야지."

상대의 틈을 만들지 않아도, 아무리 방어를 해도, 쏘면 일격으로 처리할 수 있는 기술을, 뮤라는 가지고 있었다.

뮤라의 기술, 마술검 『염호』.

맞기만 하면 다소 상대가 격이 위라도 쓰러뜨릴 수 있으리라. 문제는 그 준비 시간이다.

뮤라의 『염호』는 발동에 시간이 걸린다. 준비하고 있을 때는 거의 무방비하다고 할 수 있었다.

뮤라가 준비하는 사이에 간단하지는 않지만 시간을 벌 필요가 있다. 특히 시체가 다루는 것이 빠른 흙 속성의 마술이라 대단히 성가시다.

거기까지 생각한 참에 남자의 시체가 땅을 찼다. 느긋하게 생각할 시간을 주지 않는다는 걸까?

아니면 더욱 심플하게, 눈앞의 사냥감을 사냥하러 왔을 뿐일지도 모른다.

시체의 손에 돌로 만들어진 도끼가 생겼다. 흙 속성 마술에서는 기본이 되는 무기 생성이다.

상당히 크고, 양손으로 다루어야 할 그것을 한 손으로 유유히 휘두르는 시체.

신체강화 마술을 사용한 뮤라를 힘으로 밀어낼 정도는 된다.

"내가 나서지!"

힘겨루기라면 하비가 뮤라보다 위다.

거대 질량을 받아낸 충격이 주위에 흐른다.

『오아아아아!』

"하아아아아!"

그대로 힘겨루기. 교착 상태에 빠지나 싶었다. 그렇다면 그 틈을 놓치지 않으려고 뮤라는 공격 준비를 시작했다.

아예 『염호』를 준비할까 생각했지만, 다음 광경을 보고 그 시간이 없다고 생각을 고쳤다.

호각의 파워, 같은 중량급의 무기.

차이가 나온 것은 무기의 질.

시체의 거대 도끼는 마술로 만들어낸 즉석무기. 어디까지나 임시.

한편으로 하비의 창은 대장간 일에 대해서는 초보자인 뮤라가 봐도 알 수 있을 정도로, 수고와 코스트를 들여 오래 쓸 수 있도록 만든 명품이다.

각각의 목적을 생각하면 차이는 역력하다.

그리고 사용자 두 사람의 힘은 비등하다.

하비의 창이, 거대 도끼에 균열을 넣기 시작했다.

'……기회야!'

위력보다도 준비 시간이 짧은 것이 뛰어난 마술검을 사용. 그리고 빈 왼손으로 마력을 가다듬어 마술 발동 준비를 마쳤다.

"핫!"

그리고, 굳이 목소리를 내며 시체와 간격을 좁혔다.

"!"

그것은 힘을 확실하게 발휘하는 것과 동시에, 하비에 대한 신호이기도 했다.

시체에게 뮤라를 신경 쓸 여유는 없다. 하비는 다른 쪽에 신경을 쓴다고 어떻게 되는 남자가 아니다.

"크아아아아!"

뒤에서 다가오는 뮤라의 지원을 위해서, 하비는 더욱 기합을 넣었다.

힘을 넣는 것은 한순간. 반짝 빛난 창이, 황토색 도끼의 칼날을 파괴했다.

힘의 행선지를 강제적으로 빼앗기자 시체의 밸런스가 무너졌다. 거기에 『에어 해머』와 『수쇄탄』이 연속으로 직격하여 시체를 점점 몰아붙인다.

탄환처럼 다가가는 뮤라. 오른손의 검에는 불꽃이 휘몰아친다. 저것을 받으면 그냥 끝나지 않는다. 완전히 무너진 자세에서, 그래도 대응하고자 행동을 하는 남자의 시체. 직격을 받고서도 즉시 대응하려는 자세는 경탄할 만하다.

손에 만들어낸 돌의 투창. 뮤라를 요격하고자 만든 그것은 던지기 전에 후방에서 날아온 화살에 튕겨나갔다.

정밀한 저격으로 적절하게 방해한 미리야는 대담하게 입가를 끌어올렸다.

"가라아!"

마두의 목소리가 등에 닿았다. 모두의 힘으로 만들어낸 틈. 방어를 하지 못하게 하면, 최고의 기술이 아니라도 쓰러뜨릴 수 있다. 뮤라는 검을 왼쪽에서 오른쪽으로 휘둘렀다.

근육을 자르는 손맛과 함께, 시체의 목과 몸통이 떨어졌다.

아무리 언데드라도 목을 잘라버리면 움직이지 못하게 된다.

이걸로 끝이지만, 뮤라는 이 시체를 평범한 언데드의 범주에 넣지 않았다.

"없애 버리겠어!"

검을 휘두른 기세로 좌반신이 앞으로 나선다. 그에 맞추어 왼손을 시체에 내밀었다.

마술검의 일격에 이어 지근거리의 마술로 이어지는 콤비네이션. 그것 자체는 드물지 않지만, 보는 자가 감탄할 정도의 유려함은 하루아침에 만들어지는 것이 아니다.

『집열섬!』

완전히 끝장낸다. 그 마음으로, 언젠가 좀비에게 뿜어냈을 때보다 몇 배 강한 위력으로 뿜어낸『집열섬』.

뮤라의 왼손이, 눈부신 빛에 휩싸였다.

떨어져 있는 하비 일행마저도 열파에 노출되어 땀이 나왔다. 저것이 직격한 시체는 견디지 못할 것이다.

이걸로 끝이다. 이겼다. 다섯 명 모두가 조금도 의심하지 않았다.

압도적인 열량에 휩싸인 시체의 허리가, 검게 빛났다.

◇◆◇◆◇◆◇◆

어둡다.

어둡다.

아무것도 안 보일 정도로 어둡다.

해 따위, 벌써 오래도록 보지 못했다.

마지막으로 움직이는 것을 본 것이 언제였던가?

아아, 그렇지.

언젠가, 뭔가 잘 모를 작은 동물이 조금 어슬렁거렸지.

그건 쥐인가?

기척만 가지고는 알 수 없군.

아아…… 떠올리는 것은 귀찮다.

생각하는 것도 귀찮다.

지금은 이미 기척이 안 느껴진다.

아무래도 어딘가로 가버린 모양이다.

아깝군.

이 장소에서 움직일 수 있으면, 멋진 소리로 울게 해주었을 텐데.

뒷다리를 들고, 사타구니부터 찢어주면 어떤 비명을 지를까?

손톱으로 천천히 눈알을 파내는 것도 좋겠지.

오싹오싹한다.

하고 싶다.

죽이고 싶다.

목숨을 다루고 싶다.

살아 있는 것에, 절망을 주고 싶다.

그러고 보니, 조금 떨어진 곳에 두 빛이 느껴지는군.

생물인가?

그렇다면 좋겠다.

아아.

생각하는 것이 귀찮다.

일단은, 죽이고 싶다.

얼른 와라 얼른.

이쪽으로 와라.

내 곁으로 찾아와라.

죽기 위해서 찾아와라.

또 생각하는 것이 귀찮아졌군.

벌써 그런 시기인가?

가끔 이렇게 되면, 자아를 한동안 유지할 수 없으니 난처한 일이다.

하긴 어차피, 움직이지 못하니까 의미는 없다.

할 일 따위 아무것도 없으니까.

저 문을 열 수 있는 놈 따위 없다.

아아, 죽이고 싶다.

팔을 하나씩 부러뜨려 줄까?

이를 전부 뽑아줄까?

……오오오오오?

오오, 온다.

온다.

온다온다온다온다온다온다온다온다온다.

아하하하하하하하하하하하하하하하하하하하하하하하하하하.

죽으러 온다.

근사하다.

살을 찢고, 뼈를 부러뜨리고, 피를 마셔주마.

자아, 열어라.

이 구속을 그걸로 풀 수 있다.

이제 금방이다. 이제 금방이다.

빼앗아주마.

괴롭혀주마.

파헤쳐주마.

아하하하하하하하하하하하하하하하하하하하하하하하하하하.

참으로 즐겁군.

기분 최고다.

어라?

그런데, 나는 누구였지?

아아, 그런 건 역시 아무래도 좋아.

지금은 어쨌든지 죽이고 싶다.
얼른, 얼른 안 오려나.

구해줘.

제14장 정령, 끝나다

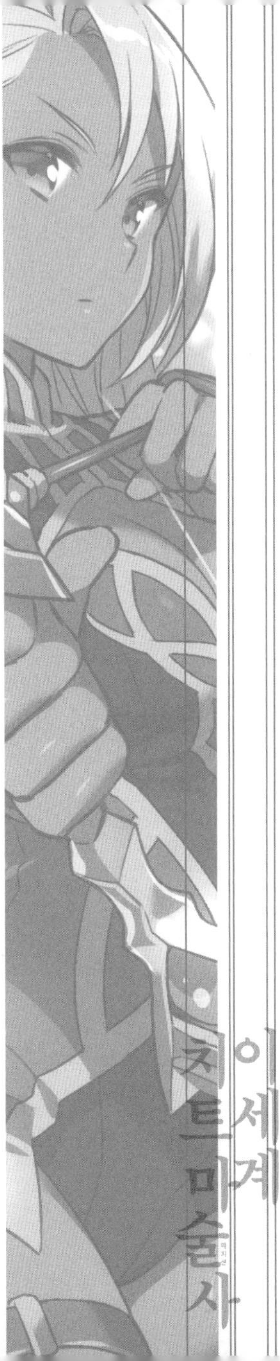

제46화 카리나의 남편

시선이 플로어 안쪽의 투박한 철문으로 향했다.

지금까지의 던전하고는 결이 한 층 두 층 다르다. 부정적인 감정을 오랜 세월 쌓아놓은, 끝까지 농축한 기운이 흔들리는 모습마저 보이는 것 같았다.

"저기구나."

"그래. 그 사람은, 문 너머에 있어."

다가가자, 문의 크기에 압도된다.

플로어 천장은 높이가 4미터 정도.

문지방 윗부분은 그 천장에 닿을락말락 한 높이였다.

폭도 넓고, 타이치와 린이 옆으로 나란히 서서 통과해도 아직 한참 여유가 있다.

중후함이 가득한 문이 두 사람과 한 마리를 내려다보았다.

"정말로 할 거야? 이 문을 열면, 봉인이 풀릴 거야."

타이치는 웃음을 지었다.

"가자. 그걸 위해서 왔으니까."

카리나는 기쁨, 불안 등을 뒤섞은 복잡한 감정을 드러내면서 고개를 끄덕였다.

여기가 목적지인, 진혼의 방.

그 문 너머에서 풍기는 음산한 기척이 투박한 문을 흉흉한 인상으로 바꾸고 있었다.

문 한가운데로 다가가서, 타이치는 카리나를 한손으로 안은 린을 보고 고개를 끄덕였다.

그 신호에 끄덕이는 것으로 응답하는 린.

대답을 보고, 타이치는 마력 강화를 했다. 더욱이.

『부탁해.』

『응.』

바람의 마법으로 강력한 방어 장벽을 쳤다.

물리 공격이든, 마술 공격이든, 어중간한 것은 이 장벽을 깨지 못한다.

밀어서 열까 생각했는데, 타이치는 문득 생각했다.

인사 대신에 걷어차 보자.

생각났으면 즉시 실행, 타이치는 그 자리에서 회전.

린과 카리나가 반응도 못할 속도로 문에 뒤돌려 차기를 때려 박았다.

높이 4미터에 이르는 문의 파편이, 파괴된 경첩의 파편을 두고서 방 안으로 날아가 버렸다. 방 안은 새까맣고, 1미터 앞도 보이지 않았다.

한 박자 늦게.

쿠당. 굉음이 방 안에서 들렸다.

"……."

무엇이 뛰쳐나와도 대응할 수 있도록 마음을 잡는 타이치와 린.

그렇지만, 10초, 30초, 1분을 넘어서도, 그 이후 전혀 소리가 안 난다.

안이 어떻게 된 건지를 파악하기 위해서 불빛을 확보하고 싶었다.

『파이어 볼』이라도 던져서 광원을 확보할까? 린이 그렇게 생각하여 실행하려고 했을 때였다.

문의 폭 정도의 거리를 두고서 불이 붙었다.

"……?"

그 광경을 신기하게 보고 있는데, 변화가 연속된다.

마찬가지 불이, 점점 안쪽을 향해서 차례차례 나타난 것이다.

얼마나 나아갔을까? 그 불은 이윽고 방 안쪽에서 원을 그리고 불가사의한 현상이 끝났다.

방이, 밝아졌다.

"……."

"이 녀석은……."

기이한 광경이었다.

바닥 한 면을 뒤덮은 원진. 그 안에는 대량의 문자로 보이는 것들이 빼곡하게 적혀 있었다. 타이치도 린도, 아는 문자가 아니었다.

마력은 아니지만, 분명하게 느껴지는 기이한 어떤 힘.

물리적인 구속은 일절 없지만, 술법적인 요소로 무언가를 꽁꽁 얽어매고 있었다.

원진의 중앙에 얽어 매인 것은 사람의 키 정도 되는 스켈레톤.

그냥 스켈레톤이 아니다.

평범한 스켈레톤의 뼈는 백색이지만, 이 스켈레톤의 뼈는 흑색.

겉으로 보기에도 지금까지 쓰러뜨린 언데드들하고는 흉흉함의 차원이 다르다. 그리고 독기 같은 것이 흘러나오는 부정한 마력도.

그 오른손에는 굽은 대검을 쥐고 있었다. 검신이 사람의 키보다도 긴 검. 공격의 리치가 상당할 것이다.

"린, 알고 있어?"

물어보는 타이치.

린이 고개를 끄덕였다.

"……『온몸에 갑옷을 두른 스켈레톤. 스켈레톤 솔저, 스켈레톤 나이트, 리빙 아머 등하고는 동떨어진 강함을 자랑하는 이 마물을, 사령의 기사라고 이름 붙인다』…… 마물 도감에 그렇게 적혀 있었어. 토벌 랭크는 최소한으로도 A부터일 거라고."

세부 사항은 다를지도 모르지만, 서적에 있던 기술을 기억을 의지해서 읽어냈다.

린의 말에는 흐트러짐이 없다. 거북한 언데드지만, 그 이상으로 정신이 퍼뜩 드는 마력이 그녀에게서 공포를 송두리째 씻어냈다.

"그렇구나……. 랭크는 그렇다 치고, 강한 건 틀림없어 보여."

"그렇네."

린이 말한 사령 기사 옆에는 문이 찌그러져 굴러다니고 있었다.

방 안에서 울려 퍼진 굉음은 사령 기사가 문을 받아낸 소리였으리라.

저 정도 크기다. 질량도 그에 비례하여 범상치 않은 것이다.

타이치가 걷어차 날린 그것을 후려쳐 떨쳐낼 정도이니, 강적이라는 것은 확정되어 있었다.

"사령의 기사는, 주위의 원념이나 미련 같은 부정적인 감정을 과잉되게 쌓은 스켈레톤이 변화한 마물."

기억을 더듬으면서 대답하는 린. 그리고.

"오랜 세월 끝에 힘을 쌓고 쌓은 사령의 기사는."

해골의 눈이 괴이하게 빛났다. 분노에 날뛰는 업화처럼 흔들렸다.

"새까만 뼈에, 빛바랜 붉은 선이 달린대."

사령 기사의 온몸을, 불규칙한 붉은 선이 휘감고 있었다. 마치 피를 졸여놓은 것 같은 검붉은색.

사령 기사의 움직임을 봉하고 있던 것으로 보이는 원진이 불쾌한 소리를 내면서 삐걱대기 시작하고, 이윽고 유리가 깨지는 것 같은 소리를 울리며 터졌다.

"……?!"

린과 카리나가 숨을 삼켰다.

원진이 터지는 것이 마지막 계기였으리라.

어떤 원리인지 오른손의 검은 그대로, 왼손에는 방패가 생기고, 머리에는 투구가 생기고, 온몸을 뒤덮은 갑옷이 생기고, 그리고 어깨에서 자락이 찢어진 망토가 생겼다.

아무것도 없는 곳에서 갑자기 나타나면, 생긴다, 고 표현하는 것이 가장 적절하리라.

그리고 그것들 모두, 안쪽에서 배어나오는 것처럼 붉은 선이 떠올랐다. 검은 뼈와 마찬가지로.

이미 잔재가 된 원진은 이 죽어간 기사를 봉하지 않는다. 그 유리가 깨지는 것 같은 소리가 술법이 파괴된 것을 나타내고 있었다. 그렇지 않으면, 사령의 기사는 이렇게 자유롭게 힘을 쓰지 못하리라.

『피를 내놔라아…… 베어주마아아아!!』

원념의 덩어리, 질량을 가진 것 같은 외침.

강렬한 마력이 솟아오른다. 이 던전에서 만난 다른 마물들과는 비교도 안 된다.

피부가 따끔거릴 정도로 찌르는 압력이 세 사람을, 특히 린과 카리나를 덮친다.

너무 장시간 노출되면 안 좋다. 타이치는 두 사람을 자기 등 뒤로 숨겼다. 실제로 안색이 나빠지고 있었다.

"여, 여보……."

카리나의 목소리가 떨리고 있다. 사랑한 남자가 완전히 변해버린 모습을 본 충격은 크다.

인간이었던 흔적은 이미 골격밖에 없지만, 그녀는 알 수 있는 모양이다. 부부이기 때문이리라.

"타이치……."

"응. 저건 내가 할게."

타이치는 눈앞을 검으로 왼쪽에서 오른쪽으로 떨쳐냈다.

린이 싸우면 승산이 제로이리라. 저 농밀하고 강대한 마력은 그야말로 괴물이다.

"그러면, 나도……."

"……그래. 린의 역할이 없어진 건 아닌 것 같아."

나도 할래. 그렇게 말하다가, 말을 끊었다.

그 이유는 타이치도 이해하고 있었다.

사령 기사의 발치를 중심으로 드라이아이스의 연기처럼 흘러나온 검은 안개가 차례차례 스켈레톤이나 좀비를 만들어낸다.

"잔챙이 처리는 맡길게."

"응, 알았어. 분하지만, 그쪽은 도움이 못 될 것 같으니까."

말과 함께 린이 수긍했다.

과연 한도라는 게 있는 것일까? 지금 이 순간에도 언데드는 속속 늘어나고만 있었다.

이대로는 눈에 띄는 것을 줄이는 것만 해도 벅차고, 점점 수세에 몰린다.

그것을 피하기 위해서는 처음이 중요하다.

언데드들은 아직 움직이지 않는 것 같다. 어째서인지도 모르고, 마침 잘 됐으니 흥미도 없다.

린이 할 일은 이 상황을 살리는 것이다.

첫 수로 단숨에 수를 줄인다.

그렇다면. 린은 시간이 있는 이틈에, 움직일 때는 어려운 두 가지 동시의 마술 구축을 시작했다.

둘 다 불 속성을 사용.

하나는 관통력과 파괴력이 지극히 높고, 사용하기 편한『플레임 랜스』. 또 하나는 범위의 넓이와 공격력이 높고, 사용이 어렵기 때문에, 보통은 상급 마술로 분류되는 바람 속성 상급 마술『풍월륜』이 짝을 이룬다.

『리벨레이션 스펠』로『플레임 랜스』를 액티브 상태로 대기시킨 린은, 동시에 구축을 진행했기 때문에 절반쯤만 완성된 또 하나의 마술에 주력한다.

『죽여주마! 너희들의 살점을 뼈에서 발라내 주마!!』

사령 기사가 외쳤다.

그것이 신호였는지, 언데드가 일제히 움직이기 시작했다.

언데드들은 계속해서 마력을 높이는 린을 주목하고 있었다.

"어이쿠, 아직 그쪽으로는 못 간다."

그 주의를 빼앗기 위해서. 또한 전투시의 갑옷으로 삼기 위해서.

타이치는 바람을 몸에 둘렀다.

하위 좀비나 스켈레톤은 뒤로 쓰러질 정도의 풍압. 그것은 이미 폭풍이었다. 물론 뒤에 있는 린과 카리나에겐 전혀 영향 따위 주지 않는다.

적의 집중이 린에게서 끊어진 것은 한순간. 아주 짧지는 않았지만, 또한 긴 시간도 아니었다.

그렇지만 그걸로 충분하기도 했다.

린의 마술 영창 속도는 일취월장으로 진보하고 있다. 그녀의 기준은『어제의 나는 미숙했다, 라고 말할 수 있을 정도』다.

타이치를 따라갈 수 있도록, 린에게 지지 않도록 자신을 계속 연마하는 뮤라의 영향도 크다.

린의 원동력 또한, 타이치를 따라갈 수 있도록, 뮤라에게 지지 않도록이다.

좋은 친구이자, 좋은 호적수로서 절차탁마하는 두 사람을 보고.

"보석을 보석으로 연마하는 것처럼, 사람은 사람으로 연마된다. 정말 좋은 관계야. 부러울 정도로."

경쟁하는 상대가 없었다는 레미아가 말했다.

『염월륜!』

상급 마술을 구축했다고 생각하기 어려운 속도로 영창을 마치고, 드디어 지팡이를 들어 올렸다.

린의 주위에 초승달 모양의 불꽃 칼날이 무수히 나타났다. 하나하나가 그녀의 어깨 폭 정도 된다. 절삭력이 날카로운 나이프처럼 얇게 구축된 칼날이지만, 그 얇음에 어울리지 않는 강한 마력이 담겨 있었다.

『리벨레이션 스펠』이 해제되고, 그 불꽃 칼날에 뒤섞여 불꽃의 창도 두 자리 단위로 출현하지만,『염월륜』의 박력에 빛이 바래버릴 정도다.

그 빛에는, 타이치도 무심코 돌아보았다.

얼마나 정밀한 제어를 하고 있는 것일까? 어떤 마법을 쓰든 실피의 보조를 받아야 하는 타이치와 달리, 린은 전부 스스로 한다.

"오오……."

너무나도 훌륭하여, 타이치는 감탄의 소리를 흘렸다.

"화려한 건 처음밖에 못 써, 타이치!"

"알고 있어!"

그것을 연발할 수 있다면, 고생할 일은 없을 거다.

린이 이 수준이 되기까지 얼마나 수련을 쌓은 것인지를 알고 있다.

그 이상을 바라는 것은, 다른 누군가는 할 수 있어도 타이치는 할 수 없었다.

이미 몬스터의 주의를 끌 필요는 없다.

사령 기사에게서 흘러나오는 부정한 마력을 더욱 강력한 마력이 덧칠했다.

타이치는 신체강화를 시행하는 동시에 이동, 사령 기사의 눈앞에 도달했다. 검은 해골의 반응은 늦었다.

돌진하는 기세 그대로, 진공 무릎차기.

마력의 질을 생각하면 오래 끌고 싶지 않았다. 목의 뿌리 부분을 직격해서 부러뜨릴 셈으로 뿜어낸 일격.

그러나, 타이치의 무릎은 방패에 부딪쳤다.

자동차끼리 충돌한 것처럼 격렬한 소리가 방 전체를 때렸다.

타이치는 혀를 차고, 방패를 걷어차며 뛰어 물러났다. 두 박자 정도 지나 타이치가 있던 곳에 사령 기사의 검이 통과했다.

양자가 한 번 움직일 때마다 으르렁대는 바람 가르는 소리. 상식이란 말에 시비를 거는 것 같았다.

바깥에서 보면 둘 다 상당한 속도였지만, 싸우고 있는 당사자들끼리는 양자의 차이가 명확했다.

전체적으로 보면 속도는 타이치 쪽이 위다. 그러나 그것에 고개를 갸웃거릴 정도의 차이가 있었다.

타이치의 공격에 대한 대응은 빠르다. 그러나, 공격을 하는 반응이 느리다.

이 균형이 안 맞는 건 대체 뭘까?

아니 그보다도 신경 쓰이는 것은.

"……이 녀석, 어느 틈에 방패 만들었지?"

한순간에 간격을 좁혔다.

반격의 여지 따위 주지 않을 셈이었으니까.

그렇지만, 실제로 타이치의 공격은 방패에 막혔다.

그러면 이건 어떨까?

타이치는 검을 들지 않은 왼손을 사령기사에게 내밀었다.

그 직후.

타이치와 사령 기사 주위에 폭염이 일어나고, 주황색으로 물들었다. 린의 마술이었다.

언데드들의 단말마가 곳곳에서 울려 퍼졌다.

사령 기사로서도, 약점인 불꽃에는 기피감이 있는 것인지 역겨운 기색으로 검이나 방패를 휘둘러 불똥을 떨어뜨리고자

했다.

“나이스 타이밍.”

린의 공격은 대단히 타이밍이 좋았다. 상대의 방어력에는 으스스함을 느끼고 있었다. 이렇게 틈이 있다면 더욱 좋다.

“실피.”

“네~에.”

왼쪽 상완에 앉은 실피가 모습을 드러냈다. 사령 기사의 어두운 마력 따위 이미 없었던 것이 아닐까 착각할 정도의 압도적인 존재감.

“날려 버리자. 실피, 『바람독수리』.”

“알았어.”

왼손에 마력이 바람이 되어 소용돌이쳤다.

『바람독수리』라는 이름을 붙여보긴 했지만 별 거 아닌, 초고속의 돌풍을 순간적으로 때려 박는 것이다.

마법의 준비를 마친다. 사령 기사는 타이치를 드디어 눈치 챈 참이었다.

이 타이밍에서 깨달았다면, 이미 실피의 마법을 가드할 틈 따위 존재하지 않는다. 정령이 쓰는 마법은 그리 만만치 않다.

“먹어라!”

틈이 사라지기 전에, 압축한 공기를 해방했다.

마력과 공기의 격류. 바람이라는 표현도 미지근한 파괴력. 효과 범위는 대상의 주변 몇 미터. 얌전한 건 시각적 효과뿐이다. 그 위력은 과거에 싸운 레드 오우거마저도 짓뭉갰다.

사령 기사는 그 모습을 유지하지 못하고, 산산이 부서져 날아갔다. 하나하나의 뼈가 벽에 부딪쳐서, 깨지거나 부러져 힘없이 바닥에 떨어졌다.

"……."

카리나는 숨을 삼켰다. 한순간의 일이었다.

사령 기사가 어느 정도 힘을 가졌는지는 알고 있었다. 타이치와 린이 강한 것은 알고 있었지만, 그래도 어려울 거라고 생각했다.

결과적으로 카리나의 예측은 반쯤 옳고, 반쯤 틀렸다. 린은 사령 기사에게 대항할 수 없었지만 타이치는 여력을 남기고 싸워서 산산이 부숴버렸다.

타이치라면 지지 않을 거라고 알고 있던 린하고는 대조적인 리액션이었다.

마법의 잔재가 옷을 흔든다.

왼손을 내리고, 타이치는 사령 기사의 잔해를 보았다. 한 번 부딪혀 피부로 느낀 강함을 통해, 쓰러뜨리기 위해 필요한 마법의 위력을 알아냈다. 일격으로 쓰러뜨리기 위해서는 오버킬의 공격이 필요했다. 반대로 말하자면, 그것을 할 수 있다면 고르는 마법은 어느 것이든 좋았다.

"이, 일격, 이라니……."

카리나가 쥐어 짜낸 것처럼 중얼거렸다. 너무나도 간단히 쓰러트려버렸다.

"타이치가 말했었지? 괜찮다고."

여전히 주위의 언데드를 사냥하면서, 린이 말했다. 사령 기사가 쓰러진 것으로 추가가 사라지고, 약점 속성으로 하염없이 공략한 탓인지 언데드들이 줄어드는 속도는 어마어마했다.

점점 수가 줄어드는 언데드들을 시야 끝으로 포착하면서, 카리나는 그 말을 머릿속으로 곱씹었다. 이제 곧, 언데드는 모두 린에게 쓰러진다.

"……."

분명히 타이치는 괜찮다고 했다. 그러나, 이 정도이리라고 누가 예상할 수 있을까?

이 소녀, 저 소년.

두 사람과 만난 것은 대단한 행운이 아니었을까?

힘없는 정의와 정의 없는 힘. 어느 쪽이 선이고 어느 쪽이 악인가? 카리나는 그 대답을 몰랐고, 대답이 있어도 그런 철학을 논할 생각은 없다.

다만, 지금 카리나의 바람을 이루기 위해 필요한 것은 분명히 힘이었다.

사령 기사는 쓰러졌다. 모든 것이 해결된 것이다.

"저기, 타이치 군. 작별인사를, 해도 될까?"

들어주더라도, 들어주지 않더라도, 사랑하는 남편과 마지막에 그 정도는 하고 싶다고 생각한 카리나가 타이치에게 물었다.

그러나, 타이치의 대답은 담백한 거부였다.

이제 와서 거절하자 무심코 고개를 갸웃거리는 카리나. 타이치가 심술을 부려서 그런 말을 할 리가 없다고 생각했기에

든 의문이다. 그러나 그 이유는 알 수가 없었다.

타이치는 여전히 산산이 흩어진 사령 기사를 보고 있었다.

'……이상해. 저런 상태인데 아직 상당히 마력이 남아 있어.'

뼈는 사방으로 흩어져, 적지 않은 수가 부서져 있었다.

재생 능력이 뛰어난 언데드라지만, 간단히 부활할 수 없는 대미지를 입었을 거다.

예를 들어 이것이 스켈레톤이라면, 쓰러뜨리면 마력이 사라지고 뼈는 풍화하는 것처럼 너덜너덜해져 버린다.

그러나, 사령 기사는 아직 마력이 상당히 남아 있었다. 완전하지는 않지만, 쓰러뜨렸을 텐데 이렇게 많은 마력이 남은 것에는 강하게 위화감을 느꼈다.

심플하게 생각한다면, 아직 살아 있다는 것이 된다. 뭐 언데드에게 살아 있다는 표현을 쓰는 것도 말이 좀 이상하지만.

어쨌거나, 그런 불확정 요소에 카리나가 다가간다는 그런 위험한 짓을 할 수 없었다.

타이치의 의문은 하나. 실피의 힘을 적을 쓰러뜨리기 위해 사양 않고 써서, 그래도 쓰러지지 않는 마물 따위 있는 것일까? 였다.

그 대답은 눈앞에서 나타났다.

『이 정도로는 쓰러지지 않는다.』

굴러다니는 해골이 소리를 냈다.

그보다 아주 약간 늦게, 여기저기 굴러다니는 뼈가 덜컥덜컥 흔들리는 소리가 귀에 닿았다.

해골에 빨려 들어가는 것처럼 뼈가 차례차례 모인다.

린이 타이치의 등 뒤에서 목소리가 되지 않는 비명을 지르고, 카리나가 숨을 삼켰다.

누구의 손도 빌리지 않고 뼈가 멋대로 조립되더니, 사령 기사가 부활했다.

『이번에야말로, 이번에야말로, 너의 살점을 발라내주마.』

타이치의 『바람독수리』에 맞아 엉뚱한 방향으로 날아간 갑옷까지 모여서, 검은 뼈를 감쌌다.

군데군데 빠지거나 부러진 것을 억지로 붙이긴 했지만, 거의 본래대로라고 해도 된다.

"……사령 기사는 부활하는 마물인가?"

"그렇긴 하지만…… 일격에 큰 대미지를 입혀서 쓰러뜨리면 부활 안 한다고 적혀 있었는데……?"

재생능력이 높아서 찔끔찔끔 깎아내는 건 추천하지 않는다. 숨 쉴 틈도 없이 단숨에 어느 정도 깎아내면, 그 다음은 일격으로 결정하는 게 중요하다고. 린이 읽은 마물 도감에서는 분명히 그랬다. 기억이 틀린 것은 아니다. 강적과 상대할 때를 위해서, A랭크의 주요 마물에 대한 지식은 분명히 예습을 한 것이다.

"애당초, 이렇게 강하다는 건 몰랐어……."

린이 투덜거렸다.

사령 기사에 대한 학습은, 상대했을 때 효율적으로 싸우기 위한 것. 만나버리면 싸우지 않고 즉시 철수해야 할 마물은 최우선으로 꼼꼼하게 기억했지만, 린에게 사령 기사 정도는 토벌 대상이었다.

다시 말해서, 린 안에서는 만나면 이길 수 없는 상대로 분류되지 않았다.

그런데, 이 사령 기사는 만난 순간에 무슨 짓을 해도 이길 수 없는 상대라는 걸 이해하게 됐다.

그 시점에서 이미 이상했다.

그렇다면, 타이치가 다루는 실피의 마법을 맞고도 부활하는 정도는 일어날 수 있지 않을까? 오히려 린은 그런 감상을 품었다.

그렇지만.

타이치의 싸움을 보고 있었지만, 걱정은 필요 없었다. 린이 당해낼 수 없는 상대지만 타이치라면 충분히 이길 수 있는 것이다.

마물 도감에서 본 것처럼 방어력이 뛰어난 모양이지만, 다소 방어가 단단한 정도로 타이치를 어떻게 할 수 있다면 아무도 고생하지 않을 것이다.

『지금이야말로 살점을 벤다!』

사령 기사가 달렸다.

덜컥덜컥 뼈를 울리면서.

달린다, 라고는 했지만 그건 타이치니까 그렇게 보였을 뿐이지 다른 사람이 보기에는 반쯤 순간이동 같은 것이었다.

사령 기사는 타이치를 보고 있지 않았다. 다시 말해서 후방의 린과 카리나를 노린 것이리라.

"그렇겐 못하지."

상대에게 여유를 주지 않는 움직임으로 재빨리 앞길을 막고, 검을 수평으로 쓸었다.

타이치에게서 도망치는 건 지극히 어렵다. 사령 기사는 방어를 하는 수밖에 없었다.

방어만은 이상하게 반응이 좋은 사령 기사에게 또 다시 공격이 막혔다. 이번에는 막는 것을 상정하고 있던 타이치가 힘으로 날려버렸지만.

"이건 어떻지? 『에어로 스러스트』."

추가 공격으로 만들어낸 수많은 칼날이 차례차례 사령 기사를 찢는다.

눈으로 보고 피하는 것은 일단 불가능한, 비상식적일 정도의 속도. 바람이기에 보이지 않는다는 터무니없는 부산물이 있는 것이다.

아까 부활할 때 빠진 뼈가 본래대로 돌아오지 않았으니, 채 썰듯이 부숴버리겠다는 생각에 선택한 것이다.

노린 것처럼 원형을 유지하지 못하는 수준까지 파괴했다.

죽지 않았을지도 모르지만, 이만큼 해체하면 이제 본래대로는 돌아가지 못하리라.

마법이 발동한 순간, 중력에 따를 틈도 없이 잘게 잘려나간 사령 기사가 일제히 바닥에 무너져 떨어졌다. 마치 무수한 돌멩이가 떨어지는 것처럼.

"이번에는 부활 같은 거 못한다."

그것만으로는 부족하다고 느낀 타이치는 신발 바닥으로 갈아 버릴까 생각했다.

카리나에게 작별인사를 시켜주지 못하는 건 가슴 아프지만, 부활하는 모습을 본 타이치로서는 두 사람의 안전이 최우선이다.

타이치가 다가가려고 했지만, 또 다시 예상 밖의 광경에 발길을 멈추고 말았다.

"저건 또 뭐야……?"

사령 기사를 보고서 질색하는 표정을 짓는 타이치.

산산이 부서진 뼈들에서, 검은 무언가가 아지랑이처럼 솟아오르기 시작했다. 그런 현상은 전혀 짚이는 것이 없었다.

"실피. 저건, 뭐야?"

"……."

타이치의 어깨에 앉은 실피가 검은 안개를 찌르는 것처럼 노려 보았다.

"저건, 마력이야, 타이치."

"마력?"

"그래. 부정한 마력이, 가시화된 거."

부정한 마력이라는 이름이라면, 검은색이라도 납득된다.

그러면, 어째서 갑자기 그런 것을 풍기기 시작했는가?

타이치가 품은 의문은 그것이었으며, 실피에게 물어보기로 했다.

"하지만. 단순한 부정한 마력이라면 저렇게 검은 안개가 생기진 않아."

타이치가 질문하기 전에, 실피가 해설을 시작했다.

"저건, 슬픔."

"슬픔?"

바람의 정령왕이 표정을 일그러뜨렸다.

"그래. 자유를 빼앗기고, 존재마저도 빼앗기려고 하는 정령의, 슬픔."

정령은, 아무리 하위라고 해도 기본적으로 살아 있는 존재보다도 위계는 위다. 어중간한 일로는 그 눈으로 보는 것도 이룰 수 없다는 것이 좋은 증거다.

그리고 그들은 생물처럼 시간에 얽매이지 않는다. 삶과 죽음에 얽매이지 않는다. 그렇기에 자유로운 것이다.

"기다려. 정령의 슬픔이라는 건 무슨 소리야?"

소환술사이기 때문에 정령에 대한 지식을 상당히 가진 타이치가 실피에게 질문했다.

"정령이, 누군가에게 힘을 빼앗기고 있어."

"……뭐라고?"

생각도 못한 말에, 타이치의 대답이 한 박자 늦었다.

"타이치, 정령의 슬픔으로 발생한 부정한 마력에 사령의 기사가 감화되고 있어."

그 말에 감이 잡혔다.

"설마, 이 녀석이 이상하게 강하거나, 금방 부활하는 건……."

“정령이 뿜어내는, 슬픔의 마력이 영향을 준 거야. 지금까지 상당히 오랜 시간, 그걸 조금씩 쬔 거라고 생각해.”

어느샌가, 검은 안개는 사람의 형태를 만들기 시작했다. 그러나 그것은 두 다리로 서고 팔이 두 개 달렸을 뿐.

머리 부분에는 아무것도 존재하지 않고 평평하다. 차라리 유아의 점토 세공이 상당히 나을만한 조형이리라.

“그런데, 이제 와서 슬픔의 마력이 단번에 강해졌어. 저 검은 마력은 그 때문이야.”

말하자마자, 검은 안개를 두른 사령의 기사가 마치 고무처럼 늘어나기 시작했다.

“큭! 뭐야?!”

무심코 린과 카리나를 감싸면서 태세를 정비하는 타이치.

예상을 벗어난 움직임에 허를 찔리고 말았다. 저것이 공격해오는 사전 동작이라고 생각하면, 대처하는 것도 당연하다.

그렇지만, 타이치의 예상은 빗나갔다.

“윽!”

사령 기사는 천장을 돌파하고 사라졌다.

“…….”

후두둑 모래 먼지가 떨어지는 천장의 구멍을, 타이치 일행은 멍하니 바라보았다.

너무나도 예상 밖의 일이 연속되어 뇌의 처리능력을 넘어버린 것이다.

“……이건?”

“뮤라인가?”

이 던전의 탐색을 시작한 뒤로 지금까지 느끼지 못했던, 타이치와 린이 이 세계에서 손에 꼽히게 신뢰하는 소녀의 마력.

아무래도 이 던전의 법칙이란 것이 조금 느슨해진 모양이다.

영문을 몰라 고개를 갸웃거리는 카리나를 보며 타이치와 린이 당황했다.

그 마력은 사령 기사가 간 방향에서 느껴졌다.

그 직후에 멀리서 일어난 폭발 소리가 전해졌다.

불길한 예감이 든다. 그리고, 그런 것은 대개 맞는 법이다.

타이치는 각오했다. 아직 조금 제어가 어설프고, 단독이 아닌 상태로는 처음 써보는 거지만 어쩔 수 없으리라.

“린, 카리나 씨!”

외치면서 카리나를 자기 셔츠 안으로 던져 넣고, 린을 강하게 끌어안았다. 말대꾸도, 항의도 들을 생각이 없다.

“실피! 『비상(플라이)』!!”

“알았어!!”

타이치가 바람을 둘렀다.

변화는 극적이었다. 두 사람과 한 마리의 몸이 호버링하는 헬리콥터처럼 떠올라 서서히 가속했다.

“비, 비행 마법?!”

“자세한 설명은 나중에! 쫓아간다!”

사령 기사가 사라진 천장의 구멍을, 타이치는 비행 마법으로 날아 추적했다.

◇◆◇◆◇◆◇◆

"크, 으윽!"

뮤라가 뿜어낸 『집열섬』과 시체가 뿜어낸 검은 빛이 맞섰다.

격돌하는 에너지가 때때로 튀기는 불똥이 바닥과 벽을 그을릴 정도였다.

혼신의 근접 전투용 마술을 받아내자, 뮤라는 저도 모르게 이를 악물고 오기를 부렸다.

뿜어내고 있는 『집열섬』의 에너지가 범상치 않다는 것은 하비 일행에게도 전해졌다.

그렇기에, 등에 흐르는 식은땀이 멈추지 않는다.

뮤라가 지금 뿜어내는 마술은 유효 범위가 대단히 좁지만, 지근거리에서는 무엇도 따를 수 없을 정도의 위력을 자랑하는 것. 어지간하지 않으면 받아내는 것이 어려우며, 또한 밀릴 때를 생각하면 정면으로 받아서 돌려주는 것은 대단히 리스크가 높다고 말하지 않을 수 없었다.

한편 뮤라는 더 이상 위력을 올릴 수 없다는 걸 깨달았다. 통감했다.

완전히 태우거나, 밀려나서 날아가 버리거나. 아무리 언데드라지만 머리까지 잘라버렸는데 이렇게까지 맞서는 것이 납득되지 않는다.

그와 동시에, 어쩐지 모르게 예감을 하고 있었다. 이 마술은 튕겨나간다.

분함을 느끼지 않는 건 아니지만, 그것이 겉으로 드러나지는 않는다. 진지한 전투를 하는 와중에 한눈파는 어리석음을 잘 알고 있다.

예감이라는 것은 바보 취급할 수 없다는 걸 잘 아는 뮤라는, 반사적으로 그것에 대응하고자 대비했다.

그것은 정답이었다.

머리 없는 시체의 검은 빛이 『집열섬』을 튕겨낸 것이다.

갈 곳을 잃은 두 에너지가 반발하며 폭발을 일으켰다.

그 폭풍을 맞았지만, 직전에 거리를 벌리고자 행동한 뮤라는 폭발의 대미지를 경감시키며 가속하여 시체에서 떨어졌다.

"아윽."

기세가 너무 붙어서 천장에 등을 부딪치고 말았지만.

등을 부딪친 충격에 폐의 공기가 흘러나왔지만, 대단치는 않다. 그대로 낙하했지만, 자세를 바로잡아 착지에 성공했다.

"정말로 지긋지긋하네……."

전혀 거짓 없는 진심이 그녀의 입술에서 흘러나왔다.

머리도 없이, 시체가 뿜어내는 빛이 한층 강해졌다.

"잠깐, 괜찮아요?!"

에이린이 달려와서 뮤라의 등에 손을 댔다.

본인은 그다지 대미지가 없다고 생각했지만, 겉으로 보기에는 걱정될 정도로 화려하게 날아갔을지도 모른다.

그렇게 생각하여 걱정을 보이는 에이린에게 확실하게 「괜찮다」고 말하는 뮤라.

가슴을 쓸어내리는 에이린.

두 사람에게 하비와 마두, 미리야가 다가왔다.

뮤라의 몸에 문제가 없다는 것은 에이린의 문답으로 전해졌다.

그래도 걱정하는 시선이 오는 것은 변함이 없다.

그들에 대한 대답을 담아서, 정말로 대단치 않다고 말하듯 뮤라는 벌떡 일어섰다. 그 시선은 시체를 보고 있었다.

"저 녀석, 뭐야?"

"모르겠어. 하지만 귀찮은 건 틀림없어."

마두의 입에서 무심코 불평이 흘렀다.

머리 없는 시체가 그 자리에서 축 양팔을 내린 채 서 있었다.

승부를 결정하러 간 뮤라의 『집열섬』을 튕겨내고서, 추가 공격도 안 하고 지금도 그 자리에 서 있는 머리 없는 시체.

검은 빛이 깜빡인다.

함정인가? 유혹하고 있는 건가?

의심하기 시작하면 얼마든지 가능성이 생긴다. 그러나 생각해 봤자, 시체와 의사소통 따위 할 수 있을 리가 없다.

그렇지만, 시간을 주고 있는 건 틀림없다. 준비를 할 수 있는 호기였다.

다음은 어떻게 공격해줄까? 반격에 어떻게 대비할까? 그렇게 생각하는 참에 이변이 일어났다.

바닥이 떨리고, 아래쪽에서 솟아오르는 강한 충격이 일어났다.

"윽?!"

"이건 뭐야?!"

보통 사람이라면 간단히 다리가 꼬여서 서지 못하게 될 법한 흔들림 가운데, 압도적인 균형감각과 강화된 육체로 어떻게든 버티는 다섯 명.

뮤라는 목덜미가 따끔따끔하는 것을 느꼈다. 갈고 닦은 감각이 누군가 접근한다는 것을 강하게 호소했다.

"뭔가 온다!"

말하자마자, 뮤라는 다리를 중점적으로 강화해서 뒤로 뛰었다. 하비가, 마두가, 미리야가, 에이린이 조금 늦게 따랐다.

다섯 명이 있던 장소에서 3미터도 안 떨어진 바닥에 커다란 균열이 생겼다.

돌로 만들어진 바닥은 마치 얇은 합판처럼 부서졌다.

그 범위는 반경 5미터에 이르고, 뮤라 일행이 있던 장소를 포함하고 있었다. 그대로 있었으면 확실하게 휘말려 들었을 거다. 식은땀이 흐른다.

그리고, 바닥을 뚫고 나타난 그것을 보며 다섯 명은 절망감을 느꼈다.

"농담하지 마……."

"……."

이 방에 나타난 것은 검은, 안개.

간신히 사람 모양을 하고 있지만, 그것은 두 다리로 서고 어깨라고 생각되는 부분에서 팔이 뻗고, 머리라고 생각되는 부위가 있었기 때문이다.

전체적인 조형은 어린애가 만든 점토 인형이 나을 정도다.

그리고 그런 감상 따위 어디론가 날아갈 것 같은.

차원이 다른 압력이 피부를 찌릿찌릿 끊임없이 찌른다.

강하다.

미리야는 생각했다. 이 정도 압력을 느낀 경험이 있었을까? 아니, 없다. 그것은 하비도, 마두도, 에이린도 마찬가지이리라.

뮤라는, 있다.

이것은 80의 강화를 한 타이치와 상대했을 때 느낀 압력을 웃도는 감각이다.

그 감각이 정답이라고 하면, 거기서 나오는 대답은 오로지 하나.

승산이 없다, 라는 것.

"끝장이야."

뮤라는 방심하지 않고 대비하고 있던 마음을 풀고, 몸을 이완시켰다.

전투태세를 해제한 것이다.

"저, 저기, 잠깐……."

당황하는 마두에게, 뮤라는 미소를 지었다. 다른 세 명도 리액션은 다르지만 내심은 마두와 마찬가지였다.

기본적으로, 뮤라의 사전에 「포기한다」의 문자는 없다.

그러나 그것은 상식적 범위에 일이 들어가 있을 경우다. 다소의 곤경도 자신의 힘을 믿고 맞섰다.

그러나, 이건 안 된다.

80의 강화를 한 타이치에게는 아무리 힘을 담아도, 아무리 연구를 해도, 일절 통하지 않는 것이다.

힘과 기술의 정수를 모은 미스릴 검의 일격이 목도로 강철을 두드리는 것처럼 튕겨나간다.

혼신의 마술을 산들바람으로 느끼는 것처럼 막아낸다.

최대 최강의 기술인 마술검 『염호』를 검지 하나로, 어린애가 휘두른 나뭇가지보다도 간단하다고 말하듯 아무렇지도 않게 받아낸다.

타이치가 하는 80의 강화란 것은 그런 영역의 이야기였다.

뮤라가, 린이, 하비 일행이 가진 최고의 기술이, 낮은 차원의 이야기가 되어 버린다.

저항하는 의미도 사라지는 것이다.

"저건, 우리가 무슨 짓을 해도, 이길 수 있는 상대가 아냐."

"……."

도주는 하지 않는 걸까?

에이린이 그렇게 생각했지만, 말하지는 않았다.

가능하다면 진작에 했다. 저 검은 안개의 의식은 에이린을, 다섯 명을 포착하고 있는 것이다.

저 머리 없는 시체뿐이라면 도망칠 수 있을지도 모른다.

그러나 눈앞에 있는 검은 안개에게선 도망칠 수 없었다.

너무나도 힘에 차이가 있다. 얼마나 떨어져 있는지, 그 거리를 전혀 파악할 수 없을 정도로.

대체 무엇이 어떻게 이런 상황이 되어버린 것일까?
에이린은 전혀 알 수 없었다.
『고기다…… 살점…… 벤다…….』
사람의 목소리로 생각되지 않지만 사람의 말이 검은 안개에서 흘러나온다.
추우욱…… 무거운 것을 질질 끄는 것 같은 소리를 내면서, 검은 인형의 팔이 형태를 바꾼다.
그것은 직선이었으며, 이윽고 끝이 날카롭게 변한다.
저것은, 검인가.
살점을 벤다는 말 그대로다.
"칫…… 망할 최후로군."
"정말 그래."
하비는 그렇게 중얼거리고, 창을 든 손의 힘을 풀었다.
뮤라는 검을 칼집에 넣었다.
저항이 의미가 없다면, 하다못해 마지막에는 깔끔하게.
살점을 베고 싶다는 괴물의 바람을 들어주는 양식이 되는 것은 석연치 않지만, 자신들이 약하니까 어쩔 수 없으리라.
바람을, 마음을 관철하기 위해서는 그것을 이룰 수 있는 힘이 필요하다는 것이 이 세계의 철칙 중 하나다.
『하아아…… 살점…….』
검은 안개가 다가온다. 그 뒤에서는 머리 없는 시체가 흙의 마술을 발동시키고 있었다. 거대한 2개의 바위 창. 물론 뮤라 일행 다섯 명을 노리고 있다.

'여기서, 나도 끝이구나…….'

다가오는 죽음을, 어쩐지 남의 일처럼 바라본다.

'뭐, 나쁘지는 않았어. 요즘에는 특히. 이렇게 생각할 수 있으니까 괜찮은 걸까?'

검은 안개가 검으로 변한 팔을 들어 올렸다.

동시에 쏘아내는 2개의 거대한 창.

그것을 보고, 뮤라는 눈을 감았다.

눈꺼풀 안에서, 자신의 목에 다가오는 사신의 낫을 환시했다.

'아…….'

그 사신의 낫 너머에 등을 돌리고 서 있는 것은.

레미아.

린.

타이치.

그리고 세 사람과 함께 지낸, 지난날 자신의 모습.

어째서 이럴 때에 기억이란 것은 선명해지는 걸까?

'……싫어, 싫어……. 이런 곳에서 끝이라니…….'

무심코, 얼굴이 일그러졌다.

각오는 했다고 해도.

포기했다고 허세를 떨어도.

죽고 싶지 않다고, 아직 살고 싶다고 바라는 것은 사람으로서 당연하다.

뮤라도 사람으로서 당연히 바란 것에 지나지 않았다.

이야기가 바뀌지만 「재수가 좋다」는 말을 들은 적이 있으리

라. 여차 하는 타이밍에 멋진 부분을 채가는 사람 말이다.
예를 들어서 동료가 절체절명의 위기일 때, 반드시 구하러 오는 전개.
검은 안개가 뚫고 나온 바닥에서, 세 마력이 뛰쳐나왔다.
"그렇겐 못 해!"
귀에 익지만, 오랜만에 듣는 기분이 드는 소년의 목소리.
『우고아아아아!』
검은 안개가 소리를 낸다. 그 소리에 이끌려 눈을 떠보니.
검에 바람을 두른 이세계의 소년이 무기를 휘두르며 뮤라 앞에 서 있었다.
아무래도 아슬아슬하게 회피한 모양이다. 그러나, 검은 안개는 역겹다는 감정을 드러내며 꿈틀거리고 있다.
뮤라는 보지 않았지만, 검은 안개는 필사적으로 타이치의 검을 피하고 있었다. 그 사실이 역겹다는 감정으로 이어지고 있다.
『볼 라이트닝!』
이어서, 이것도 귀에 익은 소녀의 목소리.
타이치 옆에 내려선 린이 지팡이를 들고 있었다. 아무 조짐도 없이 나타난 전격의 공 두 발이, 시체가 뿜어낸 바위의 창을 요격해서 상쇄했다.
눈앞에서 일어난 일을 받아들이지 못하고 우두커니 선 뮤라에게.
"안 늦었다. 무사한 모양이네, 뮤라."

타이치가 말을 걸었다.

"타이치……?"

"그래."

멍하니 선 뮤라에게, 옆에서 가벼운 충격.

"뮤라…… 다행이야……!"

"……린?"

끌어안고 있다.

드디어 상황을 이해했는지, 뮤라는 살며시 볼에 홍조를 띠고 린을 마주 안았다.

눈가에 살며시 무언가 빛난다. 목덜미에 바짝 다가온 사신의 낫이 물러난 것을 실감한 것이다.

"모두 무사했구나."

"네, 어떻게든……."

"좋은 타이밍에 와줬어, 정말로……."

에이린과 미리야가 한숨을 쉬었다.

힘의 차이를 깨닫고서 저항을 포기한 것은 뮤라뿐이 아니었다. 간단히 포기할 생각은 없었지만, 그래도 눈앞에 펼쳐진 적과의 거리를 깨닫지 못할 정도로, 에이린도 미리야도 둔감하지 않았다. 물론 하비도 마두도 그렇다. 노력이나 근성, 기백 따위로 메울 수 있는 차이가 아니었던 것이다.

"그러면. 린, 카리나 씨를 부탁해. 이제부터 내가 할게."

"응, 알았어."

린은 타이치의 말을 다른 대꾸도 없이 받아들이고, 카리나

도 수긍했다.

“자, 잠깐! 싸우겠다는 거야?!”

린하고는 다르다. 마두가 그것을 받아들이지 못하는 목소리를 냈다.

적의 강함을 피부로 느낀 것이다. 도저히 이길 것 같지 않았다.

설령 그것이 다섯 명이 되어도 마찬가지다. 다섯 명이 힘을 합치면, 도망칠 수 있을 지도 모르는 것이다. 특히 타이치의 공격은 저 검은 안개를 물러서게 만들 수 있다. 다시 말해서 살아남을 가능성이 있다는 것.

마두의 걱정도 지당하다고 타이치는 생각했다. 그들 앞에서 진정한 의미로 힘을 쓴 적이 없는 것이다. 뮤라도 적극적으로 정보를 드러내는 성질이 아닌 것을 생각하면 모르는 것이 당연하다.

“괜찮아.”

“……뭐가 괜찮지?”

뮤라의 말에, 이 비상사태에 무슨 말을 하는 건가? 라는 표정을 한 하비였지만, 금방 생각을 고쳤다.

그녀가 근거 없는 말을 하는 성격이 아니란 것에 생각이 미친 것이다.

알게 된지 얼마 안 됐지만, 이렇게 던전 공략 같은 인간의 극한을 시험하는 공간에서 함께 지내면, 기본적인 사람됨 정도는 판단할 수 있다.

아무 말이나 하는 사람과 함께 공략할 수는 없다. 특히 고난이도 던전이라면 더욱 그렇다.

"……아마, 보는 편이 빠를 거야."

"무슨 소리죠?"

"뭐, 보고만 있어. 타이치, 뒷일을 부탁해."

"그래."

타이치는 검을 검은 안개에 겨누었다.

더 이상 제멋대로 굴게 놔둘 생각은 없다.

검은 안개와, 그 안쪽에 머리를 잃고 검은 빛을 뿜어내는 시체. 아무래도 저 시체도 적인가 보다.

하긴 하나든 둘이든 변함이 없다. 여기서 처치한다.

"타이치. 저거. 저 언데드가 슬픔의 마력의 근원이야. 저 언데드 안에, 있어. 땅의 정령이."

실피가 가리킨 곳. 머리 없는 시체로 눈길을 주었다.

보통 좀비로만 보인다. 그것과 정령이 뿜어내는 슬픔의 마력의 연결을 타이치는 알 수 없었다.

『또 방해하다니.』

어떻게 된 건지 물어보려는 타이치를, 사령 기사의 말로가 가로막았다.

그 목소리는 분노에 물들어 있었다. 고찰을 하고 싶지만, 일단은 눈앞의 장애물에 대처해야 한다.

실체가 없는, 엘레멘트 같은 존재가 된 사령 기사. 물리 공격은 이제 통하지 않으리라.

검으로 공격하는데 의미를 가지기 위해서, 타이치는 또 다시 칼날에 바람의 소용돌이를 고속으로 둘렀다. 마술검 같은 것이다. 뭐, 사이비, 표절, 흉내지만.

사령 기사가 피한 것을 생각하면, 이 공격이 유효하다고 판단할 수 있기 때문이다.

"미안한데. 지금부터 상대해줄게."

굳이 깔보는 시선으로 타이치는 검을 겨누었다.

타이치에게서는 여유가 느껴졌지만, 그것은 그이기 때문이다. 사령 기사는 강하다. 타이치가 마력 강화뿐이 아니라, 실피의 마법도 섞어야겠다고 생각하게 할 정도로는. 레미아나 스미에라라는, 세계 최고봉의 마술사나 전사조차 승산이 조금도 존재하지 않을 정도로.

참고로, 이 전투를 한순간에 끝내는 것은 가능하다. 『전신(토르)의 망치(해머)』를 한 방 때려 박으면 괜찮을 것이다. 반응조차 못한 채 이 세상에서 지워버릴 자신이 있다.

그러나 뽑어내는 것은 마지막이다. 사령 기사의 수수께끼나, 슬픔의 마력이란 것을 뿜어내는 시체에는 수수께끼가 가득하다. 타이치는 하다못해 이 전투에서 단서 정도는 얻고 싶다고 생각했다.

『토르 해머』를 때릴 준비는 이미 마쳤다. 판단을 잘못하면 등 뒤의 사람들도 위험하다. 그렇게까지 수수께끼의 해명을 할 생각은 없었다.

"좋아. 한다!"

"응!"

양손을 가슴 앞에서 꼭 쥐는 실피. 듬직함을 느끼면서, 타이치는 바닥을 가볍게 차고 달려 나갔다.

앞으로 기울어진 자세로 달리면서, 타이치는 속도를 급속하게 올렸다.

지켜보고 있던 자는 타이치가 사라진 것처럼 느꼈으리라.

『으가아!』

의미가 없는 사령 기사의 외침과, 검끼리 부딪치는 소리가 겹쳤다.

한 박자.

양자를 거의 한순간만 마력의 소용돌이가 감싼다.

그리고 터졌다.

지구의 것으로 예를 들자면, 총성을 몇 배로 증폭시킨 것 같은 소리라고 예를 드는 것이 타당할까? 그리고 마력의 여파가 주위를 휩쓸었다. 서 있는 것이 고작인 충격.

타이치와 사령 기사의 양발을 중심으로, 방사 형태로 금이 갔다.

힘과 힘의 저항.

이것이, 검과 검을 부딪쳐서 일어났으니 그 힘이 어느 정도인지 알 수 있는 법.

힘겨루기를 할 생각이 없다는 듯, 타이치는 검을 쥔 손에서 살짝 힘을 뺐다. 사령 기사의 검이 비껴나가 궤도가 틀어졌다.

압도적인 힘으로 밀어붙여서, 타이치는 검을 휘둘렀다.

마치 생물처럼 춤추는 칼끝을, 사령 기사는 공격의 궤도를 읽는 것처럼 적절하게 방어했다.

"이 녀석, 단단하네."

사령 기사의 공격은 타이치가 보기에는 정말로 대단치 않은 수준이다. 그러나 한편으로 방어는 대단히 뛰어나다.

뼈의 모습이었을 때부터 그 특성은 변함이 없는 모양이다.

"그러면, 이건 어때!"

한순간의, 그야말로 1초도 안 되는 틈. 그 한순간에, 타이치의 공격 속도가 두 단계 정도 올라갔다.

『우고아아아!!』

사령 기사가 소리쳤다. 타이치의 공격이 허벅지로 보이는 부분을 포착한 것이다. 결과적으로는 얕았지만, 이 일격으로 어떻게 해보겠다는 생각이 없었던 타이치는 검이 닿은 결과 자체에 만족했다.

이 정도 공격이라면 사령 기사의 방어를 뚫을 수 있다. 그 기준을 알아두면, 보다 우위에서 전투를 진행할 수 있으리라.

"타이치."

"그래."

공격을 받은 것에 짜증을 낸 사령 기사의 반격. 다가오는 상단 공격을, 바로 아래에서 치켜 올리는 검의 일격으로 받아내더니 오히려 튕겨낸다.

사령 기사가 공격을 하려면 조금 시간이 걸릴 것이다.

타이치가 마법을 쓰기에는 충분했다.

뻗어낸 왼손 끝에, 타이치를 향해 날아오는 돌창. 아까 린이 『볼 라이트닝』으로 요격한 것과 마찬가지다.

바보처럼 한 가지 공격을 한다는 인상을 받았지만, 이것을 피하면 등 뒤의 여섯 명에게 맞는 것이 필연.

따라서, 린과 마찬가지로 요격한다.

순간적으로 구축했다고 생각하기 어려운 바람의 벽이 핀 포인트로 돌창을 받아냈다. 목재를 파고드는 전동 드릴의 칼날처럼, 돌창이 짧아져서 분쇄됐다.

바람의 벽의 실체는 『에어로 스러스트』의 설치형 트랩. 무수한 바람의 칼날이 사출되는 것이 아니라, 그 자리에 머무른 결과다.

물론, 부수고 끝이라는 시시한 짓을 할 생각은 타이치에게 없었다.

먹어라. 작게 중얼거리고 왼손을 뿌렸다.

부서진 돌창은 바람으로 튕겨나가는 것처럼 날아갔다. 물론 돌창을 뿜어낸 시체를 노리고서.

발사에서 목표 도달까지 눈 깜짝할 사이. 시체와 그 주위에 착탄한 손가락 정도 크기의 돌이 놀라운 파괴력을 보였다.

중기관총의 일제사격 같은 수의 폭력이, 시체를 모래 먼지로 감쌌다.

드디어 몸의 제어가 돌아온 사령 기사의 반격은 타이치가 머리 없는 시체를 공격한 다음이었다.

다시 내려오는 검을 위태로울 것 없이 받아낸 타이치는 이번에는 튕겨내지 않고 밀어냈다.

명백하게 자신을 웃도는 파워로 저항을 받자, 검은 안개가 주춤거렸다.

"날아가."

그것은, 충격파였다.

사거리는 짧다. 10미터쯤 될까말까하다.

그러나 위력은 상식의 범주를 벗어났는지, 사령 기사는 견디지 못하고 날아가 버렸다. 머리 없는 시체와 함께 방의 벽으로 일직선으로 날아가 격돌.

모래먼지를 피워 올리며 후두두둑 무너지는 벽에 파묻혔다.

타이치는 검을 되돌리고, 자연체로 상태를 살폈다.

후두두둑 바닥에 떨어지는 모래 먼지 소리만 고막을 흔든다.

"……."

말도 안 나온다. 그것을 이럴 때 쓰는 말이란 것을 린과 뮤라는 실감하고 있었다.

타이치가 실피의 힘을 사용하는 전투를 보는 것은 두 번째였다.

마월트 회전에서는 최종국면에서 타이치가 공중 전투를 보였지만, 그 때는 상당히 거리가 떨어져 있었다.

이렇게 싸우는 타이치를 가까이서 보는 것은 처음이다. 대개의 적은 마력 강화만 있어도 충분하니까.

소환하면 끝장. 한 걸음도 움직이지 않고 적을 해치울 수 있는 난공불락의 포대. 그것이 지금의 타이치다.

정령의 힘을 다룰 수 있게 되기 전의 적정 거리는 근접이었다. 기술은 아직 발전하는 도중이지만, 감이라고 할 수 있는 것은 수많은 경험으로 충분히 쌓았다. 실제로 이렇게 보면, 농담 같다고 말하는 수밖에 없었다.

린과 뮤라에게, 다른 차원의 강함을 체감할 수 있는 다시없는 기회였다.

"있지, 뮤라."

"……뭔데?"

"보였어?"

"……보였을 것 같아?"

"아니, 안 그래."

"궤적을 좇는 게 고작이야. 뭘 했는지까지는 모르겠어."

"하아, 뮤라도 그렇구나아……."

린도 뮤라도, 진작에 눈으로 좇는 것을 포기했다.

강화 마술로 동체시력을 최대한까지 강화하고도, 어느 방향으로 움직였는지를 아는 정도다.

신체강화를 통한 접근전의 성능이 높다는 것은 둘 다 알고 있었지만, 역시 놀라운 것은 바람의 마법이었다.

움직이면서 쏘아내는 마법도 있지만, 멈춰 서서 뿜어내는 마법도 있다. 그때 차분하게 관찰할 수 있었다.

파괴력도 물론 뛰어나지만, 그 특징은 속사력이리라.

옆에서 보면 영창이 전혀 없다.

아무렇게나 겨누는 것과 동시에 쏘고 있다. 린과 뮤라도 마술 발동 속도에는 자신이 있었지만 그녀들보다도 한 템포 빠르다.

그 속도는 레미아에게도 필적한다. 영창 간략화와 마력 연성의 정묘함으로 세계최고봉의 마술 영창 속도를 가진 레미아와.

린과 뮤라가 도달하지 못한 훨씬 높은 영역. 실제로는 종이 한 장의 차이. 고작 그것뿐이지만, 눈이 흐릴 정도로 멀었다.

그 속도로 저 위력의 마법을 뿜어내니, 참으로 규격이 안 맞는다.

"……저기? 저 전투력, 대체 뭐야?"

원리를 아는 린과 뮤라니까, 이 정도로 놀라고 만다.

타이치의 진짜 전투를 처음 본 하비 일행의 반응은 지극히 당연한 것이리라.

미리야의 당혹과 경악에 물든 목소리가 내심을 이야기하고 있었다.

"뭐긴, 저게 진심으로 싸우는 타이치야."

"가까이서 보는 건, 우리도 처음이지만."

진심이지만, 아직 전력전개에서는 거리가 멀다는 것이 타이치의 무시무시한 점이다.

"……뭘 어떻게 하면, 저런 식이 될 수 있어……?"

그렇게 쥐어 짜낸 하비의 모습을 보고, 린과 뮤라는 얼굴을 마주보며 쓴웃음을 지었다.

당연히 떠오르는 의문.

타이치는 실피의 구현화를 풀지 않았다. 그의 곁에 있는 손바닥 사이즈의 소녀가 보이는 것이다.

"있지, 둘은, 저거, 알아?"

마두가 말하는 「저거」는 실피를 가리키는 것이리라.

계속 의문스럽게 생각한 것이겠지만, 말할 틈이 없었던 것이다.

"응, 물론 알고 있어."

"그렇……구나."

신경 쓰인다. 신경 쓰이지 않을 리 없다.

초점은, 과연 물어봐도 되는 것인지 아닌지다.

타이치를 만났을 때는 보이지 않았다. 그러나 지금은 보인다.

사실을 숨기고 싶다면 보이도록 하지 않을 것이다.

그 존재가 노출되는 것은 문제가 안 된다는 것이리라.

그러나, 그렇다고 물어봐도 된다는 것이 되지는 않는다.

그들과의 관계가 나빠지는 것을 바라는 것이 아닌 것이다. 특히, 타이치의 전투를 보고 커다란 희망이 생긴 이상은 더욱 그렇다.

반대로 린과 뮤라는 마두 일행의 마음을 잘 알 수 있었다.

타이치 곁에서 정령과 말을 나누게 되면서 잊어버린다.

이런 리액션을 볼 때마다, 자신들의 감각이 마비된 것이라는 걸 깨닫게 된다.

"저렇게 보여준다는 건, 그렇게까지 감출 생각이 없는 거겠지만……."

"그렇네……. 뭐 나중에 타이치에게 물어보는 게 좋겠어."

"응……. 우리가 이야기를 해도 되겠지만……. 일단 우리 파티의 비장의 수니까."

마음을 터놓고 있다.

그러나 그것은 멋대로 이야기해도 된다는 것은 아니다.

당연하다. 친한 사이이기에 지켜야 할 선이 있다.

"그런가요……. 그러면 나중에 물어보겠어요."

책임을 누군가에게 떠넘길 생각은 없다.

신경 쓰인다. 그 말로 의사 표명을 한 것은 마두였지만, 다른 세 사람도 틀림없이 같은 마음일 것이다.

"그렇네. 지금은 전투에 집중하자. 아직 싸움이 끝난 게 아니니까."

그렇게 말하고 굳이 대화를 끊으면서, 미리야는 타이치에게 눈길을 보냈다.

뒤덮은 모래 먼지가 걷히고, 머리 없는 시체는 잔해에 반쯤 파묻히는 형태로 쓰러져 있었다. 메인 타겟인 사령 기사는 잔해 아래쪽에 있으리라.

등 뒤에서 나누는 대화를 흘려듣고 있던 타이치는, 잔해에 미약한 변화가 생기는 걸 보고서 눈을 가늘게 떴다.

그 시체에서 뿜어져 나오는 검은 빛이 잔해에 빨려 들어가기 시작한 것이다.

"응……. 이번에는 무슨 일이 일어나지?"

경계를 강화하고 관찰한다.

쌓인 잔해가 터져 날아갔다.

대량의 화약으로 발파한 것처럼.

모습을 보인 사령 기사. 사람 모양을 만들고 있던 검은 안개가 여기저기 풀려 있고, 왼팔은 조금 당기면 찢어질 것처럼 상해 있었다. 타이치의 마법이 상당히 효과가 있었으리라.

『이놈…… 인간 주제에.』

발음이 아까와 비교해서 상당히 의심스럽다. 전투 전과 비교해서 확연하다. 그때는 아직 알아듣기 쉬웠다.

"쓰러뜨린다?"

단 한 마디에 자신이 이제부터 할 일을 담아 고하는 타이치. 아까 그 마법은 오히려 쓰러뜨리지 않도록 손속을 두었다.

슬픔의 마력이 어떻게 사령 기사에게 영향을 주었는지 확인할 방법은 알 수 없었다.

그렇다면 쓰러뜨리지 않도록 대미지를 계속 주면 어떻게 될까? 그걸 보고 싶었던 것이다.

일부러 부추긴다. 그것마저도 실험이다.

뭐든지 좋다, 단서가 필요했다.

『으그으으으…… 죽인다…… 죽인다죽인다죽인다아아아악!!』

"……."

혀를 한 번 찼다.

사령 기사가 부서지기 시작했다.

여전히 쓰러져 있는 머리 없는 시체에서, 지금도 검은 빛이 흘러들고 있었다.

"실피. 저 녀석, 빛을 흡수해서 어쩌려는 걸까?"

『※◇◎ㅋ「ㅈ·다∽……!』

뒤에서 숨을 삼키는 기척을 등으로 느낀다. 사령 기사의 말이 말로서 성립되지 않게 됐다.

"으……윽."

"크, 악."

두통을 일으키는 것 같은 쇳소리가 대음량으로 울려 퍼지고, 린 일행이 귀를 막았다.

린이 문득 뭔가 떠올린 것처럼 마술 하나를 사용했다.

소나 마술을 응용한 소리를 차단하는 마술이다.

그것으로 고막을 흔드는 불쾌한 소리가 닿지 않게 되자 여섯 명은 한숨 돌렸다. 안도하고 숨을 내쉬거나, 고개를 흔들기도 한다.

"타이치. 저건 흡수하는 게 아냐."

타이치와 실피 사이의 대화는 소리를 내지 않아도 문제없다. 이 정도 대음량 안에서도 정적에 휩싸인 방 안처럼 선명하게 서로의 목소리가 들린다.

"흡수하는 게 아냐? 사령 기사에게 흘러들고 있잖아?"

"그건 틀리지 않았어."

"힘이 흘러 들어가지만, 흡수하지 않는다. 그렇다면……."

"그래. 힘을 흘려보내는 건, 저 시체 쪽이야."

시체에서 슬금, 검은 빛 덩어리가 나왔다.

검은데도, 눈부시다.

명백하게 모순되지만, 그렇게 표현할 수밖에 없는 광경.

사령 기사가, 그 빛에서 도망치려고 한다. 그러나 다리가 붙들린 것처럼 움직이지 못하고, 몸을 꼴사납게 비틀 뿐이다.

"저건……."

"응……. 정령이, 끝을 맞이한 모습……."

타이치에게는, 타이치에게만 보였다.

검은 빛 덩어리 속에 있는 정령이.

고통스럽게 몸부림치며, 너덜너덜하게 삭아가는 몸을 뒤틀어대고 있었다.

고통에 일그러진 얼굴.

그러나, 눈은 어떤 감정에 물들어 있었다.

그것은, 슬픔과 소원.

강한 비애로 채색된 눈동자, 그 감정의 발로를, 정령은 단숨에 사령 기사를 향해서 뿜었다.

제47화 정령, 끝나다

그는, 이름 없는 땅의 정령.

정령의 격은, 중급의 중견쯤 된다.

약하지는 않지만 특별히 강한 힘을 가진 것도 아닌, 그러나 중급 정령이니 주변 일대 땅 속성의 하급 정령을 통솔하는 입장이었다.

물론 통솔이라고 해도 군대나 조직처럼 규율이 있는 건 아니다.

영역에서 벗어날 것 같은 하급 정령을 불러서 되돌리거나, 다른 곳의 영역에서 흘러 들어온 정령을 본래 장소로 돌려보내주거나 하는 것이 주된 일. 그리고 그것도 어지간히 발생하는 것은 아니다.

여기는 오지이기에 사람도 거의 안 오지만, 영역 안에서 흙 속성의 마술을 사용하는 자가 있으면 힘을 빌려준다. 그는 그렇게 오랜 시간을 지냈다.

기본적인 행동 패턴은 지면에 파고들어 헤엄치거나, 대지의 은혜를 한껏 받고서 녹음을 우거지게 한 나무 안을 탐색하거나. 그것 말고는 거의 멍하니 지내고 있었다.

하루 온종일 멍하니 있어도, 딱히 누군가가 탓하는 것도 아니다. 정령은 그 자리에 있기만 해도 되니까.

그는 도마뱀 같은 모습을 하고 있었다.

살짝 그을린 흙색의 겉모습. 꼬리에는 갓 싹이 튼 신록이 생각나는 이파리가 덜렁 한 장 붙어 있다.

몸을 형성하지 않는 하급 정령하고는 다른 모습.

그렇지만, 그의 모습은 정령이 아닌 것으로 볼 수는 없었다.

그것은 절대적인 룰이었다.

정령은 목숨을 가진 것하고는 다른 존재. 존재로서 격이 다른 것이다.

정령에게는 목숨이나 시간이라는 개념이 없으니까.

그렇게, 언제 자신의 존재를 자각했는지도 기억하지 못할 정도의 시간을 보내고, 그는 처음으로 그를 『보는』 것이 가능한 존재를 만났다.

그것은 사람의 모습을 하고 있었다.

피부가 까맣고, 어둠보다도 검은 머리칼을 늘어뜨린 청년이었다. 피부에 약간 보라색 색소가 포함되어 있는 것이 드물기는 했지만, 조형은 그가 아는 인간 그 자체였다.

그 인물은 그를 가만히 바라보고 말을 걸었다.

"정령이, 사람과 접촉할 수 있도록 하고 싶다."

그렇게.

절대적인 룰을 뒤엎으려는 말의 의도를 짐작하는 것은 그에게는 어려웠다. 그러나, 자신의 일거수일투족에 반응을 하는 인물을 만난 것이 처음이라, 그는 지금까지 느낀 기억에 없는 감정을 마음에 품었다.

재촉을 받으며, 그는 그 청년을 따라갔다. 가는 곳은 그가 맡은 영역의 구석에 있는 역사에서 버려진 고성.

언데드의 둥지가 되어 있었을 것이다. 그도 몇 번인가 그 안을 산책한 적이 있었다.

그 성 안쪽의 안쪽. 어느 홀. 그곳에 도달한 순간부터, 그의 기억은 애매해졌다.

그을린 피부의 청년이 말한 대로, 사람과 정령의 관계를 더욱이 한 걸음, 두 걸음 나아가도록 하고 싶다는 말을 액면 그대로 받아들여서, 그는 청년에게 협력했다.

처음으로 생긴 정령이 아닌 친구와, 그는 충실한 시간을 보냈다.

그리고 문득 깨달았을 때, 그는 정령으로서의 힘을 70퍼센트 가깝게 잃고 있었다.

존재를 유지하는 것이 고작이었다.

기억이 흐릿해서 이렇게 된 이유를 전혀 알 수 없다는 것에 아연해졌다.

그는 필사적으로 물었다.

어째서 이렇게 되었는지.

친구를 향해서, 말을 안 듣는 몸을 필사적으로 움직여 물었다.

그런 그에게.

청년은.

입을 초승달처럼 일그러뜨렸다.

암전.

다음으로 그가 정신을 차렸을 때는 좁은 감옥에 갇혀 있었다.

어째서?

믿었는데.

처음 생긴, 친구였는데.

힘을 빼앗긴 분노보다도.

속았다는 분노보다도.

배신당한 슬픔이 강했다.

어렴풋한 의식 속에서, 갇혀 있던 그를 수많은 인간이 관찰하고 무언가를 했다.

그러나 그는 어쩔 수가 없었다.

슬픔만이, 솟았다.

모든 것이 아무래도 좋아져서, 잠드는 일이 많아졌다.

그런 어느 날.

그는 이 성에 다가오는 인간들의 모습을 느꼈다.

수는 일곱 명.

그리고 그 안의 소년 한 명에게, 그는 강한 흥미를 가졌다.

모든 것을 내던진 그가 오랜만에 정말 오랜만에 향한 바깥으로 가는 의식.

믿을 수가 없었다.

그 인물은, 바람의 정령왕과 강한 인연으로 맺어져있었다.

정령왕.

이 세계에 존재하는 수많은 정령들의 정점에 군림하는 존재.

그와 속성은 다르지만, 그것은 상관없다. 엘레멘탈은, 속성이라는 울타리를 넘어 모든 정령의 왕이니까.

부자유라는 괴로움을 유구하게 맛보는 것은, 자유를 존중하는 정령에게는 견딜 수 없는 일이었다.

그는 그 소년과 접촉을 꾀했다.

구해주기를 바랐다. 슬픔에서, 해방시켜주기를 바랐다.

일이 이렇게까지 되어서, 수단을 고를 셈은 없었다.

자신의 힘인데도, 이미 통제조차도 제대로 안 된다.

정령으로서 자신이 끝났다는 것은 더할 나위 없이 이해하고 있었다.

같은 꼴을 당하는 정령이 없도록.

그 마음이, 정령왕에게 전해지도록. 소년에게 전해지도록.

그는 자신의 존재의 말소를, 강하게 강하게 바라였다.

◇◆◇◆◇◆◇◆

타이치는 한순간에 흘러 들어온 정령의 강한 감정에 무심코 움직임을 멈추었다.

이 정도의 사념이 쏟아질 거라고 생각하지 못한 것이다.

검은 빛이, 사령 기사 안으로 흘러 들어간다.

『구브루아라라아오오오아!!!』

이미 소리밖에 안 되는 외침.

소용돌이치며 천장까지 뻗는 마력.

이것은 그 정령의 마지막 힘이다.

남은 모든 힘을, 쥐어 짜내고 있는 것이다.

"타이치……."

실피가 타이치의 옷자락을 붙잡았다.

살며시 흐려진 눈동자가 호소한다.

그것은 정령의 왕으로서 하는 부탁.

동포를 구해주면 좋겠다는 바람.

"저 정령을 쓰러뜨리면, 지진도 멎을 거야. 그러니까, 그러니까, 부탁해……."

타산마저도 담아서 애원하는 실피를, 타이치는 보았다.

바람의 정령왕과 계약을 나눌 정도의 소환술사.

지금까지는 어째서 이런 과분한 힘을 가졌는지 알 수 없었다.

하물며, 정령으로서 최고의 존재인 바람의 정령왕에게 힘을 빌릴 수 있는 것이다.

이 세계에서 평범하게 모험가로서 살아가기에는 필요 없는 힘.

그러나 지금이라면 알 수 있다. 어쩐지 모르겠지만, 알 수 있다.

정령이라는 사람과 동떨어진 힘을 가진 존재를 대등하게 대할 수 있다면, 타이치의 이 힘은 결코 과잉되지 않다.

힘의 대부분을 빼앗긴 중급 정령이라지만.

마지막 힘을 모두 태우는 것이기 때문일까? 이 정도의 파워를 발휘하는 것이다.

인간의 영역을 압도적 속도로 남겨두고 간 곳에 있다.

그야말로, 생물과 다른 상위 존재의 힘.

정령이 수단을 안 가리고 전력을 내면, 이 정도까지 어마어마한 건가?

용서도 절조도 없이 사방팔방으로 방사되는 에너지와 함께 뿜어져 나오는 맹렬한 압력. 여섯 명을 지키기 위해서, 타이치는 실피의 마력으로 장막을 쳤다. 중급 정령의 앞뒤 생각지 않는 전력이라도 과연 실피의 배리어는 돌파할 수 없다.

이후의 우려가 사라지고, 사령 기사를 순식간에 차지한 흙의 정령에게 눈길을 주었다.

그리고, 단 한 마디.

"네 바람, 내가 이루어줄게."

그것만으로도 충분했다.

"실피. 지금부터 내가 하고 싶은 일, 해줄래?"

"……응, 응, 물론!"

기쁜 기색으로 웃는 실피.

그녀에게 정령은 그 속성에 상관없이 가족 같은 것이다.

그런 파트너의 바람이라면 실현시켜주고 싶다고 진심으로 생각했다.

타이치는 미스릴 검을 칼집에 돌리고, 또 하나의 무기 칼자루에 손을 댔다. 어디까지나 포즈였다. 실제로 칼을 뽑을 생각은 없다.

어느 정도 이상의 영역에서 전투가 벌어지면, 무기가 견딜 수 없어서 맨손이 차라리 싸우기 좋다. 그것이 현재 타이치가 품은 고민이었다.

그것은 그렇다 치고.

눈앞의 적대자가 전투태세에 들어간 것을 이해한 것이리라.

『아아아아아아아아아아아아아아아아아!!!』

울리는 쇳소리. 도저히 인간의 성대를 사용해서 내는 소리 같지 않았다.

자신을 없애 달라고 바라는 정령의 감정을 생각하면, 저항하지 않고 얌전히 공격을 받는 것이 최선이리라.

그런데도 강한 힘과 저항의 의지가 발휘되고 있었다.

정령의 힘을, 다른 무언가가 장악하고 있는 것이리라.

"?!"

후웅—.

그런 소리와 함께.

홀 전체를 거대한 마법진이 지배했다.

아차.

선수를 빼앗겼다.

무슨 일을 일으킬 것인지 알 수 없다. 막을 수 없다면, 만전의 상태로 발동을 피해야 한다.

소태를 씹는 것도 여유가 있어야 한다. 실피의 바람을 추진력으로 바꾸어, 타이치가 뛰쳐나갔다.

공중에서 몸을 비틀어 몸통을 차서 날려버렸다.

다이너마이트 발파처럼 모래 먼지를 올리며, 처박힌 벽을 깨고서 뛰쳐나갔다.

"어때?!"

폭주 정령이 날아간 곳, 벽에 뚫린 커다란 구멍 너머를 경계하면서 타이치는 주위에 시선을 돌렸다.

부설된 마법진이 일그러지고 노이즈가 흘렀다.

발동은 막지 못했지만, 방해는 했다.

마법진이 이질적인 빛을 보였다.

바닥면에서 솟아오른 것처럼 모습을 보인 것은 다수의, 아니 무수한 골렘.

"이건……."

새롭게 나타난 골렘들의 모습이 익숙하여 린이 무심코 소리를 냈다.

이어서 그 수에 이를 갈았다.

무수, 라는 것은 거창한 게 아니다.

댄스 홀의 중앙부에 있던 린 일행을 둘러싸는 것처럼 적이 포진한 것이다.

노이즈로 일그러진 마법진이었는데 이 정도다. 만전의 상태로 발동했다면 어떻게 됐을까?

"이 녀석들, 그거네."

"응."

타이치와 린이 서로 마주보며 고개를 끄덕였다.

시체 안치소에서 쓰러뜨린 골렘이었다.

지난번과 마찬가지로 거의 절반이 양팔에 포구를 가지고 있었다.

"!"

공기를 찢으며, 모래 먼지가 꼬리를 끌고, 바닥을 깎아내면서 거대한 바위 덩어리가 타이치에게 다가왔다.

양손에 바람을 둘러 커다란 바위 표면에 살짝 댔다. 몸을 회전시키면서 비껴내고, 높이 5미터는 되는 바위의 기세를 죽이고 양팔로 머리 위에 들었다.

여전히 재주 좋은 짓을 간단해 보이게 한다. 뮤라가 한순간 질색했지만, 금방 주위에 의식을 돌렸다.

골렘들에게서 느껴지는 험악한 기척이 한눈팔게 해주지 않는다.

"……이거라면."

린이 작게 중얼거렸다.

"타이치! 여기는 우리한테 맡기고, 가!"

타이치에게 린이 말을 건 순간.

양팔을 광석의 칼날로 바꾼 폭주 정령이 맹렬한 스피드로 뛰쳐나왔다.

바위를 든 한 팔을 놓고, 자유로워진 손바닥에 마력을 담았다.

『바람독수리!』

파앙!!

바늘 구멍에 실을 꿰는 것처럼 가늘게 뽑어낸 바람이 작렬하여, 폭주 정령을 날려버리고 구멍에 돌려보냈다.

덤으로, 손에 든 바위를 양손으로 붙잡아 축구공의 스로인을 하는 것처럼 던졌다.

노릴 때보다 빠르게 날아가는 바위를 보고서.

『에어로 스러스트!』

내리친 양팔 중에서 오른쪽을 대각선 위로 떨치는 것과 동시에 마법을 쏘았다. 무수한 바람의 칼날이 날아가는 바위를 따라잡아, 바위를 산산이 찢으며 추월했다.

바람의 칼날을 따라서 바위였던 것의 파편도 또 날아간다. 벽에 뚫린 커다란 구멍 너머에서 가차 없는 굉음이 연속으로 울려 퍼졌다.

"알았어, 맡길게!"

판단은 빨랐다. 가는 길에 벽의 구멍으로 이어지는 길 가까이 있던 골렘을 파쇄하고, 타이치는 구멍 너머의 어둠으로 빨려 들어갔다.

타이치가 어느 정도 골렘을 없앴지만, 적의 수는 아직 많았다.

그의 등을 배웅하지 않고, 린은 지팡이를 통해 마력을 가다듬기 시작했다.

"팔에 구멍이 있는 골렘은 돌을 고속으로 쏘아내. 위력이 꽤 있어."

"알았어."

끼어들 틈도 없었지만, 린의 말에 이견이 없었던 뮤라. 그녀는 머리를 삭 전환하고 검을 뽑았다.

노호의 전개에 따라가지 못하는 기색이었던 하비 일행도, 엘프 마을을 대표하는 전사라고 자부를 보이는 만큼 전투태세로 이행은 재빨랐다.

선불리 말참견을 해서 시간을 낭비하는 건 어리석은 짓. 린이 가리키는 골렘이 팔의 구멍을 자신들에게 겨누고 있었으니까.

사방팔방을 둘러싸고 있으니, 모두 자연스럽게 등을 맡기는 진형이 됐다.

"일단은 이걸 막아내!"

린은 카리나를 머리에 올리더니 마력을 가다듬은 지팡이를 들었다.

직후에 두두두두, 발사음이 연속으로 울렸다. 린의 목소리는 간신히 그 소리에 가려지지 않았다.

날아오는 돌 탄환.

린은 『물 탄환』으로 탄환을 요격했다.

뮤라는 검과 단검을 써서 떨어뜨렸다.

하비는 창을 회전시키며 범위 안의 돌을 모두 막았다.

마두는 『에어로 아머』로 비껴낸다.

에이린은 『돌의 벽(스톤 월)』으로 가드한다.

미리야는 마술로 만들어낸 작은 돌화살을 무수히 쏘아 요격했다.

"다음 발사까지 시간이 있으니까, 지금이 기회!"

정보를 가진 린이 선두에 서서 어떻게 해야 하는지 지시했다.

아까는 시체 안치소에 나타난 골렘과 필요 이상으로 시간을 들여서 싸웠다. 그때는 카리나가 질색했지만, 지금은 그것이 공을 이루었다.

"핵은 랜덤, 방어력은 높아, 재생능력 있고!"

쉴 새 없이 말을 하며, 동시에 『수쇄탄』을 다수 뿜었다.

포격 발사 기구가 있는 골렘의 팔은 일격으로 날려버렸지만, 몸통과 머리는 조금 파헤치기만 하고 쓰러뜨리기에는 이르지 못했다.

"쓰러뜨릴 거면, 강하게!"

팔이 파괴되어 전투력이 깎인 골렘에서 노림수를 바꾸어, 마찬가지로 『수쇄탄』을 뿜었다.

퍼엉!

물이 기세 좋게 터지고, 직격을 받은 골렘의 몸통을 절반 이상 날려버렸다. 골렘의 핵은 거기에 없었는지 재생을 시작했지만, 아무래도 몸을 상당히 잃은 상태에서는 밸런스를 유지할 수 없는 건지 금방 일어나지는 못할 것 같았다.

"아직 더 있을지도 모르지만, 내가 가진 정보는 이상! 그러면 다들 잘 부탁해!"

말을 하자마자, 린은 골렘 무리를 향해 달렸다. 머리 위에 매달리는 고양이가 약간 안 어울리게 팬시하지만, 린의 공격은 그런 인상을 날려버릴 정도로 치열한 것이었다. 적의 공격 분산이라는 관점으로는 올바른 선택이지만, 포격형 마술사인 린이 적극적으로 움직이는 건 틀림없이 파격이었다.

"정말이지, 거의 다잖아. 그밖에 다른 게 있어도 불평 같은 거 못 해."

뮤라가 쓴웃음을 지었다.

지식이란 무기다. 싸우기 전에 이 정도 무기를 주었는데 무슨 트집을 잡는단 말인가?

가장 빨리 뛰쳐나간 린에게 뒤쳐질 수는 없다. 가장 큰 강적인 폭주한 정령은 타이치가 맡았다. 손바닥에서 떨어질 것 같았던 삶을, 지금은 단단히 쥐고 있었다.

그 망령과 폭주한 정령을 상대한 것을 생각하면, 고작해야 골렘에게 둘러싸인 것 따위는 위기에도 안 들어간다.

검에 불꽃을 깃들이고, 가까운 골렘의 품에 파고들어서 목을 일격으로 잘라버린다.

아무래도 핵이 머리에 있는 개체였는지, 그 골렘은 뒤로 쓰러져 기능이 정지했다.

"그러면, 팍팍 가보자."

특기인 마술검의 절삭력을 확인하고, 뮤라는 다음 타겟으로 갔다.

그런 두 사람을, 경악과 함께 하비 일행 넷이 배웅했다.

타이치의 차원이 다른 전투에 압도되어 있었다.

노호의 전개를 따라가지 못했다.

근접 전투를 하지 않는 린이 적극적으로 앞에 나서는 파격과, 그녀 앞에 서지 않고 단독으로 움직이는 뮤라의 파격에 눈이 동그래졌다.

이유는 이렇게 다수 있지만, 결론은 그저 경악이었다.

"정말이지, 믿을 수가 없군."

"네. 저희들의 상식이 전혀 도움이 안 돼요."

"그들과 행동하다 보면 놀라기만 하네."

"뭐, 가능성을 보여줬다고 생각하면 되지."

순서대로 하비, 에이린, 미리야, 마두다.

"당혹할 필요는 없어. 우리는 할 일을 하자."

하비가 세 사람 앞에 섰다.

겉보기에는 젊지만, 장명종인 그들은 인간이 태어나서 수명을 맞이할 때까지의 시간을 지내도 젊은 모습 그대로다.

그만큼의 시간을 들여서 손에 넣은 팀워크는, 때로는 말없이도 상대에게 전달된다.

일단 원거리 공격이 가능한 골렘을 없앤다.

앞에 선 하비가 원거리 공격과 접근하는 골렘에게 대처.

미리야가 하비의 지원.

에이린이 골렘의 공격을 메인으로 담당하고, 때때로 마두의 지원.

마두가 등 뒤의 방어를 메인으로 담당하고, 필요에 따라 에이린의 지원.

마두 쪽이 약간 약하지만, 이 정도 궁지는 몇 번이고 헤쳐 나왔다. 멋으로 수십 년이나 시간을 지내며 살아남은 것이 아니다.

이윽고 다음 탄의 장전이 끝난 골렘이 순차 공격을 재개한다.

창을 겨누고 자세를 낮추며 단단히 대비하는 하비.

다가오는 탄환을 창으로 쳐내고, 접근전으로 도전하는 골렘을 다가오지 못하게 한다.

골렘은 파워를 자랑하지만, 하비는 힘으로 지지 않고 오히려 밀어내며 하나도 접근 못하게 한다. 틈이 있으면 강타로 전투력을 빼앗는다.

1대 다수로 앞에 나서며, 위태로울 것 없이 적을 처리하는 하비의 실력은 훌륭한 것이었다.

그런 하비의 전투를 편하게 하는 것이 미리야다.

화살의 위력을 절묘하게 최적으로 조정하여, 상황마다 목적에 맞는 필요 최소한의 위력으로 화살을 쏜다.

어느 때는 탄환을 요격. 어느 때는 하비가 후퇴시킨 골렘을 더욱 밀어내고, 또 어느 때는 멀리 있는 골렘의 팔을 파괴하여 전투력을 깎는다.

수법도 적지 않고, 중요한 때를 놓치지 않는 스나이퍼가 얼마나 하비를 편하게 해주는가?

두 사람의 등 뒤에 서서 담담하게 마술을 쏘고 있는 것은 에이린이다.

이쪽은 가장 수법이 적다고 할 수 있다. 그러나 그건 문제가 안 된다. 에이린이 노린 골렘은 한순간에 온몸이 파괴되어 반드시 격침된다. 당연히 재생 따위 하는 일은 없다.

에이린은 그야말로 마술사로서 고정 대포다. 페이스는 그렇게 빠르지 않지만, 적의 수는 확실하게 줄인다.

적의 공격에 의식의 대부분을 기울이는 에이린을 지키는 것이 마두. 흙 속성, 바람 속성을 재주 좋게 나눠 쓰면서, 골렘의 진군을 느리게 하고 탄환을 막고 발을 묶는다. 벽을 구축했다 싶으면 공격을 하고, 그런가 싶으면 견제를 하면서 움직임을 막는다. 수법의 다채로움은 한 단계 빼어나다.

근접 전투의 기능이 최소한의 호신술밖에 없는 마두가 혼자서 배후를 담당하고 있는 것은, 그 다채로움이 있기 때문이다.

화려함은 없다. 특이하지도 않다. 실력이 뒷받침하는 상궤를 벗어난 안정감이 있고, 보는 자가 무너지는 모습을 전혀 상상하지 못하게 하는 싸움이 있을 뿐이다.

"핫!"

쿠앙!

뮤라의 앞차기가 골렘을 날려버린다. 그런가 싶더라니 다음 순간에는 다른 골렘에게 다가가고 있으며, 그 다리를 잘라버렸다.

현재 뮤라는 골렘의 행동을 저해시키는 것에 중점을 두고 있었다.

『플레임 랜스!』

합계 열 개. 린이 만들어낸 고화력의 불꽃 창이 세 골렘에 집중되고, 그것들 모두를 핵까지 한꺼번에 파괴했다.

한편 린은, 적의 조준을 흐트러뜨리며 확실하게 쓰러뜨리는 것을 중시하고 있었다.

린과 뮤라가 유격, 하비 일행이 본대, 그런 역할 분담이 완성되자, 골렘들의 공격이 산발적이게 되었다.

역시 사람 수가 많은 하비 일행에게 공격이 집중되지만, 그들의 팀워크는 반석이라 흔들리지 않았다. 그렇게 비껴나간 골렘을 린과 뮤라가 옆에서, 혹은 뒤에서 무너뜨린다.

골렘들도 린과 뮤라가 위험하다고 인식하는 것 정도는 할 수 있는 모양이지만, 이 정도의 적을 상대로 어떻게 될 만큼 물렁한 경험은 하지 않았다.

당초에는 전면이 포위된 상태였지만, 그다지 많은 시간이 지나지 않고 골렘 군단은 전멸하는 꼴을 맞이하게 됐다.

후우, 뮤라가 숨을 내쉬고 검을 칼집에 넣었다.

철컥. 소리가 전투 종료를 알렸다.

그 직후.

막대한 마력의 격류가 치솟았다.

무슨 일인가 눈을 돌린 그 앞에.

폭주 정령과 타이치가 뛰어든, 커다란 구멍이 뚫린 벽.

그 벽을.

댄스홀의 바닥 일부를.

천장을.

어마어마한 바람이 휩쓸어 날려버렸다.

◇◆◇◆◇◆◇◆

기합을 넣어 일섬, 주먹을 전방에 내밀었다. 린 일행이 휘말려들 걱정이 없기 때문인지 타이치는 주저하지 않는 위력으로 마법을 뿜어냈다.

아무 특색 없는 바람의 탄환.

아니, 특색은 있다. 바로 위력이다.

공간이 일그러진 던전이라는 성의 벽을 쉽사리 돌파하고, 바깥이 고개를 내밀었다. 후두둑 떨어지는 모래 먼지. 바깥은 밝다. 아무래도 이미 날이 밝은 모양이다.

타이치와 폭주 정령이 부딪힌 이 장소는 플로어의 개념 따위 말 그대로 무너져 있으며, 어느새 상하좌우에 넓은 공간이 되어 있었다.

앞으로 내민 주먹을 이번에는 대각선 아래로 휘둘렀다.

메마른 작렬음. 타이치가 뿜어낸 바람의 탄환을 간신히 피한 폭주 정령의 눈앞에서 공기가 폭발했다.

튕겨나가서 땅바닥에 부딪히는 폭주 정령.

상황은 처음부터 계속해서 타이치가 우세하다. 타이치의 공격을 계속 받아낸 폭주 정령에게는 분명히 대미지가 축적되고 있었다.

"정령의 격의 차이가, 그대로 역량의 차이가 되는 거야. 알고 있었지?"

정령에게가 아니라, 정령의 힘을 써서 지금도 계속 저항하는 의지를 향해 타이치가 말을 걸었다.

『구그구기……!』

마음에 안 든다. 그렇게 말하는 것처럼 보이는 폭주 정령이지만, 눈앞에 나타난 사실에서는 이미 계속 눈길을 돌릴 수 없는 모양인지 역겹다는 기색으로 소리를 낼 뿐이다.

그곳에 카리나의 남편의 의식이 있는 것일까? 타이치가 보기에는 없는 것 같았고, 설령 있다고 해도 부정의 감정으로 본래의 인격을 잃은 것처럼 느끼고 있었다.

카리나의 남편 인격이 아니라면 망설일 이유는 없고, 카리나의 남편 인격이라도 부정의 감정에 계속 좀 먹힌 그를 편히 쉬게 해주고 싶다고 카리나가 바라고 있으며, 타이치 자신도 그렇게 생각하기에 역시 망설일 이유가 안 된다.

"힘을 서로 깎아내는 짓을 해도 그쪽에는 의미가 없는 거 알고 있잖아. 최대의 공격으로 와라. 전부 받아내고, 밀어내서 되돌려줄게."

말하자마자 타이치는 고도를 올려 오른손에 마력을 담기 시작했다.

주위에서 구체 모양의 두꺼운 공기의 막이 천천히, 타이치의 오른손을 향해 압축되어 간다.

서로 깎아내기가 아니라, 이 승부를 결정하기 위해 힘을 모으고 있다. 자기가 말한 그대로다.

계속 압축된 공기가 타이치의 손바닥에서 콩알 정도 크기가 됐다.

그것을, 실피를 통해 마력으로 감싸 움켜쥐었다.

그저 아무것도 생각지 않고 이것을 하면, 주변에 끼치는 피해가 막대하다. 누구에게도 영향을 주지 않는 광야에서 시험해본 적이 있으니 틀림없다.

이 기술을 쓸 때는 실피에게 조정을 부탁해서 주위에 영향이 없도록 한다. 그걸 위해서 공기를 압축하는 것 말고도 마력을 소비하지만, 그에 걸맞은 공격력을 가졌기 때문에 다소 팁을 지불해도 아깝지 않다.

타이치의 손바닥에 떠오른 것은 에메랄드 색으로 엷게 빛나는 탁구공 정도 크기의 구체.

그것에 담겨 있는, 상식의 범주를 벗어난 에너지를 깨달은 것이리라. 끓어오르는 맹렬한 위기감에 따라, 폭주 정령이 황급히 힘을 해방했다.

미약하게 남은 바닥의 바닥돌이 콰드드득 부서지면서, 그 아래쪽 흙이 솟아올랐다.

"그래, 와라!"

『그게갸아아아아아아!!』

솟아오른 흙이 이윽고 가늘고 길어지더니.

흙의 용이 되어 올라온다.

머리는 서양의 드래곤을 본뜬 것이었지만, 타이치는 몸통이 긴 모습을 보고 용 같다고 생각했다.

"핫!"

커다란 입을 벌리고 다가오는 흙의 용을, 몸을 살짝 틀어서 스치듯 회피한다. 그리고 그 콧잔등에 사이드 스로로 공을 던지듯 압축된 공기 덩어리를 올린 손바닥을 때렸다.

저항은 한순간.

흙의 용을 찢으면서 공기 덩어리가 날아갔다.

"내가 이겼어."

땅바닥에 접촉한 순간, 미약하게 남은 건조물까지 한꺼번에 휩쓸며 폭풍과 함께 모래먼지가 일어났다.

“이제 무리인가 보지?”

힐끔 곁눈질을 하면서, 타이치는 시선을 땅바닥에 드러누운 폭주 정령에게 향했다.

직격하지는 않았다. 그렇지만 마법은 거의 발치에서 작렬했다. 받은 대미지는 헤아릴 수 없으리라.

쓰러진 폭주 정령을 중심으로 반경 100미터 정도가 파헤친 것처럼 절구 형태로 함몰됐다.

규모만 따지면, 실피의 마법을 쓴 것치고는 이니믹스 상대로 선택한 힘으로 밀어붙이는 급강하 드롭킥과 비교해 압도적으로 좁다.

공격의 질이 다르다. 무차별로 힘이 주위에 확산된 지난번 드롭킥과 달리, 이번 공격은 효과 범위 안에 위력이 거의 집중돼 있었다.

그렇기에 폭주 정령은 전투 불능에 빠졌고, 날아간 성과의 경계도 나이프로 잘린 버터처럼 선명한 단면을 보이고 있었다.

성의 구조가 보인다. 그 방 하나에, 이 광경을 보고 숨을 삼키고 있는 린 일행이 있었다. 타이치가 아까 힐끔 옆을 본 것은 그 때문이었다.

폭주 정령은 움직이고자 노력하고 있지만, 이미 몸이 말을 듣지 않는 걸 알 수 있었다.

그가 얼마나 강하든, 실피의 마법을 사용하는 타이치하고는 하늘과 땅 정도의 차이가 있는 것이다.

폭주 정령을 감시하면서, 타이치는 공중을 이동해서 린 일행 곁으로 갔다.

"마무리를 지을게. 성과 함께 날려버릴 테니까, 가줘."

"저기……?"

가달라는 건 무슨 뜻일까?

"여기는 위험하니까, 다 같이 『플라이』로 하늘까지 올라가자."

성을 날려버린다. 그런 것이 가능한 걸까? 하비 일행이 의문스럽게 생각하는 것도 무리는 아니었다. 이 정도 크기의 성이다. 시간을 들여서 사람을 모아 모두 나서야 그나마 할 수 있는 이야기인데.

그런 한 편으로, 타이치의 어마어마한 전투 능력을 엿본 지금이라면 그것도 할 수 있지 않을까 생각하는 것도 진심이었다.

설명에는 시간이 걸린다. 상승하는 사이에 설명하기로 했다. 린과 뮤라에게 눈짓을 하자 두 사람은 고개를 끄덕였다.

타이치는 여섯 명과 한 마리를 공기의 장막으로 감싸더니 상승시켰다.

그 순간, 카리나가 훌쩍 공기 장막에서 뛰쳐나갔다. 타이치는 카리나를 삭 받아냈다. 린이 손을 뻗었다. 타이치는 의도적으로, 안에 있는 멤버에게 영향이 안 나오는 범위에서 공기의 구가 상승하는 속도를 올렸다.

"카리나 씨?"

고양이의 모습이지만 알맹이는 본래 인간. 교양과 지성은 어른이며, 머리 회전도 빠른 그녀. 그녀가 이렇게 뛰쳐나가는 것의 의미를 모를 리 없으리라.

그래서 타이치는 머리로 생각해 말을 자아내지 않고, 그 의도를 물었다.

린 일행을 감싼 공기의 구는 이미 고도 100미터에 도달했으며, 아직 상승을 계속하고 있었다.

"나는 여기 남겠어."

카리나는 변함없는 기색으로 말했다. 그리고 타이치가 대답을 하는 것보다 빠르게.

"나는 죽은 인간이야. 그리고 내가 깃들어 있는 이(검은 고양이) 아이도, 이미 죽어 있어. 그러니까……."

열었던 입을 닫았다. 그 뒤에 이어지는 말도 상상할 수 있었다.

"우리들도 저 사람과 함께, 편하게 해줄래?"

"……."

기껏 알게 됐는데. 말을 나누면 정도 생긴다.

그렇지만.

그녀가 하는 말도 이해가 된다. 이미 잃은 목숨. 이렇게 현세에 머물러 있는 것이 이레귤러라는 것은.

"……알았어."

대답에 걸린 시간은, 내심 납득하기 위해서일까?

"고마워. 싫은 역할을 떠넘겨서 미안해."

타이치는 고개를 옆으로 저었다. 알고 있다면 말하지 말라고, 입이 찢어져도 말은 못한다. 말을 꺼낸 그녀 자신이 결단한 것일 테니까.

"……린한테는 뭔가 전할 말이 있어?"

린하고는, 직접 작별 인사를 하지 않았다. 그래서 하다못해 이번 생의 작별의 말이라도. 말없이 그렇게 말하는 타이치에게.

"우리들 가족을 구원해줘서 고마워. 저쪽에 가서도 사이좋게 지낼 테니까, 배웅해줘."

"알았어. 반드시 전할게."

"부탁해."

카리나가 타이치의 팔에서 뛰어내려 건물에 착지했다.

타이치는 수긍하고, 둥실 떠올랐다.

"그러면…… 안녕."

"그래. 안녕."

위를 향해서, 그대로 일직선으로 상승을 시작한다. 아래는 보지 않는다. 발목 잡힐 것 같으니까.

린 일행이 충분한 고도까지 도착한 것을 확인하고, 타이치는 그 옆에 나란히 올랐다.

내려다보자, 광대한 면적을 가진 성이 작게 보였다. 타이치가 뚫은 직경 200미터의 거대한 구멍이, 낡은 성을 이질적으로 채색했다.

"……타이치. 카리나 씨는……."

린의 표정은 흐렸다. 알고 있는 모양이다.

"그래. 가족이랑 같이, 간대."

"……."

"구원해줘서 고맙다고. 저쪽에서도 사이좋게 지낼 테니까, 배웅해 달래."

"그래……."

린은 눈을 감았다. 끓어오르는 것이 있지만, 견딘다. 가족과 함께. 작별의 괴로움도 있겠지만, 가족으로서 함께 가는 것에 대한 기쁨도 분명히 품고 있으리라. 과잉된 슬픔을 가질 수는 없다. 200년이나 괴로워한 끝에, 드디어 삶을 받은 자로서 올바르게 갈 수 있는 것이다. 「구원」이라는 말에 만감을 담은 걸 알 수 있었다.

이 작별에 대해서는 오히려 기뻐하며 보내줘야 하리라.

"알았어. 말을 못 나눈 건 유감이지만…… 어쩔 수 없지."

"……그래."

말을 거듭하면, 그만큼 헤어지는 것이 괴로워진다. 그걸 알기 때문에, 반대로 이거면 되는 걸지도 모른다.

희미하게 글썽거리는 눈동자를 닦아내는 린을 보고, 타이치는 눈을 아래로 향했다.

몇 가지 감정이 전해지는 것 같았다.

하나는, 이걸로 끝나는 것을 미워하는 것.

또 하나는, 뭔가를 기다리는 기대하는 감정.

더욱이, 여기서 끝낼 수 있다는 기쁨.

그리고, 구원 받는 것을 바라고 그것이 이루어지는 충실감.

마지막으로 모든 짐을 내려놓았다는, 안도감.

"……알았어, 기다려. 금방 끝내줄게.

시선을 성 전체로 옮겼다.

이 성에서 일어난 악몽. 이미 200년이나 옛날 일이지만, 아직도 그것에 얽매여 있는 영혼이 있다는 것도 사실.

모든 것을 여기서 끊는다.

"실피."

삼라만상을 치유하는 것처럼, 엷은 에메랄드색의 빛.

실피가 등신대의 모습을 되찾았다.

한정 해제를 한 것이 본인이지만, 그 존재감의 크기에 새삼 탄식이 흐른다.

새삼 눈이 확 뜨이는 기분이다.

두 사람은 서로 얼굴을 마주보고 고개를 끄덕였다.

지금은 시선을 빼앗길 때가 아니다. 가볍게 고개를 저어 의식을 되찾고, 타이치는 이제부터 사용할 마법을 고했다.

"『토르 해머』 준비."

"알았어."

쿠앙! 불어 닥친 바람이 타이치의 옷을 뒤흔들었다.

맑게 갠 하늘이, 갑자기 밤처럼 어두워졌다.

광대한 숲을 뒤덮을 정도의 먹구름이 천공에서 소용돌이쳤다. 깜박이는 전광.

4대정령은 기후마저도 조종한다.

이 세상에 끝이라도 온 것처럼, 보는 자가 경외감으로 떨게 만드는 광경이었다.

과거에 썼던 『뇌신의 망치』하고는 한 차원 두 차원 다르다.

이윽고 타이치의 검이 전기를 띠었다.

그것은 방아쇠였다. 손가락 하나로 목숨을 빼앗는 총처럼, 타이치가 검을 휘두르면 『토르 해머』가 발동한다.

타이치의 뇌리에 갖가지 마음이 휘몰아쳤다.

손쓸 도리가 없었던 슬라이만의 고뇌.

존엄을 빼앗긴 카리나의 고통.

산 자를 미워하는 것을 강요받은 카리나의 남편.

자유를 빼앗긴 흙 정령의 슬픔.

바라지 않는 형태로 끝을 맞이해야 했던, 이 성의 사람들.

"구한다!"

이 방법으로 구할 수 있는지, 타이치는 알 수 없었다.

그러나, 그에게는 이것밖에 떠오르지 않았다.

"응!"

실피가 응답했다.

타이치는 검을 들어 올려, 그리고 힘차게 내리쳤다.

모든 색을 덧칠하며, 하얀 기둥이 성을 뒤덮는 것처럼 하늘에서 떨어진다. 흙의 정령이, 슬라이만이, 카리나가, 그녀의 남편이, 웃는 것 같았다.

빛의 격류, 이런 말로 부족할 정도의 광원. 타이치는 실피의 힘을 얻어 강화로 방어하고, 린 일행은 공기의 장벽으로 감싸 막고 있었다. 빛 주위는 온도가 수만 도에 이르고 있다.

방어 수단이 없으면 통구이다.

자연 현상의 낙뢰와 달리, 『뇌신의 망치』는 타이치가 결정기로서 자랑하는 대마법. 헤아려서 대략 6초 동안, 벼락이 계속 내린 것이 된다.

"끝나버려, 빌어먹을 악몽."

한 박자 늦게 울려 퍼진 낙뢰의 굉음이 타이치의 중얼거림을 지워버렸다.

헤아려 보면 순식간인 6초. 그러나 눈앞에서 일어난 초상현상을 바라본다는 의미에서는 영원하다고 생각되는 6초.

타이치가 담은 마력이 『토르 해머』에 모두 소화된다. 벼락이 그 역할을 마치며 모습을 감추고, 이어서 하늘을 뒤덮고 있던 뇌운이 서서히 흩어졌다.

띄엄띄엄 끊어진 구름 사이에서 태양의 빛이 쏟아져 내리고, 환상적인 광경이 펼쳐졌다.

『토르 해머』가 떨어진 성을 보았다.

검은 연기가 피어오르고 있었다. 그 틈에서 착탄 지점이 보였다.

숲에 입을 열고 있는 거대한 구멍.

직경은 대략 1천미터. 바닥까지 보는 것은 역시나 불가능했다.

성의 모습은 흔적도 없다. 렝그스트라트 성은, 그것을 감싸고 있던 마력과 함께 완전히 그 모습을 감추었다.

이거면 되는 거였을까?

아직도 의문은 끊이지 않는다.

그러나, 타이치에겐 이것밖에 없다. 그에게 퇴마 따위의 힘은 없는 것이다.

바람의 정령왕의 마법이라면 구할 수 있는 거 아닐까? 그런 생각도 있었다.

그렇다. 방식이 틀렸다고 해도, 구하고 싶다는 마음은 한 조각도 거짓이 없었다.

이미 이 세상에 없는 자에게, 행동의 찬반을 물어볼 수는 없다. 그래서, 하다못해 가슴을 펴기로 했다.

괴로워 보이는 표정을 짓는 실피의 머리를 쓰다듬으며, 타이치는 희생자가 평안하게 잠들기를 기원했다.

◇◆◇◆◇◆◇◆

"……이 무슨."

하비가 눈앞의 광경을 보고 목소리를 흘렸다.

이미 도저히 인간의 기술이라고 생각할 수조차 없는 위력.

"……흔적도 없이 날려버렸네."

"정말로, 믿을 수가 없어요."

미리야와 에이린이 멍하니 중얼거렸다.

정령에 대해 비정한 짓을 했던 자들의 거점이었지만, 그것도 모두 날려버렸다.

증거가 되는 것은 입수한 양피지 말고는 없었기 때문에 날려버리는 것 자체는 문제없다. 오히려 이 거점을 재이용하지 못하게 했다는 의미에서, 수지타산은 플러스라고 할 수 있다.

"놈들은 절대 용서치 못해. 어떻게든 정체를 밝혀내서, 막아내야지. ……어떤 수를 써서라도."

마두의 말에 담긴 결의. 그것은 그녀만이 아닌 세 사람을 대변한 것이었다.

"그것에는, 그들의 힘을 꼭 빌리고 싶다."

"……그래. 우리들만으로는 무거운 짐이야."

"그걸 위해서도, 좀 더 우호를 다져야겠어요."

"응, 그래. 개인적으로도 더 사이좋게 지내고 싶다고 생각하니까."

마두는 그렇게 말하고, 세 사람에게 시선을 보냈다.

그들의 등을 바라보길 잠시.

"……역시, 틀림없네."

열로 흔들리는 공기를 보면서, 미리야가 작은 소리로 말했다.

"이 호기를 놓칠 수는 없어."

미리야의 말을 듣고, 하비도 수긍했다.

"그렇네. 이걸로, 드디어 방향이 정해졌어."

남편에게 마두가 동의했다.

"그러면, 교섭을 하자. 무녀님이, 귀환을 해주실 수 있도록."

에이린이 앞을 보았다.

네 사람의 목소리는, 타이치에게도 린에게도, 뮤라에게도 닿지 않았다.

에필로그

에리스테인 마법왕국의 왕도 웨네픽스는 밤의 어둠에 휩싸여 있었다.

국왕의 거처이자 나라의 중심인 왕성 주변에 펼쳐지는 귀족가.

그 변두리에 위치한 귀족가에 늘어선 저택의 평균보다 상당히 떨어지는, 오히려 아래쪽에서 헤아리는 편이 빠를 정도의 작은 저택.

그곳이, 왕도에서 연구에 힘쓰는 레미아가 머무르는 집이었다.

왕성에 머무르라고 국왕이 직접 요청을 했었지만, 딱딱한 걸 싫어하는 레미아가 그것을 고사한 탓에 이곳이 왕성을 대체하는 보금자리가 됐다.

왕립도서관으로 가기도 좋고, 왕성과도 가깝다.

하위 귀족이 이용하는 작은 저택이지만, 그것은 어디까지나 귀족가 안에서이며, 당연하지만 평민이 사는 집하고는 비교가 안 된다.

작위를 가지지 않은 자가 이 규모의 저택에 살기 위해서는, 적어도 대상인이라고 불릴 정도의 재산이 필요할 것이다.

작다고는 하지만 혼자서는 너무 넓은 저택에, 네 명의 경비병사와 그들을 지휘하는 기사가 한 명. 저택의 잡무를 처리하는 메이드가 두 명, 그녀들을 통솔하는 메이드장이 한 명 딸려 있었다.

연구에 몰두하는 레미아는 가사 따위에 시간을 쓰는 것과, 저택에 자신 말고 사람이 있는 것을 저울질했다.

사람이 있는 것은 번거롭지만, 그것에 비해 잡무를 할 필요가 없어진다는 메리트 쪽이 커서 병사와 메이드의 상주를 허가한 형태였다.

왕립도서관에 자유롭게 출입할 수 있어서, 레미아는 매일 기분이 좋았다. 지금까지는 얻을 수 없었던 지식이 방대하게 들어오게 됐다. 이미 진행했던 연구, 이미 했던 실험을 다시 하게 되는 일도 종종 있었지만, 그것마저도 모두 전진이며 레미아에게는 기분이 틀어질 일이 아니었다.

그렇다. 기분이 「좋았다」였으며, 기분이 틀어질 일이 「아니었다」였다.

현재 레미아는 대단히 기분이 상해 있었다.

레미아 앞에는 엘프가 두 명.

두 사람용 소파 한가운데 앉아서 어느 정도 자세를 바로잡고 있는 레미아와, 맞은편에 자세를 좀 무너뜨리고 앉아서 레미아를 깔보는 눈으로 보는 엘프 남녀.

밤의 방문.

벌써 저녁 식사를 마친 시간대.

도무지 예의가 없다.

그들의 눈에 깃든 것은 자신을 한심하고 지저분한 것으로 단정하는 것.

물론, 레미아는 그 정도로 위축될 인물이 아니다.

"이런 시간에 찾아오다니. 예의와 규율을 중시하는 엘프치고는 참으로 창피를 모르는군."

방문한 그들을 마중 나간 것은 경비병과 메이드장이었지만, 레미아는 그 역할을 금방 이어 받았다.

이 두 사람이 두르고 있는 것이 험악한 마력이었기 때문이다. 내버려두면 그대로 공격 마술 하나쯤은 쏠 것 같았다.

레미아를 주인으로 섬기며 뜻을 잘 파악하여 분위기를 읽어주는 메이드장이나 병사를, 예의도 모르는 못난 자가 상처 입히는 것은 다소 역정이 났다.

인사도 생략하고, 처음부터 비아냥이 작렬한 것도 당연하다.

"흥. 지저분한 인간의 피가 섞인 어중간한 자를 상대로 지킬 예의 따위 없다."

"오히려, 우리들 같은 고귀한 순혈종의 배알을 용납 받은 것을 감사하는 것이 예의야."

입을 열자마자, 기세 좋게 말한다—.

두 사람의 말을 재미있다는 기색으로 듣고 있던 레미아. 당연히 타격 따위 조금도 없었다.

"아하 그렇군."

레미아가 씨익 웃었다.

놀리는 것도 나쁘지 않다. 언제나 그러는 건 취향이 아니지만 성격 나쁘게 행동하는 것 정도야 어려울 것도 없고, 마음에 안 드는 상대에게 그러는 것에는 아무런 망설임도 없다. 어지간한 상대가 아니라면 괜히 굽히지 않는 것이 레미아라는 여자였다.

“존안을 뵙게 되어서 참으로 영광이군. 실로 만족스럽고 뜻있는 시간을 준 모양이야. 오늘은 분에 넘치는 영예를 품고서 푹 잘 수 있겠어. 일부러 어중간한 자의 안면을 배려해주다니, 그 관대함에 경외감마저 느껴지는걸. 마음 깊이 감사를 표명해두지. 자, 고귀한 귀하들은 이러한 지저분한 내 곁에 있어선 안 되니 돌아가시는 게 귀하들을 위한 일이라고 우고 하는데 어떻지?”

긴 말을 흐트러짐 없이, 발음도 실수 안하고 말했다.

정중한 말 뒤에 숨겨진 명백한 도발.

아무리 바보 같은 생선이라도 걸리지 않는, 애당초 너무나 커서 걸리는 것이 불가능할 정도의 낚싯바늘이었다.

“이놈!!”

남자가 거칠게 소리치면서 일어섰다.

낚였다.

낚여버렸다.

기꺼이 물어뜯는 생선의 모습을 환시했다.

「설마」 하고도, 「어쩌면」 하고도 생각했지만, 그래서 한순간 눈을 동그랗게 뜨고, 그리고 다음 순간 성대하게 뿜어버렸다.

“픕. 큭큭큭…… 하하하하핫!”

그 웃음소리를 듣고서야 도발이었다는 것을 깨달았으리라.

남자의 얼굴은 새빨갰다.

"잡종 주제에 상당히 업신여겨주는데."

여자 쪽은 목소리가 흐트러지진 않았다. 그렇게까지 흐트러지진 않았지만, 강하게 움켜쥔 주먹이 부르르 떨리고 있으며, 굴욕을 견디지 못한 것을 선하게 알 수 있었다.

"흥. 스스로 고귀하다고 말한다면 어중간한 자의 도발 정도는 헛소리로 치부하고 상대하지 않는 넓은 마음을 가지는 게 좋을걸?"

"네놈 같은! 어중간한 자가! 순혈종인 우리에게! 지시를 하는 건가!"

쾅!

테이블을 남자의 손바닥이 때렸다.

자, 이제 됐다.

레미아는 등받이에 몸을 맡긴 자세를 취하며, 팔짱을 끼었다.

그리고—.

보란 듯이 긴 다리를 들어 올려, 테이블에 뒷굽을 내렸다.

"큭!"

남자가 황급히 손을 뺐다.

그 손가락 끝 몇 센티미터 앞에, 레미아의 뒷굽이 떨어졌다. 테이블이 함몰되어 거미줄 모양으로 금이 갔다.

"알게 뭐냐? 나는 바쁘다. 일단 들어는 줄 테니까 얼른 용건을 말하고 꺼져라. 네놈들 따위 애당초 부른 적도 없으니까."

그 태도.

그 어조.

들어주기는 하겠다는 깔보는 시선.

모든 것이, 엘프 남녀의 신경을 성대하게 거슬렀다.

남자가 몸을 내밀어 레미아의 머리칼을 잡으려고 팔을 뻗었다.

그것을 보고.

"그 이상 하면 팔이 날아갈 텐데?"

라고 말했다.

"헛소리를!"

남자는 신경 쓰지 않았지만, 다음 순간 여자가 퍼뜩, 남자의 팔을 필사적으로 막았다.

"왜 막나!"

"허세가 아냐! 이 여자! 진심이야!"

"놔라! 이러한 어중간한 자가 순혈종인 나를 해칠 수 있을 리가 없다!"

두 사람의 대화를 시시하단 눈으로 보고 있던 레미아가 차분하게 박수를 쳤다.

"여자는 아슬아슬하게 합격점이야. 그러나 남자는 낙제로군."

말하고서, 딱 손가락을 퉁겼다.

그 순간, 가시화되는 바람의 칼날.

방 안에, 바람 속성 상급 마술 『풍월륜』이 대기하고 있었다.

어느새 이런 마술을 사용한 걸까? 남자는 물론이거니와, 아슬아슬하게 남자를 막는데 성공한 여자도 눈치 못 챘다. 여자도 그저 묘한 예감이 들어서 막은 것에 지나지 않으니까.

은폐는 깨닫지 못했지만, 그들도 일단 엘프다. 실제로 마술을 보면 그것이 어느 정도 위력을 가졌는지는 금방 알았다.

레미아의 『풍월륜』에, 남자의 팔 정도는 간단히 날려버릴 위력이 있는 것은 명백했다.

"참고로, 이걸 사용한 건 너희들이 그 소파에 앉았을 때다. ……눈치 못 챘나?"

얼굴이 창백해진 두 사람에게, 진심으로 믿을 수 없다는 표정으로 묻는 레미아. 타이치는 물론이고, 린이나 뮤라에게도 이 정도 은폐 따위는 통하지 않는다.

"……눈치를 못 챘다면 어쩔 수 없지. 누구나 미숙한 때가 있으니까."

진심으로 위로해준다.

그렇지만, 위로는커녕 성대한 야유다. 물론 의도해서 말을 고른 것이다.

"다시 한 번 말하지. 들어는 주마. 내 마음이 바뀌기 전에 얼른 이야기를 하고 재빨리 꺼져라."

이 두 사람이 무슨 용건으로 여기까지 왔는지. 그것에 흥미가 있어서 용건을 듣는다는 목적 자체는 일관되어 있었다.

다만, 지나치게 짜증을 일으키면 적당히 프라이드와 함께 괴롭혀주고 내던질 셈이었다.

"큭……."

남자는 굴욕을 견디지 못하고 있었지만, 몇 번 심호흡을 하고 간신히 마음을 진정시켰는지 언뜻 평정하게 보이는 목소리로 이야기를 시작했다.

그렇게 흥분했었는데도 이렇게 자신을 억누를 수 있는 건 좋게 평가를 해줘도 되겠지. 미약하지만 상향 수정한다. 뭐 완전 바닥에 있었으니 아주 약간 올라봤자 여전히 마이너스지만.

"……이번에, 우리들 엘프 마을은 차기 무녀님을 발견했다. 무녀님께서는 마을로 귀환을 해주셔야 한다. 그에 맞추어, 황송하게도 무녀님의 보호자를 맡고 있던 네년의, 마을의 일시 귀향이 특별히 인정됐다. 삼가 받들어라."

"거절한다."

즉답이었다. 남자의 얼굴은 여기서 더 빨개질 수 있을까? 싶을 정도로 새빨개졌다.

"……라고, 말하고 싶지만, 그 이야기를 들어보면 받아들이지 않을 수 없군. 좋아. 오랜만에, 마을로 돌아가 주지."

"돌아가 준다? 라고? 착각하지 마. 넌 고개를 숙이고 감사의 뜻을 표해야 해."

여자가 말했지만, 레미아는 당연히 상대하지 않는다.

"그러면, 내가 고개를 숙이게 해봐라. 훌륭하게 해내면, 그때는 저항 따위 않고서 땅바닥에 이마를 비벼주지. 네놈들 따위가 나를 굴복시킬 수 있다면이지만."

너희들은 내 힘을 따르지 못한다.

그런 의사표명이었다. 분명히 엘프 남녀는 순혈종이며, 레미아는 엘프와 인간의 혼혈.

혈통을 중시한다면 레미아가 아래일 것이다.

그러나, 레미아는 어디까지나 힘으로 호소하라고 한다. 자기보다 약한 자를 따를 이유는 없다고 바꿔 말해도 된다.

그리고 당연하지만, 엘프 남녀는 레미아에 미치지 못한다.

남녀가 약한 건 아니다. 엘프 마을에서도 상위에 위치하는 술자다. 다만 레미아가 지나치게 강하다, 그뿐이다.

"……내일 정오, 마중하러 오겠어. 준비를 마쳐두도록 해."

다음 말을 하기까지 걸린 짧은 시간은, 여자가 마음을 진정시키기 위해 필요한 시간이었다.

그런 여자의 노력을 비웃는 것처럼, 레미아는 짧게 「그러지」 하고 응답했다.

더는 이곳에 1초도 있기 싫다. 그런 마음으로 남녀가 덜컥 일어섰다.

"……네년, 기억해둬라. 이 굴욕은 잊지 않는다."

퇴실할 때 남자는 고개만 돌려서 내뱉었다.

레미아가 웃었다.

"암습, 잠자리 습격, 함정, 암살. 좋아하는 방법으로 와봐라. 언제든지 환영해주지."

그 정도로 내 목을 가져갈 수 있다고 생각하나? 말 뒤에 진의를 담아서 도발했다.

과연 그것은 올바르게 전해졌다.

남자가 으드득 어금니를 악무는 소리가 들리는 것 같았다.

난폭하게 닫히는 문. 거친 발소리가 멀어졌다.

그들의 발소리가 들리지 않게 되자, 레미아는 천장으로 고개를 들고 눈을 감았다.

"……그렇군. 드디어, 들켰나……. 아니, 의외로 오래 버틴 편인가?"

바라지 않는 손님을 **정중**하게 대접하기 전에는, 당연히 연구를 하고 있었다. 그렇지만 이제 그것을 속행할 기분이 아니다.

오늘은 이제 자버리자. 밤도 상당히 늦어졌다. 아직 날짜가 바뀔 정도는 아니겠지만.

"흠……. 타이치와 린이 있어서, 운이 좋은 걸까? 아무래도 여차할 때 나 혼자서는 만에 하나가 있으니까."

결코, 승산이 없는 건 아니다.

그러나 다수의 폭력이 무시무시한 것은 레미아 자신이 잘 알고 있었다.

그것을 얕볼 셈은 없었다.

어디, 그러면 준비를 해야 한다. 연구도 일시 보류하게 된다. 계속 잔불로 남겨두는 것도 불건전하다고 생각했었다. 다만 지내다 보니, 나중으로 미루어버렸을 뿐이다.

기껏 좋은 기회다.

이 타이밍에 완전히 결판을 내버리는 것도 나쁘지 않다.

가르겐 제국으로 간 타이치 일행이, 마침 고성 안을 탐색하고 있는 와중에 일어난 일이었다.

[『이세계 치트 마술사 8』에서 계속]

이세계 치트 마술사 7

초판 1쇄 발행 2020년 7월 10일

지은이_ Takeru Uchida
일러스트_ Nardack
옮긴이_ 박경용

발행인_ 신현호
편집부장_ 윤영천
편집진행_ 김기준 · 김승신 · 원현선 · 권세라 · 유재슬
편집디자인_ 양우연
국제업무_ 정아라 · 전은지
관리 · 영업_ 김민원 · 조은걸 · 조인희

펴낸곳_ (주)디앤씨미디어
등록_ 2002년 4월 25일 제20-260호
주소_ 서울시 구로구 디지털로 26길 111 JnK디지털타워 503호
전화_ 02-333-2513(대표)
팩시밀리_ 02-333-2514
이메일_ lnovelpiya@naver.com
L노벨 공식 카페_ http://cafe.naver.com/lnovel11

ISBN 979-11-278-5605-2 04830
ISBN 979-11-278-4324-3 (세트)

값 7,800원